cmz. Wir machen die guten Bücher. Seit 1979.

Foto: Sepp Spiegl

Wilfried Lülsdorf, geboren 1957 in Beuel, lebt seit 30 Jahren mit seiner Familie in Wachtberg. Bis zum Jahrtausendwechsel arbeitete er als Wirtschaftsjournalist bei renommierten Medien in Düsseldorf, Hamburg, München, Köln und Berlin, ehe er wiederum in Düsseldorf einen Corporate-Publishing-Verlag aufbaute und 16 Jahre lang leitete. Mit *Pechmariechen* gelang ihm ein vielbeachtetes Debüt als Krimiautor. Nach *Künstlerpech* und *Pechvogel* ist *Mordspech* der vierte Fall seiner Serie.

Wilfried Lülsdorf

MORDS PECH

Ein Wachtberg-Krimi

CMZ

Bibliografische Information der Deutschen Nationalbibliothek

Die Deutsche Nationalbibliothek verzeichnet diese Publikation
in der Deutschen Nationalbibliografie; detaillierte bibliografische Daten
sind im Internet über https://www.dnb.de/DE/Home/home_node.html abrufbar.

© 2024 by **cmz**-Verlag
An der Glasfachschule 48, 53359 Rheinbach
Tel. 02226-912626, info@cmz.de

Schlussredaktion:
Clemens Wojaczek, Rheinbach

Satz
(Aldine 401 BT 11 auf 14,5 Punkt)
mit Adobe InDesign CS 5.5:
Winrich C.-W. Clasen, Rheinbach

Umschlagfoto:
Sibille Rosbach-Lülsdorf, Wachtberg-Pech

Umschlaggestaltung:
Lina C. Schwerin, Hamburg
Anja Steinig, Berlin

Gesamtherstellung:
Bookpress.eu, Olsztyn / Polen

ISBN 978-3-87062-372-2

001–300 • 20241011

www.cmz.de

www.wilfriedluelsdorf.de

»Kaum macht man es richtig, schon klappt es.«

Unbekannter Aphoristiker

Inhalt

Die Hauptpersonen

Alexander Hopp   Freiberuflicher Reporter und
                          Lebensgefährte von Jana Jäger

Jana Jäger   Kriminalhauptkommissarin bei
                          der Mordkommission in Bonn

Otto Springer   Pressefotograf und bester
                          Freund von Hopp

Josephine »Josy« Franzen   Frühere Kollegin und beste
                          Freundin von Hopp

Klaus Kupfer   Wirt der Kupferklause, Stammkneipe
                          von Hopp und Springer

Nikola »Niki« Schnell Chefredakteurin der Kölner
                          Boulevardzeitung Kurier

Kunz   Wirt der Dorfkneipe in Pech

Giulia Peroni   Freundin von Hopp und Jäger in
                          der italienischen Partnerstadt

Jochen Teller   Freiberuflicher Journalist für Hörfunk
                          und Fernsehen, Informant von Hopp

Franz Bernd Imbach   Investigativer Journalist und
(»FBI«)   beruflicher Ziehvater von Hopp

Dr. Jürgen Winter   Banker und Freund von Imbach
                          sowie Berater von Hopp

Felix Becker	Chefredakteur des Wirtschaftsmagazins *Profit* in Köln
Johannes Schulthauser	Geschäftsführer des Kölner Wirtschaftsverlags
Martin Justus	Justiziar des Kölner Wirschaftsverlags
Ingo Ahlers	Freund von Hopp und früherer Klassenkamerad aus der Journalistenschule
Volker Eimermacher	Redaktionsleiter beim WDR-Hörfunk
Harald Mai	Staatsanwalt in Magdeburg
Erwin Schick	Hauptkommissar beim Bundeskriminalamt in Wiesbaden
Dr. Detlef Kühn	Leiter der Agentur für Arbeit in Bonn
Ferdinand Baumeister	Geschäftsführer und Hauptgesellschafter der Kröger-Krämer-Söhne-Gruppe, Bonn
Heinrich F. Bartsch	Chef eines internationalen Betrügerrings
Karl Simmel *Luise Hentrich* *Uwe Köchling*	Betrugsopfer

HEUTE

1. Duplizität der Ereignisse

Skeptisch wirft er einen kurzen Kontrollblick auf die Zeitanzeige am oberen Rand des Bildschirms. Fast 18 Uhr. In spätestens einer Stunde muss er den Text senden. Was verdammt eng werden wird, bisher hat er nicht einmal die Hälfte der Geschichte geschrieben. Nur knapp 3000 Zeichen, 6500 soll er jedoch gleich liefern. Aber die wichtigsten Fakten fehlen und für den Schluss des Artikels hat er noch immer keine Idee.

Nachdenklich lehnt sich Alexander Hopp im Schreibtischstuhl zurück. Langsam gleitet sein Blick über die vertraute Einrichtung des Büros in seiner Wohnung. Durch das Fenster, vorbei an dem kleinen, aus Stein gehauenen Frauentorso, betrachtet er die Nachbarhäuser in Pech. Hier fühlt er sich sauwohl. Hier arbeitet er am liebsten. Hier kommen ihm die besten Ideen. Und hier gehen ihm die flotten Formulierungen fast von allein von der Hand. Normalerweise.

Nur heute nicht. Ungehalten trommelt er mit beiden Händen auf der Tischplatte. Hat es überhaupt Sinn, jetzt weiterzuarbeiten, hektisch diese Geschichte zu schreiben, wenn eigentlich klar ist, dass er den Abgabetermin gar nicht einhalten kann? Und im unwahrscheinlichen Fall, dass er es doch rechtzeitig schaffen sollte, einen schwachen Text abzuliefern? Denn der Artikel würde bestimmt nicht gut werden. Unter solchen Umständen war ihm noch nie eine starke Leistung gelungen – zumal mit einem Thema, dass ihn eigentlich nicht interessierte, ihm aber von der zickigen Chefredakteurin aufgezwungen wurde. Mit drögen Gesprächspartnern, die wenig Stoff boten. Und mit viel zu wenig Zeit, um wenigstens die wichtigsten Zusammenhänge und interessantesten Hintergründe zu recherchieren.

Warum tat er sich diesen Stress hier eigentlich an? Sollte die Chefredakteurin doch ruhig wieder ausflippen, wenn er den Beitrag kurzfristig abmelden und auf einen späteren Termin verschieben würde. Was hat er denn zu verlieren? Sein Verhältnis zu Nikola Schnell ist sowieso seit Monaten im Eimer, seine Begeisterung für den Kölner *Kurier* zu arbeiten, hat sich mittlerweile in Luft aufgelöst. Im Grunde hat er innerlich längst gekündigt und denkt ernsthaft über eine berufliche Alternative nach.

Gerade will er zum Mobiltelefon greifen, um der Chefin den unerfreulichen Entschluss mitzuteilen, da klingelt es. »Unterdrückte Rufnummer« erscheint im Display. Solche Anrufe mag er gar nicht, obwohl ihm auf diesem Weg interessante Informationen zugetragen werden könnten. Lustlos nimmt er das Gespräch an.

»Sind Sie es, Herr Hopp? Oder mit wem spreche ich?«, meldet sich eine krächzende Stimme.

»Wer will das wissen?«, fragt Hopp misstrauisch zurück.

»Das tut momentan nichts zur Sache.«

»Für mich schon. Das haben schließlich nicht Sie zu entscheiden, was für mich wichtig ist oder nicht.«

»Das werden Sie noch rechtzeitig erfahren. Spätestens wenn wir uns treffen.«

»Uns treffen?« Hopp ist irritiert. »Wieso sollte ich mich mit jemandem verabreden, den ich nicht kenne, von dem ich nicht weiß, wer er ist, und worum es überhaupt geht? Also, wer sind Sie? Nennen Sie mir bitte Ihren Namen.«

»Ein Informant. Jemand, der Ihnen sensationelles Material über einen riesigen Skandal liefern will. Exklusiv natürlich. Wenn Sie unbedingt einen Namen brauchen, dann nennen Sie mich einfach Merkur.« Der Mann lacht heiser.

»Merkur? Sehr witzig. Verarschen kann ich mich selber.« Alexander Hopp fuchst das Versteckspiel des Anrufers. »Was haben Sie mir zu bieten? Um welchen Skandal geht es denn?«

»Um einen in der Bundesagentur für Arbeit, genauer gesagt in der Regionaldirektion Nordrhein-Westfalen, und noch genauer – in Bonn und Umgebung.« Der Informant schweigt einige Sekunden bedeutungsvoll. Anscheinend will er noch eine wichtige Information ergänzen – seine Pointe. »Dort wurden Millionen Fördergelder verschoben. Zig Millionen.«

»Davon habe ich ja noch nie gehört«, erwidert Hopp skeptisch.

»Eben. Kein Außenstehender hat je davon gehört. Die Beteiligten konnten die Sache schön unter der Decke halten. Bisher zumindest. Aber ich habe eindeutige Beweise.« Wieder schweigt der Mann kurz. »Wenn Sie mehr erfahren wollen, müssen Sie sich mit mir treffen. Sonst gebe ich das Material an Ihre Konkurrenz. Denken Sie darüber nach, Herr Hopp. Ich melde mich bald wieder bei Ihnen.«

Abrupt legt der unbekannte Anrufer auf.

Perplex starrt Alexander Hopp auf das Handy in seiner Hand. Was war das denn gerade? Wirklich ein echter Anruf? Oder ein Fake? Will ihn irgendwer verarschen? In eine Falle locken? Oder bietet sich ihm tatsächlich die Chance auf eine spektakuläre Enthüllungsgeschichte? Soll er sich auf die Sache einlassen? Und wenn ja, unter welchen Bedingungen? Er ist hin- und hergerissen.

Und neugierig.

Gleichzeitig hat er ein Déjà-vu. Wiederholt sich die Geschichte etwa? Kann das sein? Die gleiche Situation hatte er vor rund 20 Jahren erlebt. Sie hatte ihn in eine ebenso komplizierte wie gefährliche Affäre verwickelt – und ihm letztlich seinen größten journalistischen Erfolg beschert. Trotzdem hätte er die Finger von der Sache gelassen, wenn er vorher gewusst hätte, was auf ihn zukommen würde. Er war damals Ende zwanzig gewesen, gerade im vierten Berufsjahr, noch ziemlich unerfahren und neu in der Redaktion des Wirtschaftsmagazins *Profit* in Köln.

DAMALS

2. Ein mysteriöser Informant

Der Anruf kam wie gerufen. Endlich Abwechslung an diesem tristen Redaktionsnachmittag, an dem Hopp das Recherchematerial seiner aktuellen Reportage in verschiedene Ordner sortieren und die letzten Lektoratskorrekturen sorgfältig in das finale Manuskript übertragen musste. Wichtige Aufgaben, die er aber als Strafarbeit empfand. Vor allem die Verbesserungen der strengen Lektorin mussten penibel übernommen werden, sonst gab es Stress mit ihr und am Ende auch mit der Chefredaktion, wenn Fehler im gedruckten Artikel stehenblieben. Das konnte er sich als Frischling in der Redaktion nicht leisten. Außerdem wäre ihm das peinlich.

»*Profit*, Wirtschaftsressort, Alexander Hopp.«

Leises Räuspern am anderen Ende der Leitung.

»Hopp hier. Wer ist denn da? Nennen Sie mir doch bitte Ihren Namen und Ihr Anliegen.«

Keine Reaktion.

»Wenn Sie nichts sagen, dann …«

»Ähm, ich möchte Fritz Jaschke sprechen.«

»Jaschke? Mit ihm kann ich leider nicht dienen«, antwortete Hopp forsch.

»Aber ich muss ihn dringend sprechen«, insistierte er mit merkwürdig gedämpft klingender Stimme.

»Wieso rufen Sie wegen ihm hier an? Der arbeitet schon seit Monaten nicht mehr in unserer Redaktion.«

»Verdammt, das wusste ich nicht. Wo kann ich ihn denn erreichen?«

»Keine Ahnung, ich kenne den Kollegen kaum und habe keinerlei Kontaktdaten von ihm.«

Alexander Hopp überlegte kurz, ob er den verunsicherten Mann nun an die freundliche Frau Telefonauskunft oder den allwissenden Herrn Google verweisen sollte oder ob es sinnvoll sein könnte, den Unbekannten dazu zu bringen, mit ihm, Hopp, vorlieb zu nehmen. Er entschied sich für die letztere Option. »Wieso wollen Sie denn unbedingt Jaschke sprechen? Kennen Sie ihn überhaupt?«

»Nein, nicht persönlich. Er ist mir von einem Insider empfohlen worden.«

»Von wem und warum?«

»Von einem anderen, vertrauenswürdigen Medienmenschen. Er hat mir gesagt, Jaschke sei kompetent, zuverlässig, seriös und für mein Thema genau der Richtige. Vor allen Dingen sei er absolut sauber.«

»Habe ich auch gehört. Aber das würde ich, in aller Unbescheidenheit, von mir selbst ebenfalls behaupten. Sonst hätte ich wohl kaum seinen Job bekommen. Ich bin nämlich der Nachfolger des Kollegen Jaschke hier im Ressort«, erklärte Alexander Hopp selbstbewusst.

»Mag sein. Kann aber jeder von sich behaupten.«

Klasse Konter, dachte Hopp, sehr schlagfertig. So leicht lässt sich dieser Typ also nicht umgarnen. Soll ich das Gespräch jetzt beenden oder noch einen energischen letzten Versuch unternehmen? Er entschied sich für die direkte Tour: »Sagen Sie mir einfach, worum es geht und dann werden wir ja sehen, ob ich Ihnen helfen kann oder nicht. So kommen wir schließlich nicht weiter.«

Geräuschvolles Atmen in der Leitung.

»Was halten Sie von meinem Vorschlag? Worum geht es, bitte? Hallo?«

Der Mann am anderen Ende der Leitung legte einfach auf.

Dann eben nicht, dachte Hopp. Wer hat, der hat. Soll er doch sehen, wo er kompetente Hilfe findet. Wird wahrscheinlich ohnehin nur ein Spinner gewesen sein. Und der hätte mir gerade noch gefehlt.

Das merkwürdige Telefonat hatte überhaupt nicht die erhoffte Abwechslung gebracht. Und seine Pflichtaufgaben hatte Hopp fast erledigt. Den Rest könnte er locker am nächsten Morgen schaffen. Gut ausgeschlafen würde ihm das ätzende Korrekturenübertragen sicher leichter von der Hand gehen.

Kurzentschlossen packte er den Timer, das Notizbuch und das Handy in die Arbeitsmappe. Dann verließ er das Büro. Wenn er sich beeilte, könnte er noch die Sportsachen aus der Wohnung holen und würde es wahrscheinlich gerade rechtzeitig zum Kollegenkick auf dem Stammsportplatz im Grüngürtel schaffen.

Aber er hatte nicht mit derartigem Feierabendverkehr gerechnet und kam zu spät. Das Spiel war längst mit Sieben gegen Sieben im Gange. Momentan wurde er also nicht gebraucht, und freiwillig würde jetzt sicher auch niemand für ihn vom Feld gehen. Also setzte er sich geduldig an der Außenlinie auf den Rasenstreifen und wartete, ob einem Kollegen demnächst die Puste ausging und er für ihn eingewechselt werden konnte – was nach wenigen Minuten prompt geschah.

Alexander Hopp spielte miserabel, verstolperte viele Bälle, schlug Pässe ins Nirgendwo, ließ seine Gegenspieler laufen, verdribbelte sich immer wieder und traf aus drei Metern Entfernung das leere Tor nicht. Er machte alles falsch. Seine Mitspieler wurden sauer und pflaumten ihn an. Das machte seine Leistung nicht besser. Im Gegenteil: Er war einfach nicht bei der Sache. Der mysteriöse Anruf spukte ihm im Kopf herum.

Als Hopp am nächsten Tag aus der Mittagspause in sein Büro zurückkam, klingelte das Telefon auf dem Schreibtisch. Noch stehend und im Mantel nahm er den Anruf an.

»*Profit*, Wirtschaftsressort, Alexander Hopp. Was kann ich für Sie tun?«

»Sich mit mir treffen. Ich habe mich über Sie erkundigt und nichts Schlechtes erfahren. Vielleicht können Sie mir helfen.«

»Ah, der geheimnisvolle Unbekannte ist wieder am Apparat«, sagte Hopp belustigt. »Soll ich mich jetzt geehrt fühlen, dass Sie nichts Schlechtes über mich gehört haben? Wer sind Sie? Und worum geht es überhaupt?«

»Beides kann ich Ihnen hier am Telefon nicht sagen.«

Das Spielchen hatten wir doch gestern schon, dachte sich Hopp, darauf habe ich echt keinen Bock mehr.

»Wenn Sie mir keine konkreteren Angaben machen können, muss ich das Gespräch leider beenden. Ich habe gerade wenig Zeit. Auf Wieder—«

»Nein, nein. Nicht auflegen, bitte. Hören Sie mir einfach kurz zu. Ich habe gute Gründe, vorsichtig zu sein. Gehen Sie umgehend in die Tiefgarage zu Ihrem Auto. Dort finden Sie weitere Informationen.«

Wieder beendete der Mann abrupt das Gespräch.

Hopp machte auf dem Absatz kehrt, lief zum Treppenhaus und hinunter in die Tiefgarage im ersten Kellergeschoss. Hinter dem Scheibenwischer seines Wagens steckte ein kleines, unauffälliges Stück hellbraunes Packpapier, auf dessen Rückseite handschriftlich eine Nachricht in Druckbuchstaben notiert war: *Bin ein Kollege. Verfüge über brisantes Material. Brauche Hilfe. Treffen heute um 22 Uhr, Westbahnhof-Bar, Hans-Böckler-Platz 2. Werde Sie ansprechen.*

Zehn Minuten zu früh betrat Hopp das Lokal im Erdgeschoss des Westbahnhofs an der Venloer Straße. Hier war er noch nie gewesen. Zwar schon dutzendmal war er vorbeigelaufen auf dem Weg zum Zug oder zum Stadtgarten hinter den Gleisen, aber nie eingekehrt. Diese Bar gefiel ihm auf Anhieb: Westpol – cooler Name, übersichtlicher Raum mit langem Tresen. Modernes, vielfarbiges, aber nicht zu schrilles Design. Angenehm warmes Licht, nicht so schummrig wie in vielen anderen Kneipen. Lauter Techno-Beat, bei dem man sich aber noch einigermaßen unterhalten konnte.

Gerade wenig Betrieb. Neugierig schaute er sich um, konnte jedoch niemanden entdecken, der für ihn als der namenlose Informant in Frage kam. Die Gäste erschienen ihm ausnahmslos als zu jung und sahen einfach nicht wie Kollegen aus.

Er bestellte sich ein großes Kölsch und wartete. Zum Zeitvertreib nahm er sich eines der Werbemagazine, die in einer Nische neben dem Eingang stapelweise auslagen. Doch diese Lektüre langweilte ihn schnell, viele Bilder, wenig Inhalt, schlechte Texte. Nach einer halben Stunde genehmigte er sich ein zweites Bier und unterhielt sich mit der attraktiven Barkeeperin – etwas jünger als er, wahrscheinlich Anfang zwanzig, groß und schlank, schwarzer Lockenkopf, dunkler Teint, Mandelaugen, strahlend weiße Zähne und Dauerlächeln.

»Dich habe ich hier ja noch nie gesehen«, sagte sie, »wie heißt du denn?«

»Ich war ja auch noch nie hier«, antwortete er grinsend. »Ich bin Alexander. Und du?«

Laura hieß sie, studierte eigentlich Ethnologie und arbeitete an drei Abenden die Woche hinter dieser Theke, um ihr mickriges Einkommen aufzupäppeln. Mit den BAföG-Zahlungen kam sie nicht aus. »Zu wenig zum Leben und und zuviel zum Sterben«, sagte sie nur, zuckte mit den Schultern und lächelte Alexander Hopp an. »Im Westpol bezahlt man mich auch nicht gerade fürstlich, aber die Trinkgelder sind gut.«

Sympathische Frau, die gefällt mir, dachte Alexander, vielleicht sollte er des Öfteren hier einkehren.

»An welchen Abenden bist du denn hier?«

»Immer dienstags und donnerstags. Meist auch freitags, wenn nicht, dann am Samstag.« Sie schmunzelte.

Inzwischen waren etwa zehn weitere Gäste erschienen. Der mysteriöse Kollege war nicht darunter, denn niemand sprach Hopp an. Er wartete bis Mitternacht. Vergeblich. Der Mann tauchte nicht auf. Hopp bezahlte und gab Laura ein üppiges Trinkgeld.

Nachdenklich ging Hopp zu Fuß nach Hause. Er brauchte fast eine Stunde bis zu seiner Kollegen-WG im Stadtteil Sülz. Dort nahm er sich ein weiteres Kölsch aus dem Kühlschrank, setzte sich in den Lieblingssessel in seinem Zimmer und grübelte weiter über die eigenartige Situation und den – abgesehen von Laura – frustrierenden Abend.

Wer konnte der unbekannte Anrufer sein?

Wo oder für wen arbeitete er?

Welches Material mochte er wohl haben?

Und warum brauchte er unbedingt die Hilfe eines Kollegen – seine Hilfe? Während er diesen Fragen nachhing, musterte er die Bierflasche, die er langsam in der Hand drehte, so als ob er sie gerade zum ersten Mal sehen würde.

War der Sachverhalt so kompliziert?

Oder die Recherche sogar gefährlich?

War der Mann deshalb nicht gekommen, weil er sich bedroht fühlte?

Seine Geheimnistuerei am Telefon und die Aktion mit der Nachricht an seinem Auto sprachen irgendwie dafür, dass er Angst hatte.

Würde er vielleicht am nächsten oder übernächsten Tag in der Westpol-Bar auftauchen?

Oder sich auf andere Weise bei ihm melden?

Und wie sollte er dann reagieren?

Eigentlich hatte Alexander Hopp keinen Bock mehr auf diesen Typen. Er ließ sich ungern versetzen.

Völlig übermüdet schlief er schließlich in dem gemütlichen Sessel ein, noch komplett angezogen und die geleerte Bierflasche in der Hand.

3. Sein turbulenter Einstand

Seit einem halben Jahr arbeitete Alexander Hopp nun als Reporter beim monatlich erscheinenden Wirtschaftsmagazin *Profit* in Köln. Ein anständiger Posten bei einer seriösen Zeitschrift, die vor allem von Unternehmern, Managern, selbstständigen Handwerkern und Freiberuflern gelesen wurde. Allerdings nicht gerade sein Traumjob. Das war nicht das Blatt, zu dem er schon immer gewollt hatte. Dass es überhaupt so gekommen war, war nicht zuletzt das Resultat einer ebenso ungewöhnlichen wie unerfreulichen Konstellation bei seiner vorherigen Anstellung im Rheinland.

Kurz nach dem Abschluss seiner Ausbildung hatte ihn zur eigenen Überraschung der renommierte *Wirtschafts-Monitor* engagiert, als Redakteur für Sonderthemen. Der Chefredakteur des Magazins hatte nebenher einige Jahre an der Journalistenschule unterrichtet und sich an ihn erinnert. Weil der Jungjournalist Hopp offenbar einen überdurchschnittlich engagierten Eindruck hinterlassen hatte, gab der Chefredakteur ihm eine Chance – für die er schon bald eine widerwärtige Gegenleistung verlangen sollte.

Alexander Hopp schien es beim *Wirtschafts-Monitor* gut getroffen zu haben; zumindest fühlte es sich für ihn anfangs so an. Vier ebenso nette wie erfahrene Kolleginnen hatten ihn herzlich in ihrem Ressort aufgenommen und ihm die Einarbeitung leicht gemacht. Er war dort der Hahn im Korb. Trotz seines peinlichen Einstands. Nach dem kurzen Einstellungsgespräch hatte der Chefredakteur ihn zu seinem Stellvertreter gebracht, der für das Ressort zuständig war und sein direkter Vorgesetzter sein würde. Eine Viertelstunde später war dieser freundliche Mann bereits von Hopp überzeugt gewesen und hatte ihn seinen künftigen Kolleginnen vorgestellt. Auch die vier Redakteurinnen hatten sofort Gefallen an ihm gefunden, ihm sein neues Büro gezeigt und ihn dann in die oberste Etage zur Kantine mitgenommen. Die Mittagspause stand an.

Der Raum war gut gefüllt gewesen an jenem Donnerstag; an der Selbstbedienungstheke hatte sich eine kleine Schlange gebildet, weil es das lukullische Highlight der Woche gab: Schnipo. Hopp wählte das Schnitzel mit Pommes, das leider trockengebraten war und fad schmeckte. Aber das war ihm egal, weil das Gespräch in ihrer Fünferrunde ungewöhnlich launig und fast vertraut gewesen war. Eine der neuen Kolleginnen hatte zum Abschluss Kaffee für alle geholt und auf den runden Tisch gestellt. Mittlerweile waren sie bereits beim Du angelangt. Alexander Hopp war glücklich gewesen, so erfolgreich hatte er sich diesen Bewerbungstermin nicht vorgestellt. Seine anfängliche Nervosität hatte sich in Selbstbewusstsein verwandelt. Und er hatte viel zu erzählen – auch mit den Händen. Mit einer temperamentvollen Armbewegung hatte er alle noch gut gefüllten Kaffeebecher quer über den Tisch gefegt. Die Kolleginnen waren kreischend aufgesprungen, kaffeebesudelt. Alexander Hopp nicht, er war trocken geblieben. Kein einziger Flecken verunzierte sein hellblaues Hemd. Kreidebleich, kleinlaut und peinlich berührt hatte er auf seinem Platz gehockt.

Trotz dieses Fauxpas beim Kennenlernen war Hopp in der Redaktion des *Wirtschafts-Monitor* vom ersten Tag an bestens zurecht gekommen. Die Themen, mit denen er es zu tun hatte, waren abwechslungsreich, spannend und meist sehr lehrreich für ihn gewesen. Er hatte pünktlich zu den Abgabeterminen fundierte Beiträge geliefert, die fast immer ohne größere Korrekturen gedruckt worden waren und ihm schnell Anerkennung und Respekt vieler Kollegen verschafften. Er war glücklich, obwohl die Stimmung im gesamten Team extrem angespannt war. Der Chefredakteur polarisierte, spaltete die Redaktion in zwei Lager, die sich fast feindlich gegenüber standen und bisweilen sogar sabotierten. Auch seine vier Ressortkolleginnen hatten zum Oppositionslager gehört und den Chefredakteur fachlich für einen Blender und menschlich für einen Intriganten gehalten. Hopp tangierten diese internen Konflikte nicht besonders, weil er sich geschickt aus allen Auseinandersetzungen heraushielt.

Eines unschönen Tages hatte der Chef ihn in sein Büro zitiert und ohne große Vorrede umissverständlich dazu aufgefordert, ihn regelmäßig und vertraulich über Meinungen und wichtige Gespräche im Ressort auf dem Laufenden zu halten. Schließlich sei er ihm etwas schuldig, da er ihn als blutigen Anfänger auf eine reputierte und gut bezahlte Redakteursstelle bei seinem angesehenen Magazin gehievt habe.

Hopp war schockiert gewesen. Sprachlos. Fassungslos. Hilflos. Mit leerem Blick hatte er den Chefredakteur lange angesehen, sich bedächtig erhoben, ohne Gruß das Büro verlassen und in den folgenden Wochen nicht mehr betreten.

Drei Monate später war Alexander Hopp auf dem Petersberg bei Bonn zu Gast gewesen, wo ein einflussreicher Unternehmerverband im noblen Gästehaus der Bundesregierung ein Sommerfest feierte. Kumpel Ingo Ahlers, ein Klassenkamerad aus der Journalistenschule, arbeitete mittlerweile in der Presseabteilung dieses Verbandes und hatte ihm einen der begehrten Plätze auf der Einladungsliste zugeschustert.

Kurz vor Mitternacht, die meisten Gäste hatten sich längst verabschiedet, war Hopp für ein letztes Bier an die Hotelbar gegangen. Dort hatte er seinen Chefredakteur getroffen.

»Was wollen Sie denn hier, Hopp?«, hatte der ihn angeblafft. »Diese Gesellschaft ist doch nichts für Versager wie Sie.«

Unverkennbar war der Chef stark angetrunken. Und auch Hopp war alles andere als nüchtern. »Lassen Sie mich bitte in Ruhe«, hatte er einigermaßen beherrscht geantwortet. »Ich trinke hier noch ein Bier und dann verschwinde ich.«

»Für immer hoffentlich. Was soll ich mit einer undankbaren Pfeife wie Ihnen anfangen?«

»Wie bitte? Was soll das denn heißen?«

»Stellen Sie sich doch nicht blöder, als Sie sind, Hopp. Entweder arbeiten Sie mit mir oder Sie arbeiten gegen mich. So einfach ist das. Mittendurch zu lavieren, erlaube ich Ihnen nämlich nicht. Den Weg des geringsten Widerstands gibt es bei mir nicht. Also – was jetzt? Sie wissen doch, was ich von Ihnen erwarte.«

Hopp hatte den Chefredakteur entgeistert angestarrt, tief Luft geholt und dann zurückgekeilt: »Sie haben mich als Redakteur eingestellt, wofür ich Ihnen aufrichtig danke, aber nicht als Spitzel. Von mir werden Sie ordentliche Artikel bekommen, wie bisher auch schon. Aber nie und nimmer liefere ich Ihnen vertrauliche Informationen über die Kolleginnen. Niemals. Unter keinen Umständen. Und nun tun Sie, was Sie nicht lassen können.«

Zum zweiten Mal seit seinem Einstieg beim *Wirtschafts-Monitor* hatte Hopp seinem Chef einfach den Rücken gekehrt und war grußlos gegangen.

Am Ende des Quartals hatte er die Kündigung erhalten. Und bei seinem Ausstand in der Redaktion zusätzlich Hausverbot.

4. Flugente mit Wirsing

Was ist das denn für ein monströses Ding? Und wie kommt das hier in die Schublade?« Angewidert betrachtete Josephine Franzen das zangenartige Gerät, das sie gerade in ihrer Küche gefunden hatte.

»Das Ding nennt man Geflügelschere, liebe Josy«, sagte Hopp spöttisch, »und es ist sehr praktisch. Vor allem, wenn man oft Gans, Ente oder andere große Vögel zubereitet. Mit bloßen Händen sind die nur schlecht zu zerteilen – vor allem, wenn sie noch heiß sind.«

Seit drei Monaten wohnten sie nun in einer Wohngemeinschaft. Nach überstandener Probezeit beim *Profit*-Magazin war Hopp in ein freies Zimmer in Josephines Wohnung gezogen. Sie hatten sich vor vier Jahren bei seinem ersten Job in der Redaktion des *Wirtschafts-Monitor* kennengelernt.

»So was habe ich bisher noch nie gebraucht«, erklärte Josephine empört. »Mit ordentlichen Küchenmessern kriege ich meine Hähnchen auch ganz gut portioniert.«

»Die du aber auch nicht hast. Die Messer hier sind eine einzige Katastrophe. Und außerdem gibt es heute Flugente. Diese Vögel sind noch einmal ein anderes Kaliber als Brathähnchen.« Hopp sah seine Freundin belustigt an. »Die Küche ist wirklich suboptimal ausgerüstet. Daran sollten wir dringend arbeiten. Als Nächstes besorge ich einen Satz richtig guter Küchenmesser.«

Josephine schüttelte verständnislos den Kopf. »Ihr Kerle und euer Werkzeugfimmel. Für alles und jedes braucht ihr irgendein spezielles Gerät. Wenn du den Krempel unbedingt haben willst, dann kaufe ihn eben. Es wäre nur schön, wenn wir vor einer Anschaffung kurz darüber reden würden.«

»Machen wir doch gerade. Übrigens fehlt auch eine richtige Kaffeemaschine. Mit deinen komischen italienischen Raketen kann ich nicht viel anfangen.«

Es war kurz nach 18 Uhr. Für 20 Uhr erwarteten sie vier Freunde zum Abendessen.

»So langsam sollten wir uns ranhalten, wenn wir unseren Gästen etwas Leckeres auftischen wollen. Die kommen sicherlich pünktlich. Ich bin schließlich nicht dabei.« Josy lachte über sich selbst. Denn sie war bekannt dafür, fast immer zu spät zu kommen, meist eine Viertelstunde.

»Wir schaffen das. Ich kümmere mich jetzt um den Wirsing.« Er stand auf, ging zur Vorratskammer hinter der Küchenzeile und holte einen großen, grünen Kohlkopf heraus. »Haben wir denn genug geräucherten Speck? Sonst schmeckt das einfach nicht.«

Josy nickte stumm, während sie die Ente mit einer orientalischen Gewürzmischung präparierte.

»Hast du jetzt den Kopf für ein wichtiges Thema frei? Ich würde gern noch etwas mit dir besprechen, ehe die anderen auftauchen. Später am Abend werden wir sicherlich nicht mehr dazu kommen.« Er wartete ihre Reaktion ab, ehe er weitersprach.

»Ja, klar, Alex. Was gibt es denn?«

»In der Redaktion hat sich ein anonymer Anrufer bei mir gemeldet. Sogar schon zweimal. Eigentlich wollte er einen anderen Kollegen sprechen, der ihm als besonders vertrauenswürdig empfohlen worden sei. Diesen Fritz Jaschke, dessen Job ich bei *Profit* übernommen habe. Deshalb ist er überhaupt bei meiner Durchwahl angekommen.«

»Weshalb hat er denn gleich zweimal angerufen?«

»Beim ersten Anruf war er schwer zugeknöpft, als er mich überraschend am Apparat hatte. Da kam überhaupt kein richtiges Gespräch zustande.« Hopp rief sich die Situation noch einmal genau in Erinnerung. »Was mich eigentlich wundert, denn den Jaschke kennt er gar nicht persönlich. Aber egal, zwischen dem ersten und zweiten Anruf hat er sich wohl in der Szene über mich erkundigt und, Zitat, *nichts Schlechtes erfahren*.«

»Donnerwetter. Da kannst du dir ja kräftig auf die Schulter klopfen.«

Josephine grinste. »In welcher Szene?«

»Verlag, Kollegen, Journalistenschule, was weiß ich. Ich hab nicht weiter nachgefragt. Ist mir ja eigentlich auch wurscht. Also, beim zweiten Anruf hat er dann wieder kaum etwas gesagt, schien regelrecht Angst davor zu haben, abgehört zu werden. Stattdessen hat er mich kurzerhand in die Tiefgarage geschickt, zu meinem Auto. Und da klemmte ein kleiner Zettel hinter einem Wischerblatt, dass er mich am Abend, also gestern, um 22 Uhr in der Bar im Westbahnhof treffen wolle.«

»Und?« Josephine starrte ihn neugierig an.

»Ich war dort, schöne Bar übrigens, sogar ungefähr bis Mitternacht. Als ich hierher zurückkam, hast du schon geschlafen. Nur ist der Typ leider nicht zu der Verabredung aufgetaucht. Und jetzt frage ich mich natürlich, wieso er nicht gekommen ist und wie ich mich verhalten soll?«

Hopp erhob sich, nahm die große Kochschüssel mit dem zerkleinerten Wirsing und trug sie zum Waschbecken, um ihn gründlich unter fließendem kalten Wasser abzuspülen. Dann drehte er sich ruckartig zu Josephine um, die gerade die Flugente in den Backofen schob, und sah sie erwartungsvoll an.

»Soll ich dir jetzt etwa raten, was du tun und was du lassen sollst? Das kann ich nicht, Alex, ehrlich, damit bin ich überfordert.« Sie schüttelte den Kopf. »Ich habe nie investigativ gearbeitet, solche Situationen kenne ich einfach nicht.«

»Das weiß ich doch, Josy. Aber du hast trotzdem deutlich mehr Berufserfahrung als ich. Und einen gesunden Menschenverstand obendrein. Was meint der denn zu der Angelegenheit? Oder was sagt dir dein Bauchgefühl?«

Josy schwieg einige Sekunden. »Beide, Kopf wie Bauch, sagen mir exakt dasselbe – dass du vorsichtig sein musst, Alex! Dass du bitte gut auf dich aufpassen sollst! Dass du dich nicht Hals über Kopf auf eine abenteuerliche Geschichte einlassen darfst. Wenn der Informant von Anfang an derart ängstlich agiert, kann die Sache nur gefährlich sein.«

»Das nehme ich auch an, Josy. Andererseits bedeutet das aber wahrscheinlich auch, dass die Story richtig heiß ist«, erwiderte er.

»Gut möglich. Oder sogar sehr wahrscheinlich. Aber willst du dich sehenden Auges in Gefahr begeben? Mach dir bitte klar, welches Risiko du für eine spektakuläre Geschichte einzugehen bereit bist und wo deine persönliche rote Linie verläuft.«

Hopp kräuselte die Stirn und nickte. »Um das abschätzen zu können, muss ich doch erst einmal wissen, worum es überhaupt geht und mit wem ich es zu tun habe.«

»Da hast du natürlich Recht. Aber um das herauszufinden, musst du zumindest den ersten Rechercheschritt gehen. Und ehe du dich darauf einlässt, solltest du unbedingt einen mit allen Wassern gewaschenen Kollegen um Rat fragen – deinen journalistischen Ziehvater FBI zum Beispiel. Der kennt sich mit heißen Geschichten aus und wird wahrscheinlich wissen, wie du vorgehen musst. Ruf ihn bitte an. Versprich mir das!«

Franz Bernd Imbach hatte seinen Spitznamen FBI von Kollegen aus der Redaktion verpasst bekommen – und das aus triftigen Gründen. Alexander Hopp kannte ihn seit sieben Jahren, er war von ihm während der Journalistenausbildung bei seinem ersten großen Zeitungspraktikum betreut worden. Imbach war bei dem Blatt Ressortleiter gewesen, hatte schnell Hopps Talent erkannt und ihn nach Kräften gefördert. Seither waren sie in engem Kontakt geblieben, und Imbach war für Alexander nach und nach zu einer Art väterlichem Mentor geworden. Er war es auch gewesen, der ihm nach dem Desaster beim *Wirtschafts-Monitor* problemlos den neuen Job in der *Profit*-Redaktion vermittelt hatte. FBI würde Rat wissen, da war sich Hopp sicher. Denn er war in seiner Karriere an mehreren spektakulären Enthüllungsgeschichten beteiligt gewesen.

»Das mache ich, Josy. Und zwar sofort.« Hopp unterbrach die Küchenarbeit, wusch sich die Hände und rief Imbach im Büro an. Trotz der späten Tageszeit ging er nach dem fünften Klingeln an den Apparat.

»Hallo Alex, gerade ist es schlecht. Ich erwarte jeden Moment ein paar Leute zu einer wichtigen Besprechung. Gibt es was Dringendes?«

»Das kann man wohl sagen. Ich glaube, ich bin zufällig in eine brandheiße Geschichte hineingeraten, die gefährlich sein könnte. Und jetzt weiß ich nicht, ob ich weitermachen soll, und wenn ja, wie.«

»Verstehe. Also: Auf die Schnelle rate ich dir, Ruhe zu bewahren und dich auf nichts einzulassen. Versuche erst einmal mit den klassischen Mitteln zu recherchieren, worum es überhaupt geht.«

»Das wird schwierig, weil mein anonymer Informant bis jetzt noch keinerlei nachvollziehbaren Hinweis gegeben hat. Er will mich erst persönlich treffen. Das kann sehr bald passieren. Theoretisch sofort. Oder vielleicht morgen.«

»Dann schlafe erst einmal gut darüber und entscheide morgen früh mit hellwachem Kopf, ob du das machen willst. Falls ja, dann komm unbedingt vor einem Treffen zu mir nach Hause. Morgen habe ich nach der Arbeit nichts vor. Komm um acht oder neun Uhr abends, wie es dir passt. Dann besprechen wir alles in Ruhe.«

HEUTE

5. Ein neuer Betrugsfall

Alles verdammt lang her«, denkt Alexander Hopp, während er aus dem Fenster seines Arbeitszimmers in Pech auf das Siebengebirgspanorama schaut. Die romantische Silhouette dieses Höhenzugs hatte ihn schon vor 20 Jahren, bei seinem ersten Besuch im sogenannten Drachenfelser Ländchen, tief beeindruckt. Dass er diesen Anblick in den folgenden Jahren fast täglich bewundern und in dieser Landgemeinde heimisch werden würde, hatte er damals allerdings nicht im Entferntesten geahnt. Hätte ihm das sein Freund Ingo, der seit Langem in Wachtberg lebt, damals prophezeit, hätte er ihn wahrscheinlich für verrückt erklärt und den Kontakt abgebrochen.

Das Klingeln des Telefons reißt ihn aus den sentimentalen Erinnerungen. Das Display weist den Anruf als anonym aus, weshalb er ihn wieder nur reserviert annimmt: »Ja, bitte.«

»Ich möchte Sie sehr gern sehr bald treffen.« Hopp erkennt Merkurs Stimme sofort wieder.

»Wieso sollte ich mich darauf einlassen?«, fragt er skeptisch.

»Weil ich Ihnen dann extrem spannende Unterlagen übergeben kann. Und weil ich Sie bei dieser Gelegenheit davon überzeugen werde, dass Sie mir vertrauen können.«

»Aha. Und warum melden Sie sich ausgerechnet bei mir? Wir kennen uns doch gar nicht. Oder doch?«

»Nein. Nicht persönlich. Aber ich kenne einige Ihrer Geschichten und außerdem kenne ich einen, der Sie kennt. Wie das im Rheinland halt so ist.« Der Mann lacht leise.

»Darf ich fragen, wen?«

»Dürfen Sie«, antwortet Merkur belustigt, »allerdings beantworte ich es Ihnen nicht.«

»Was für Unterlagen haben Sie denn für mich? Wenigstens das sollten Sie mir sagen können.«

»Welche über einen gigantischen Skandal in der Bundesagentur für Arbeit. Das habe ich Ihnen auch schon bei meinem letzten Anruf erklärt.«

»Geht es vielleicht etwas präziser?«, fragt Hopp nach. »Das ist mir entschieden zu vage. Was ist denn da Schlimmes passiert?«

«Kommen Sie einfach, dann werden Sie es ja sehen.«

»Wohin denn?«

»Zum Biergarten am Alten Zoll am Bonner Rheinufer. Heute Abend um 20 Uhr.« Merkur lässt seinen Terminvorschlag einige Sekunden wirken. Dann fragt er: »Werden Sie kommen?«

»Das werden Sie ja dann sehen«, antwortet Alexander Hopp ausweichend. Er weiß tatsächlich noch nicht, ob er sich auf dieses Treffen einlassen soll.

»Na gut, Herr Hopp. Ich werde auf jeden Fall dort sein und bringe die neueste Ausgabe des *Kurier* mit. Daran sollten Sie mich eindeutig erkennen können.« Er lacht wieder. »So viele Leute kaufen das Blatt ja mittlerweile nicht mehr.«

Agentur für Arbeit, Regionaldirektion Nordrhein-Westfalen, Subventionsskandal, Fördermittel, Millionenverlust, Betrugsfälle in Bonn und Umgebung. Zu keinem dieser Stichworte wird Hopp im Internet fündig, egal, ob er sie einzeln eingibt oder in unterschiedlichsten Kombinationen. Nichts. Kein einziger Artikel und nicht einmal eine kurze Meldung berichtet über solch ein Thema. Zwar hat Merkur am Telefon erklärt, der Skandal sei noch nicht publik und seine brisanten Informationen seien exklusiv. Doch Hopp hört solche Argumente des Öfteren, schließlich lässt sich das leicht bchaupten, um das Interesse von Journalisten zu wecken.

Stattdessen findet Hopp im Netz zum Thema »Abzocke mit Arbeitsförderungsmitteln« nur haufenweise Berichte über die üblichen Fälle, bei denen arme Schlucker gegen die rigiden Bedingungen der Arbeitsagentur verstoßen haben und Ärger kriegen, woraufhin die Zahlungen gekürzt oder eingestellt werden. Nicht selten landen sie obendrein noch als Sozialbetrüger vor dem Kadi. Doch darum kann es nicht gehen. Wenn Merkur nicht blufft, dann hat er deutlich größere Fische am Haken.

Überraschend kommt Jana kurz nach 18 Uhr nach Hause in die gemeinsame Wohnung. So früh hat sie ewig nicht mehr Feierabend machen können. Ein Doppelmord an einem Ehepaar in Niederbachem stresst die Hauptkommissarin seit fast einem Monat. Die letzten Wochenenden musste sie durcharbeiten.

Herzlich schließt Hopp seine Lebensgefährtin in die Arme. »Hallo, mein Schatz, hast du dich bei der Uhrzeit verguckt oder bist du vor einem neuen Fall geflohen?«

»Weder noch. Wir haben den Doppelmord gerade aufklären können.«

»Wie denn das? Danach sah es doch heute Morgen absolut nicht aus, als du zur Schicht gefahren bist.«

»Der Täter hat sich überraschend gestellt.«

»Lass mich raten«, frotzelt er, »der Gärtner war's.«

»Nicht ganz.« Jana lacht und schüttelt den Kopf. »Ein durchgeknallter Nachbar von schräg gegenüber hat die Taten gestanden. Er fühlte sich von den Eheleuten bedroht, warf ihnen vor, Sachen von seinem Grundstück geklaut zu haben, ihren Müll in seine Tonnen zu werfen, andauernd die Einfahrt zuzuparken, seine Kaninchen vergiftet und seine Katze erschlagen zu haben. Völlig irre.«

»Aber sein Geständnis ist für euch glaubhaft?«

»Ja, eindeutig. Der Mann hat jede Menge Täterwissen, konnte den Ablauf und die Art und Weise der beiden Morde exakt beschreiben.«

»Gratuliere, das freut mich für dich! Und schön, dass du endlich mal wieder einigermaßen früh frei hast. Allerdings muss ich vielleicht gleich noch zu einem Termin«, sagt Hopp.

»Zu welchem Termin denn? Und was heißt *vielleicht*?«

»Ein anonymer Anrufer will mir exklusive Unterlagen über einen millionenschweren Skandal übergeben. Angeblich geht es um großangelegten Missbrauch von Arbeitsförderungsmitteln, hier in Nordrhein-Westfalen, im Zuständigkeitsbereich der Regionaldirektion der Arbeitsagentur, sogar in Bonn.« Hopp hält kurz inne. »Aber ich weiß nicht, ob ich überhaupt hingehen soll.«

»Irgendwie kommt mir das ziemlich bekannt vor«, sagt Jana.

»Wie? Befasst ihr euch etwa auch schon mit dieser Sache? Im Internet konnte ich keine Silbe darüber finden.«

»Nein, nein. So meine ich das nicht. Hat die gigantische Betrugsgeschichte vor 20 Jahren, bei der wir uns kennengelernt haben, nicht genauso begonnen? Die fing doch auch mit dem mysteriösen Anruf eines unbekannten Informanten an.«

»Das stimmt, Jana. Deshalb bin ich auch hin- und hergerissen. Wäre das damals nicht so eine Riesensache geworden, würde ich jetzt wahrscheinlich nicht einmal darüber nachdenken, mich mit dem Mann zu treffen. Meist entpuppen sich die angeblich brandheißen Infos nämlich als Luftnummern, die Zuträger sind oft nur Aufschneider.«

»Was weißt du denn über den Anrufer?«

»Nichts. Er nennt sich Merkur. Anscheinend sein Künstlername als Whistleblower.«

»Wie originell.« Jana schüttelt den Kopf. »Humor scheint er ja zu haben. Wenn seine Informationen genauso gut sind, dann solltest du besser hingehen. Wann und wo will er dich denn treffen?«

»In einer Stunde, um 20 Uhr im Biergarten am Alten Zoll.«

»Das klingt unproblematisch. Dort werden bestimmt viele Gäste sein. Geh einfach mal hin, mach dir ein Bild von dem Typen und seinen Unterlagen. Und sei dabei vorsichtig, lass dich auf nichts ein. Dann kann dir eigentlich nichts passieren. Wenn es schlecht läuft, hast du halt einen schönen Abend mit mir verpasst.«

»Das sehe ich auch so, aber ich habe momentan eigentlich genug zu tun. Ich brauche kein zusätzliches Thema«, erwidert Alexander.

»Weiß ich, Alex. Nur eine exklusive, spektakuläre Enthüllungsgeschichte hast du gerade nicht in der Mache, wenn ich richtig informiert bin.« Jana schaut ihn aufmunternd an. »Vielleicht ändert sich das ja heute Abend.«

6. Treffen im Biergarten

Mit zehn Minuten Verspätung trifft Alexander Hopp am Alten Zoll in Bonn ein. Auf der gut 13 Kilometer langen Strecke von Pech bis in die Innenstadt war deutlich mehr Verkehr gewesen als üblich um diese Zeit. Einen Parkplatz hat er auch nicht auf Anhieb finden können. Trotzdem rennt er nicht einfach in den Biergarten, um diesen Merkur zu finden, sondern bleibt an einer günstigen Stelle am Rand stehen, um sich einen Überblick zu verschaffen. Sicher ist sicher.

Wie von Jana vorausgesagt, ist die Wirtschaft gut besucht, fast alle Plätze sind besetzt. Allerdings sieht Hopp dort nur Paare, Familien und kleine Gruppen. Nirgends sitzt ein Mann in mittlerem Alter allein am Tisch. Vierzig bis fünfzig Jahre müsste er wohl sein, vermutet er, wenn nicht noch älter. Seine Stimme klang jedenfalls nicht jung am Telefon.

Als er gerade drauf und dran ist, wieder umzukehren – schließlich war sein Informant vor 20 Jahren auch nicht zu ihrer ersten Verabredung erschienen und er hatte einen langen Abend umsonst in der Kneipe gewartet –, betritt ein groß gewachsener, geschmackvoll gekleideter Herr das Gartenlokal, der zu Hopps Altersvermutung passt. Er ist mindestens fünfzig Jahre alt, trägt einen sandfarbenen Trenchcoat über einem leichten Leinenanzug und glänzend polierte Lederschuhe. Unter den rechten Arm hält er eine Zeitung geklemmt, die Hopp auch aus der Entfernung eindeutig als *Kurier* identifiziert und die nicht wirklich zum eleganten Erscheinungsbild dieses Menschen passt.

Der Mann sieht sich suchend nach allen Seiten um, ehe er am Ende eines langen Tisches Platz nimmt, mit reichlich Abstand zu den drei jugendlich wirkenden Gästen am anderen Ende.

Alexander Hopp wartet weiter ab. Er will ganz sicher sein, dass diese Person tatsächlich Merkur ist. Nichts wäre ihm in dieser Situation peinlicher als eine Verwechslung.

Er legt das Boulevardblatt auf den Tisch. Ein Kellner kommt zu ihm, nimmt seine Bestellung auf und geht wieder. Kurz darauf bringt er ihm ein Glas Hefeweizen.

Dieser Gast scheint auf jemanden zu warten – auf ihn, Hopp. Er ist nun davon überzeugt, dass er sein Informant sein muss. Langsam nähert er sich dem Unbekannten.

»Darf ich mich zu Ihnen setzten?«, fragt er höflich und lächelt den Mann an. »Gerade ist überhaupt kein einziger Tisch mehr frei.«

»Aber gern, bitteschön.« Gleichzeitig zeigt er mit ausladenden Armbewegungen einladend auf die leeren Plätze.

Hopp setzt sich ihm gegenüber und stellt seine braune, schweinslederne Aktentasche, an ein Stuhlbein gelehnt, auf den Boden. Dann winkt er den Kellner zu sich und bestellt ein großes Kölsch.

»Mögen Sie die Zeitung lesen?«, fragt ihn der Mann freundlich. »Ich habe die druckfrische Abendausgabe des *Kurier* dabei.«

Das ist das vereinbarte Erkennungszeichen, eindeutig. Das kann kein Zufall sein, Irrtum ausgeschlossen, denkt Hopp.

»Nein, danke«, antwortet er deshalb und lächelt. »Wenn wir hier schon so nett beisammen sitzen, können wir doch vielleicht ein bisschen miteinander plaudern. Oder?«

Als könnten sie jeweils die Gedanken des anderen lesen, gucken beide gleichzeitig zu den anderen Gästen hinüber, um zu überprüfen, ob der Abstand ein vertrauliches Gespräch erlaubt.

»Doch, sehr gern. Bisher kennen wir uns ja nicht. Mein Name ist Merkur und ich arbeite in Düsseldorf«, sagt der Informant und schaut wieder zum anderen Ende des Tisches; dort nimmt niemand Notiz von ihnen. »Genauer gesagt, arbeite ich in einer interessanten Funktion in der Regionaldirektion der Agentur für Arbeit in der Landeshauptstadt.«

»Hört sich spannend an.«

Nun wirft Hopp einen kurzen Kontrollblick in Richtung der Tischnachbarn. Würden sie an diesem Platz offen miteinander reden können? Oder sollten sie besser woandershin gehen, wo sie auf jeden Fall ungehört und ungestört bleiben könnten? Zum Beispiel an die Rheinpromenade unterhalb des Alten Zolls. Doch hier scheint es zu funktionieren. Noch immer interessiert sich niemand für ihr Gespräch. Die jungen Leute scheinen ein fesselndes Thema zu besprechen.

»Müssen Sie dafür etwa jeden Tag ins Büro nach Düsseldorf fahren?«

»Nein, Gott sei Dank nicht mehr. Auch wir können mittlerweile vieles im Homeoffice erledigen. Maximal zweimal pro Woche fahre ich in die Zentrale.«

»Was macht Ihre Funktion denn so interessant?«, fragt Hopp nach.

»Ich kriege die verschiedensten Vorgänge auf meinen Schreibtisch, bekomme so allerhand mit.« Der Mann schaut Hopp vielsagend an.

»Und wie lange machen Sie das schon?«

»Ungefähr zehn Jahre. Zu Anfang als Vertreter der Regierungspartei, was sich allerdings inzwischen geändert hat.«

»Das ist mir klar«, erwidert Hopp. »Und als Mitglied der Oppositionspartei gefällt Ihnen bestimmt eine Menge der … nennen wir es Amtsführung … nicht mehr?«

»Das kann man wohl sagen.«

Wieder sehen beide zu den drei anderen Gästen am Tisch hinüber, die nun in eine Beziehungsdebatte vertieft sind, die ihre Aufmerksamkeit völlig absorbiert.

»Es ist weder im Geiste des Gesetzes noch im Sinne hilfsbedürftiger Arbeitsloser, wenn Fördermittel für die Wiedereingliederung in das Berufsleben zweckentfremdet werden.« Merkur gibt seine zurückhaltende Ausdrucksweise nun auf. Er scheint sich gerade sicher zu fühlen.

»Geht das denn?«, fragt Hopp. »Wie darf ich mir das vorstellen?«

»Wenn man Teil des Systems ist, an entscheidender Stelle sitzt und das nötige Know-how hat, dann funktioniert das. Kein Problem.«

»Was kann denn dann passieren?«

»Dann werden zum Beispiel Eingliederungszuschüsse, die eigentlich zwingend für einzelne Arbeitslose individuell beantragt und verwendet werden müssen, en bloc für Hunderte beantragt, gewährt und gezielt an Unternehmen ausgezahlt.«

»Was bestimmt nicht rechtens ist.«

»Selbstverständlich nicht! Das ist illegale Subvention durch massiven Missbrauch von Arbeitsförderungsmitteln. Aber wie gesagt, wenn an den entscheidenden Stellen, also sowohl auf der bewilligenden und kontrollierenden Seite als auch auf der kassierenden Seite, die richtigen Leute sitzen, dann ist das fast ein Kinderspiel.«

»Die richtigen Leute?«

»Freunde, genauer gesagt: Parteifreunde. Oder anders ausgedrückt: Komplizen.«

»Und das hat sich genau so zugetragen?«

»Im ganz großen Stil, sogar ein paarmal, jeweils in Höhe mehrerer Millionen Euro.«

»Was Sie tatsächlich beweisen können?«

»Auf jeden Fall!« Merkurs Stimme klingt ärgerlich. »Schwarz auf weiß, sonst säße ich nicht hier. Glauben Sie etwa, ich hätte nichts Besseres zu tun, als mich mit Wildfremden in Lokalen zu treffen und ihnen Fantasiegeschichten zu erzählen?«

Er sieht sich erneut um, aber die drei jungen Leute zeigen nach wie vor kein Interesse an dem Gespräch der beiden Männer. Diese günstige Gelegenheit nutzt Merkur, um einen Schnellhefter direkt in Hopps Aktentasche zu stecken, die zu seinen Füßen auf dem Boden steht.

Alexander Hopp runzelt die Stirn.

»Schauen Sie sich das Beweismaterial gründlich an und überprüfen Sie meine Angaben. Dann werden Sie schnell feststellen, dass ich die Wahrheit sage. Wenn Sie dann noch Fragen haben, melden Sie sich bei mir. Meine Telefonnummer finden Sie in den Unterlagen.«

»Auch Ihren bürgerlichen Namen?«

Der Unbekannte lächelt und schüttelt leicht den Kopf. Er nickt Hopp freundlich zu, tippt zum Gruß mit dem Zeigefinger an die Schläfe, legt einen Zehn-Euro-Schein auf den Tisch und verlässt entspannt den Biergarten am Alten Zoll.

Gegen 22 Uhr ist Hopp zurück in der Wohnung in Pech. Jana wartet auf ihn, weil sie selbst gespannt ist, was Alexander wohl mitbringen wird.

Er berichtet kurz den Ablauf des Abends und die Angaben, die Merkur bei ihrem Gespräch im Biergarten gemacht hat.

»Mein Bauchgefühl hält ihn für vertrauenswürdig. Er macht jedenfalls einen ziemlich seriösen Eindruck. Seine Story klingt zwar unglaublich, könnte aber trotzdem stimmen. Denn so, wie er seinen Job in der Regionaldirektion der Agentur für Arbeit beschrieben hat, sitzt er dort direkt an der Quelle.«

»An welcher Quelle? Worauf tippst du?«

»Buchhaltung. Controlling. Rechtsabteilung. Irgend so was.«

»Weißt du denn mittlerweile, wie er wirklich heißt?«

Hopp schüttelt den Kopf.

»Auch wenn wir beide müde sind, sollten wir uns die Unterlagen wenigstens noch kurz zusammen anschauen«, drängelt Jana und wirft einen kurzen Blick auf die Uhr.

Hopp nickt und zieht den prall gefüllten Schnellhefter aus der Aktentasche. Er enthält mehrere Listen mit Hunderten Namen von Arbeitslosen, die angeblich in zwei metallverarbeitenden Betrieben wiedereingegliedert worden sein sollen. Hinter jedem Namen stehen Geburtsdatum, Tag der Anstellung, die Art der Beschäftigung und – die Höhe der individuellen Förderung, die für alle Einzelfälle zusammen in siebenstelligen Summen direkt an die Unternehmen überwiesen wurden. Zahlungsbelege, interner Mailverkehr zwischen verschiedenen Mitarbeitenden der Agentur für Arbeit und mehrere Aktenvermerke über telefonische Absprachen mit den Unternehmen dokumentieren die Vorgänge detailliert.

»Ach, du dickes Ei«, sagt Hopp überrascht und bläst beeindruckt beide Backen auf. »Das ist ja wirklich ein fetter Skandal. Diese Unterlagen lassen jedenfalls keinen Zweifel zu.«

»Sollte man meinen«, bestätigt Jana. »Wenn sie tatsächlich echt sind und nicht irgendwie manipuliert wurden. Auf den ersten Blick sehen sie jedenfalls authentisch aus und der Prozess lässt sich auch klar nachvollziehen. Fragt sich nur, ob diese Förderpraxis nicht doch irgendwie rechtmäßig ist. Aufgrund irgendeiner Ausnahmeregelung zum Beispiel.«

»Nein, behauptet Merkur. Seiner Ansicht nach ist das illegale Subvention aus Mitteln der Arbeitslosenversicherung.«

»Das wird sich leicht überprüfen lassen. Ebenso kann man auch sicher irgendwie recherchieren, was die Hauptakteure miteinander verbindet.«

»Ihr Parteibuch. Sagt zumindest Merkur.«

»Gut möglich, aber vielleicht ja sogar noch mehr. Finde es heraus, Alex. Und ich höre mich mit Hilfe verlässlicher Kollegen mal auf amtlichen Wegen um.«

7. Millionen für Parteifreunde

Alexander Hopp kommt aus dem Staunen kaum heraus, als er Merkurs Unterlagen am nächsten Morgen noch einmal ausgeschlafen und in aller Ruhe durchsieht. Die Dreistigkeit, mit der das Subventionsstück auf höchster Ebene verabredet und von einigen wenigen Führungskräften auf kurzem Dienstweg straff organisiert worden ist, hätte er nicht für möglich gehalten. Die Hauptrolle spielte dabei ein Dr. Detlef Kühn, Leiter der Arbeitsagentur in Bonn und vormals Vizechef der Agentur in Köln. Für sein Vorhaben holte er sich per E-Mail den Segen von seinem Chef, dem Vorsitzenden der Geschäftsführung der Regionaldirektion in Düsseldorf. In diesem Schreiben definierte Kühn das Ziel der Operation unverblümt als »Rettung hunderter Arbeitsplätze vor drohender Insolvenz«, was wahrscheinlich sogar stimmte, wie Hopp vermutet. Dafür reklamierte Kühn bei seinem Vorgesetzten »eine schriftliche Vorentscheidung in dieser Angelegenheit«. Und zusätzlich bezifferte er den konkreten Finanzbedarf der beiden Unternehmen, für welche diese rechtswidrigen Finanzspritzen bestimmt seien: mindestens 2,3 Millionen Euro für die Umform-Union GmbH in Meckenheim und rund 2,6 Millionen Euro für die Kalt-Walz GmbH in Bonn. Von diesen metallverarbeitenden Firmen hat Hopp noch nie etwas gehört. Um mehr über sie zu erfahren, geht er sofort ins Internet. Dort findet er schnell heraus, dass beide Unternehmen Töchter der Bonner Kröger-Krämer-Söhne-Gruppe sind.

Hopp legt die Stirn in Falten. Der Fall fasziniert ihn von Minute zu Minute mehr.

Wenige Tage nach seiner schriftlichen Anfrage erhielt Kühn prompt grünes Licht aus Düsseldorf, wieder per E-Mail. Darin wurde aus »Gründen der Diskretion« ausdrücklich gebeten, den »Kreis der Involvierten so klein wie möglich zu halten« und die unterstützten Firmen zu verpflichten, »dass nahezu die komplette Belegschaft erhalten bleibt«.

Auf zwei ausgedruckten Betriebslisten, die in Merkurs Mappe hinter der agenturinternen Mail-Korrespondenz eingeheftet sind, hatte Kühn für jeden der aufgeführten 188 Beschäftigten in Meckenheim und der 211 Beschäftigten in Bonn handschriftlich Dauer und Höhe der Eingliederungszuschüsse berechnet, um auf die benötigten Summen zu kommen: 2.313.670 Euro beziehungsweise 2.707.522 Euro.

Da der Finanzbedarf von rund fünf Millionen offenbar von Anfang an feststand, waren die entsprechenden mathematischen Operationen nicht einfach gewesen, um die Summen passend auszurechnen. Dr. Detlef Kühn benötigte dafür jedenfalls mehrere Versuche, wie Hopp amüsiert anhand der Krakeleien und Streichungen in den Notizen erkennt.

Kriterien oder Argumente für die individuellen Förderansätze kann er allerdings nirgends entdecken. Wieso gibt es für den einen Mitarbeiter ein Jahr lang 50 Prozent Zuschuss und für den anderen 9 Monate lang 75 Prozent? So was muss wichtige persönliche Gründen haben, denkt Hopp, das kann doch nicht einfach willkürlich per Würfel entschieden werden. Auch Hinweise auf eine Prüfung der einzelnen Fälle findet er nicht – obwohl genau das im Arbeitsförderungsgesetz vorgeschrieben sein soll, wie Merkur behauptet, und was außerdem die ausdrückliche Bedingung des Leiters der Düsseldorfer Regionaldirektion war. Der hatte »keine grundsätzlichen Bedenken, wenn jeder Einzelfall gründlich überprüft und dabei insbesondere die Frage der Schwervermittelbarkeit geklärt« werde.

Das letzte Schriftstück am Ende des Schnellhefters haut Hopp dann fast vom Hocker. Schwarz auf weiß steht dort auf einem Briefbogen der Arbeitsagentur Bonn, dass die Kröger-Krämer-Söhne-Gruppe bereits zwei Jahre zuvor für die Übernahme der

Umform-Union GmbH in Meckenheim und der Kalt-Walz GmbH in Bonn kräftig bei der Agentur für Arbeit abkassiert hatte: 5.114.300 Euro. Damit hatte der Konzern sich bislang für die beiden Tochtergesellschaften insgesamt mehr als 10 Millionen Euro Fördergelder aus der Arbeitslosenversicherung besorgt, mindestens. Und vermutlich widerrechtlich.

Die vielen Fakten aus Merkurs Unterlagen muss Alexander Hopp erst einmal sacken lassen. Er geht in die Küche und macht sich einen starken Kaffee. Während er seine heiße Liebe langsam schwarz genießt, fallen ihm etliche Fragen ein, die er dringend klären muss. Wenigstens die wichtigsten davon. Ohne Antworten würde er diesen Skandal nicht lückenlos belegen und deshalb auch nicht publik machen können.

Zurück am Computer, schreibt er zuerst alle offenen Fragen auf, um daraus im zweiten Schritt einen detaillierten Rechercheplan zu entwickeln:

Sind die Unterlagen von Merkur echt oder geschickt gefälscht? Wer kann das zweifelsfrei feststellen?

Wer ist der wichtigste Mann bei oder hinter der Kröger-Krämer-Söhne-Gruppe?

Zu wem in der Agentur für Arbeit hat dieser Kröger-Krämer-Manager einen heißen Draht?

Mit wem hat Kröger-Krämer diese Deals ausgeheckt? Mit Dr. Detlef Kühn oder dem Chef der Regionaldirektion selbst?

Seit wann kennen sich die Beteiligten?

Und woher kennen sie sich? Aus einer Partei, aus einem Verein, vom Studium oder über gemeinsame Freunde?

Gibt es besondere persönliche Verbindungen oder gemeinsame Interessen der Hauptakteure?

Welche andere Quelle kann diese Vorgänge bestätigen?

Gibt es außer Merkur weitere Mitarbeiter in der Agentur, denen diese Förderungspraxis gegen den Strich geht? Und die sich vielleicht sogar öffentlich dazu äußern wollen?

Wer kennt die rechtlichen Grundlagen des Arbeitsförderungsgesetztes so genau, dass er die Illegalität der Vorgänge zweifelsfrei bestätigen kann?

Nach welchen Kriterien oder Vorgaben hat Kühn die Dauer und die Höhe der Förderung für die einzelnen Personen bestimmt? Oder geschah das völlig nach Belieben?

Existieren diese Beschäftigten überhaupt, sind ihre persönlichen Daten wahr oder manipuliert?

Sind alle indirekten Subventionen der Agentur aus reiner Freundschaft bewilligt worden? Oder gab es geldwerte Gegenleistungen für die Entscheider? Kick-back-Zahlungen? Sachleistungen? Bestechungsgeld?

Oder war es genau umgekehrt: Mussten Kühn & Co vielleicht sogar so handeln, weil sie erpresst wurden? Wenn ja: womit?

Fragen über Fragen. Wahrscheinlich sind gleich mehrere davon entscheidend für die Aufklärung des Falls, denkt Alexander Hopp. Aber welche?

Zuerst will er mal wieder seinen alten Mentor Franz Bernd Imbach besuchen. Den hat er seit Jahren nicht mehr getroffen, weil eigene Erfahrung und zunehmende Jobroutine immer weniger Hilfestellung erforderten. FBI würde das sicher nicht übel nehmen und ihm jetzt trotzdem mit seinem Rat weiterhelfen.

Danach sollte er seinen Informanten Merkur anrufen, um von ihm alles zu erfahren, was er weiß. Wahrscheinlich ist es weit mehr, als er bisher preisgegeben und in die Mappe gesteckt hat.

Vielleicht könnte er sogar eine Finte versuchen, sich beispielsweise selbst bei der Arbeitsagentur als Berater eines insolvenzgefährdeten Unternehmens ausgeben und sich ganz offen nach Unterstützung aus Mitteln der Arbeitsförderung erkundigen.

Auch eine offizielle journalistische Anfrage bei der Pressestelle des Bundesministeriums für Arbeit hält er für zielführend.

Eine weitere Quelle im Umfeld der Düsseldorfer Regionaldirektion zu finden, erscheint ihm ebenso wichtig wie besonders schwierig. Trotzdem will er es auf jeden Fall versuchen.

Nur die Betroffenen direkt mit den Vorwürfen zu konfrontieren, wie bei seriöser journalistischer Arbeit eigentlich üblich, hält Hopp für gefährlich. Das will er höchstens als letztes Mittel riskieren, falls alle anderen Recherchen im Sande verlaufen sollten. Oder zuallerletzt als Tüpfelchen auf dem i, wenn er alle Informationen niet- und nagelfest zusammengetragen hat und die Geschichte nicht mehr platzen kann.

DAMALS

8. Ein brisanter Fall

Der übernächste Arbeitstag nach dem gescheiterten Treffen mit dem anonymen Anrufer verlief ereignislos. Hopp erledigte mäßig motiviert seine Pflichtaufgaben. Zuerst entwarf er das Exposé für eine detaillierte Analyse verschiedenster Arbeitszeitmodelle, die er alsbald in einem umfassenden Beitrag vorstellen wollte. Sein Kollege Armin Herbst bat ihn, einen Bericht gegenzulesen, ehe er ihn an den Ressortleiter ablieferte. Der Chef vom Dienst sammelte Kurzbeiträge für die Meldungsseiten ein. Hopp hatte immerhin zwei, womit er haarscharf an einem veritablen Anschiss vorbeischrammte.

In der Kantine gab es faden Weißkohl und Linsensuppe, Gerichte, die er nicht besonders mochte. Also ging er um die Ecke zum türkischen Imbiss und kaufte sich einen Döner.

Nach der Mittagspause surfte er planlos im Internet herum, um Themen für die morgige Redaktionskonferenz zu suchen.

Kurz nach sechs Uhr abends packte Hopp seine Siebensachen und machte Feierabend. Er wollte noch kurz nach Hause, um sich frisch zu machen und die Klamotten zu wechseln, ehe er sich auf den Weg zur Wohnung von Franz Bernd Imbach machen würde. Er war gespannt, welche Vorgehensweise sein Mentor ihm raten würde.

Wieder steckte ein kleiner handbeschriebener Zettel am Scheibenwischer von Hopps VW Golf in der Verlagsgarage. Ohne Nachricht, nur mit einer unbekannten Telefonnummer. Ihm war klar, dass wohl der geheimnisvolle Informant dahinter stecken musste, der sich sicherheitshalber eine neue Prepaidkarte für sein Handy besorgt hatte. Hopp hatte im Laufe des Tages zwar hin und wieder an ein Treffen mit diesem Mann gedacht, war aber noch nicht zu einem Entschluss gekommen.

Erst wollte er das anstehende Gespräch mit FBI abwarten.

Wie sollte er sich nun verhalten? Den Mann sofort zurückrufen und anschließend mit hoffentlich verbessertem Wissen zu Imbach fahren? Oder erst dessen Rat abwarten und danach den Unbekannten anrufen?

Er setzte sich in seinen Wagen und ließ die Fahrertür offen stehen. Ehe er den Motor startete und losfuhr, musste er sich entscheiden. Was hatte er denn zu verlieren, wenn er diese Mobilnummer anriefe? Eigentlich nichts, sagte er sich, vor allem dann, wenn er dafür einen öffentlichen Fernsprecher nähme. Die gab es zwar immer seltener, aber er wusste zumindest einen in seinem Wohnviertel.

Hopp zog die Tür zu, startete und fuhr zu der Telefonzelle Ecke Luxemburger Straße und Klettenberggürtel. Er fand auf Anhieb einen Parkplatz in Sichtweite, was um diese Uhrzeit sechs Richtigen im Lotto gleichkam. Die Telefonzelle war besetzt. Er wartete fünf Minuten, bis eine junge Dame endlich schwungvoll den Hörer auf die Gabel knallte und mit hochrotem Kopf aus dem gläsernen Kasten stürmte.

»Ja, bitte.« Die Männerstimme, die sich meldete, kannte Hopp bereits.

»Ich bin's.« Alexander Hopp nannte seinen Namen ebenfalls nicht. Er war sich sicher, dass dieser Mann ihn trotzdem auf Anhieb erkennen würde. »Ich habe gerade Ihren Zettel an der Windschutzscheibe meines Autos gefunden«, ergänzte er sicherheitshalber.

»Oh, besten Dank, dass Sie anrufen, ich habe kaum damit gerechnet, nachdem ich Sie vorgestern Abend versetzen musste«, entschuldigte sich der Mann. »Auf dem Weg zu unserem Treffpunkt hatte ich mich plötzlich verfolgt gefühlt. Deshalb habe ich es vorgezogen, die Aktion spontan platzen zu lassen. Tut mir leid.«

»Mir auch! Konnten Sie denn wenigstens jemanden erkennen?«

»Ja und nein. Ich war mir einfach nicht sicher, ob der Mensch mich tatsächlich beschattete oder nur zufällig den gleichen Weg hatte. Besonders vertrauenserweckend sah er jedenfalls nicht aus.« Er atmete kräftig ein und wieder aus. »Schon zu Hause war mir während eines Gesprächs der Klang in der Telefonleitung merkwürdig vorgekommen. Vor allem die Stille.«

»Die Stille? Wie klingt die denn normalerweise?«

»So dumpf und leer und irgendwie ... verlassen. Sie wissen doch sicher selbst, wie es sich am Telefon anhört, wenn gerade keiner der Gesprächspartner etwas sagt.«

Hopp wusste nicht, was er darauf antworten sollte.

»Aber plötzlich klang die Stille für mich irgendwie anders. Verdächtig. Bedrohlich.«

»Verstehe. Deshalb haben Sie sich eine neue Nummer besorgt.«

»Ja. Sogar gleich mehrere. Das sollten Sie auch möglichst bald tun. Man kann nie wissen.«

»Immer schön der Reihe nach. Momentan weiß ich noch gar nicht, ob wir nach diesem Telefonat überhaupt in Kontakt bleiben werden. Wie soll es denn weitergehen? Was haben Sie vor?«

»Ich verstehe, dass Sie gerade unschlüssig sind. Aber wenn Sie mein Material gesehen habe, dann werden Sie ganz sicher wissen, dass Sie die Sache mit mir gemeinsam verfolgen wollen.«

»Welches Material denn? Und welche Sache überhaupt?«, fragte Hopp unwirsch.

»Das kann ich Ihnen hier am Telefon nicht erklären. Dafür ist alles zu kompliziert. Kommen Sie bitte gleich, so gegen 21 Uhr, mit Ihrem Auto auf den Parkplatz hinter dem Franz-Kremer-Stadion am Militärring. Den kennen Sie doch, oder?«

»Ja klar, aber da ist meist die Hölle los. Da wimmelt es doch nur so von FC-Fans.«

»Nur wenn die Profis trainieren, und solange es hell ist. Spätabends ist dort niemand mehr. Glauben Sie mir. Und wenn Sie dort die Unterlagen gesehen haben, dann werden Sie mir vertrauen.«

Wieder legte der Informant einfach auf.

Nervös fummelte Hopp zwanzig Cent aus seiner Hosentasche, um sofort FBI anzurufen. Der hörte sich geduldig an, was Alexander aufgeregt berichtete.

»Für mich wirkt es nicht so, als ob das Treffen mit dem Unbekannten irgendwie gefährlich werden könnte«, sagte Imbach in ruhigem Ton. »Der wird dir kaum was antun. Er will doch was von dir. Und kein anderer kann von der Verabredung wissen, wenn er die neue Telefonkarte gerade erst gekauft hat. Geh hin, aber sieh dich gründlich auf dem Gelände um. Sicher ist sicher. Und wenn die Luft rein ist, wovon ich ausgehe, dann schau dir genau an, was der Mann zu bieten hat. Anschließend kommst du sofort zu mir.«

»Aber ich habe keine Ahnung, wie lange die Sache dauert«, sagte Hopp. »Bestimmt wird es zehn, vielleicht sogar elf Uhr, bis ich bei Ihnen sein kann. Wenigstens ist der Weg vom FC-Gelände bis zu Ihrer Wohnung in Lindenthal nicht weit.« Hopp siezte Imbach nach wie vor, weil dieser fast doppelt so alt war und er riesigen Respekt vor ihm hatte, obwohl FBI ihn seit Jahren konsequent duzte.

»Kein Problem. Ich gehe sowieso nie früh zu Bett«, antwortete Franz Bernd Imbach gelassen. »Egal, wie spät es wird. Ich warte auf jeden Fall auf dich. Und dann sehen wir weiter.«

Alexander Hopp hatte kaum fünf Minuten in seinem Golf auf dem vereinbarten Parkplatz gewartet, da klopfte es ans Fenster der Beifahrerseite. Fast gleichzeitig wurde die Tür geöffnet, und ein großer, schlanker Mann stieg ein. Er hatte aschgraues, schütteres Haar und markante Züge: spitze Nase, hohe Wangenknochen, tiefliegende braune Augen unter buschigen Brauen. Und er trug eine prall gefüllte lederne Aktentasche unter dem rechten Arm.

»Hallo, Herr Hopp, ich bin Jochen Teller, ein Kollege von Ihnen. Ich arbeite allerdings freiberuflich, vor allem für Hörfunk und Fernsehen.«

»Für wen genau, wenn ich fragen darf?« Hopp war skeptisch, obwohl ihm dieser Mensch auf den ersten Blick vertrauenswürdig erschien.

»Hauptsächlich für den WDR: Morgenmagazin, Mittagsmagazin, Lokalzeit. Normalerweise kümmere ich mich um die leichten, bunten Themen. Von Wirtschaft habe ich leider überhaupt keine Ahnung.«

»Was wollen Sie denn dann von mir? Weshalb treffen wir uns heimlich im Grüngürtel und telefonieren nicht einfach ausführlich miteinander? Und warum diese Sicherheitsvorkehrungen?«

»Weil ich ungewöhnlich brisantes Material habe. Einen ganzen Karton voll, der ungefähr so groß wie ein Bierkasten ist. Jede Menge Papierkram – Akten, Verträge, Buchungsbelege, Briefe. Zwar verstehe ich das Geschäftsmodell und die Zusammenhänge nicht genau. Aber trotzdem bin ich mir sicher: Es handelt sich um einen gigantischen Anlagebetrug.«

»Woher haben Sie dieses Material denn?«

»Das hat mir ein Unbekannter zugespielt, der nach eigener Aussage aus dem Betrügerring ausgestiegen ist. Warum und wie dieser Mensch ausgerechnet auf mich gekommen ist, ist mir schleierhaft. Wie gesagt, normalerweise habe ich mit Wirtschaft nichts am Hut und erst recht nicht mit investigativen Themen.«

»Wissen Sie denn, weshalb der Unbekannte ausgestiegen ist und die Betrügereien nun publik machen machen will?«

»Leider nein. Nachfragen kann ich das auch nicht, weil ich keinerlei Kontaktdaten von ihm habe. Mir ist nur klar, dass der Mann wütend genug sein muss, um seine ehemaligen Komplizen auffliegen zu lassen.«

»Verstehe ich es richtig, dass ich hier gerade mit einem quasi unbekannten Kollegen zusammensitze, der mir heiße Unterlagen übergeben will, die er wiederum von einem anderen Unbekannten zugespielt bekommen hat und von denen weder klar ist, aus welcher Quelle sie stammen, noch um welches Geschäft es sich überhaupt handelt?«

Alexander Hopp rieb sich nachdenklich die Wange, starrte den Mann auf dem Beifahrersitz fragend an und schüttelte dann ungläubig den Kopf.

»Ja, so ungefähr kann man das zusammenfassen.« Teller nickte und erwiderte den direkten Blick.

»Sie sagten gerade, dass Sie einen großen Karton voller Papiere hätten. Den haben Sie aber jetzt nicht dabei.«

»Stimmt! Aber eine sehr aussagekräftige Kostprobe.« Teller wendete den Blick von Hopp ab, nahm die Aktentasche auf seinen Schoß und holte einen dicken Schnellhefter heraus. »Dies ist nur ein kleiner Teil der Dokumente eines dramtischen Falls aus Sachsen-Anhalt. Dort wollte ein Mann aus seiner Immobilie ein Wellness-Hotel machen und hat auf die falschen Geschäftspartner gesetzt. Nun hat er Haus und Hof verloren, ist mit Frau und Töchtern arbeitslos und sitzt obendrein noch auf einem riesigen Schuldenberg.«

»Steckt sonst noch was in dieser Tasche?«

»Klar. Briefwechsel mit anderen Geschädigten. Diverse Verträge, die ich im Detail nicht kapiere, aus denen aber hervorgeht, dass die Fälle ähnlich liegen, und vor allem, dass überall dieselben Betrüger am Werk zu sein scheinen.«

»Sie meinen, es handelt sich nicht um Einzelne, sondern um eine kriminelle Vereinigung?«

»Ja. Meinem Eindruck nach sogar um eine große internationale Organisation. Mal haben die Papiere mit Österreich zu tun, mal mit irgendwelchen Steueroasen und immer mit Irland. Das zumindest habe ich zweifelsfrei erkennen können.«

»Hmmm.« Alexander Hopp kratzte sich nachdenklich am Hinterkopf. »Und ich soll die Unterlagen jetzt an mich nehmen und versuchen, die Betrugsmasche zu entschlüsseln? Aber was dann? Falls ich das überhaupt schaffe.«

»Dann rollen wir die Einzelfälle systematisch auf, suchen nach weiteren Opfern, klären die Organisationsstruktur und enttarnen möglichst die Hintermänner.« Teller strahlte Hopp begeistert an.

»Mehr nicht?« Hopp schüttelte ironisch grinsend den Kopf. »Dann bin ich beruhigt. Das wird ja ein Kinderspiel.« Spöttisch verzog er den Mund.

»Wenn wir die ganzen Papiere aus dem Karton gründlich durchforsten und die Methode der Bande komplett durchschauen, dann finden wir wahrscheinlich jede Menge Rechercheansätze. Denen gehen wir gemeinsam akribisch nach, wir sprechen mit den Betroffenen und bekommen bestimmt genügend Ergebnisse für eine große Enthüllungsgeschichte«, sagte Teller. Er schien von seinen Argumenten völlig überzeugt zu sein.

Was ist das denn für ein schräger Vogel? Erst hat er jede Menge Schiss, aber keinen Durchblick. Dann will er plötzlich ein allem Anschein nach kompliziertes Geschäftsmodell enttarnen und eine kriminelle Vereinigung hochgehen lassen. Der hat sie doch nicht alle, dachte Hopp, sagte aber nur: »Ihr Wort in Gottes Gehörgang.«

Jochen Teller ließ sich von Hopps Skepsis nicht irritieren. Kurz entschlossen übergab er ihm die Aktentasche, öffnete die Beifahrertür und stieg aus. »Melden Sie sich bitte, wenn Sie den Dreh der Betrüger herausgefunden haben.« Er warf die Autotür zu und verschwand in der Dunkelheit.

Sofort fuhr Alexander Hopp zum Haus von Franz Bernd Imbach. Kurz nach 22 Uhr klingelte er in der Krieler Straße 77.

»Kaffee? Tee? Oder lieber etwas Hochprozentiges?«, begrüßte der erfahrene Journalist seinen Schützling. »Ich denke, du kannst einen kräftigen Drink vertragen. Du siehst ja aus, als ob du gerade dem Leibhaftigen begegnet wärst.«

»Das nicht gerade, aber trotzdem könnte ich jetzt ein kühles Kölsch gut gebrauchen. Der Typ hat sich als Journalist namens Jochen Teller vorgestellt. Angeblich arbeitet er freiberuflich für den WDR. Das werde ich schnellstens checken, auch wenn er auf mich ziemlich glaubwürdig wirkte.«

»Was hat dich denn dann so verschreckt?«

»Die Story, die er mir erzählt hat. Wenn sie nur ansatzweise stimmt, dann ist das eine Riesennummer von einer hochprofessionellen kriminellen Organisation. Vielleicht sogar von der Mafia. Es fühlt sich für mich extrem gefährlich an.«

Imbach nickte verständnisvoll, stand auf und holte zwei Kölsch aus dem Kühlschrank. »Dann lass uns die Sache einfach mal in Ruhe anschauen«, sagte er gelassen, nachdem er ihre Gläser gefüllt hatte. »Du hast ja offenbar Material bekommen. Mal sehen, was ich daraus erfahren kann.«

Die nächste Stunde hörte Hopp von FBI nur noch Gemurmel und Brummen, während dieser konzentriert die Papiere aus der Aktentasche studierte. Endlich klappte er den letzten Schnellhefter zu und schaute ihn vielsagend an.

»Also habe ich recht?«, fragte Hopp.

»Ja, Alex, das sieht so aus. Um ganz sicher zu gehen, müssten wir natürlich alle Unterlagen haben. Aber schon aus diesen Papieren geht ziemlich deutlich hervor, dass eine ausgeklügelte Betrugsmasche mit Grundschuldbriefen vorliegt, bei der Immobilienbesitzer nach allen Regeln der Kunst ausgenommen werden. Dabei wirken offenbar jede Menge Akteure mit, deren Rolle und Reputation für die Betroffenen nicht nachvollziehbar ist. Finanzberater, Gutachter, Anwälte, sogar Notare.«

»Was sind denn Grundschuldbriefe? Davon habe ich noch nie gehört.«

»Eigentlich ein klassisches Finanzierungsinstrument, wenn damit seriös umgegangen wird – was hier absolut nicht der Fall zu sein scheint. Hier werden sie gezielt für ruinöse Wertdifferenzgeschäfte genutzt.«

Hopp blies beide Backen auf und wippte mit den Schultern. Er hatte nicht die geringste Ahnung, wovon sein Mentor gerade sprach.

»Ruinöse Wertdifferenzgeschäfte, die sind mir bisher auch noch nicht untergekommen. Ich fürchte, Sie müssen etwas weiter ausholen, damit ich die Methode kapiere.«

»Okay. Hier geht es speziell um betrügerische Geschäfte auf dem grauen Kapitalmarkt, bei denen Immobilieneigentümern in Finanznöten traumhafte Renditen versprochen werden. Zum Beispiel, wenn jemand viel Geld für eine Investition in sein Haus oder seine Firma braucht, von der Bank aber nichts bekommt, weil die Kreditlinie schon ausgeschöpft ist. Oder weil der Bank die Sicherheiten nicht reichen. Dann taucht ein angeblicher Finanzvermittler auf, der mit Imponiergehabe und Finanzkauderwelsch die ökonomische Quadratur des Kreises präsentiert. Das belegen die Unterlagen eindeutig.«

»Und wie soll diese Quadratur gelingen?«, fragte Hopp.

»Ein Kredit, per Grundpfandrecht gesichert, der in geheimnisvollen Hochfinanz-Deals irre Renditen abwerfen soll – sich also quasi selbst tilgt, selbstverständlich ohne jedes Risiko.«

»So was gibt es gar nicht. Das weiß doch jeder.«

Imbach schüttelte den Kopf. »Nein, nicht jeder. Wenn ihre wirtschaftlichen Probleme groß genug sind, klammern sich manche Leute an jeden Strohhalm und glauben jeder Zauberformel, solange sie ihnen nur finanziellen Erfolg und damit Rettung verspricht.«

»Und wie geht es dann weiter? Was passiert tatsächlich?« Auch wenn er die Masche noch nicht richtig kapierte, ahnte Hopp die Antwort.

»Generell kann ich das nicht mit Sicherheit sagen, weil in der Tasche ja nur ausgewählte Unterlagen von drei einzelnen Fällen stecken. Aber ich gehe mal davon aus, dass sie durchaus repräsentativ für das übliche Vorgehen der Bande sind. Demnach verlangt der Vermittler eine Generalvollmacht für alle weiteren investiven Schritte, wofür er vorab schon mal überzogene Provisionen kassiert. Wenn der Anleger kein aktuelles Gutachten parat hat, was wahrscheinlich meistens der Fall sein wird, sorgt der Vermittler praktischerweise für die Testierung und die notarielle Beurkundung – selbstredend durch Mitglieder der Organisation. Dabei wird die Immobilie um ein Vielfaches zu hoch bewertet und per

Grundschuldbrief treuhänderisch an den Finanzhai übertragen, damit der damit in internationalen Tradings die versprochenen fantastischen Renditen erwirtschaften kann.«

»Wenn ich nicht irre, hat der Mann aus Sachsen-Anhalt, der ein Wellness-Hotel bauen wollte, seine Immobilie über insgesamt eine Million Euro übertragen«, meinte Hopp, der sich an den Fall erinnerte, den sie sich vor einer guten Stunde als ersten angesehen hatten.

»Genau. Und damit sollte er 250.000 Euro verdienen. Pro Jahr wohlgemerkt. Aber so wie es aussieht, hat er keinen einzigen Cent davon gesehen und stattdessen sein komplettes Hab und Gut verloren.«

»Was machen die Betrüger denn mit den Grundschuldbriefen?«

»Darüber kann ich nur spekulieren.« Franz Bernd Imbach zog seine Stirn kraus. »Diese sagenhaften internationalen Geschäfte können jedenfalls nur reine Fantasiegebilde sein. So was gibt es meines Wissens wirklich nicht. Sehr wahrscheinlich bündeln sie die ergaunerten Grundpfandtitel irgendwo im Ausland und besorgen sich mit solchen Pfand-Pools unverhältnismäßig hohe Kredite bei Geschäftsbanken. Die sie allerdings nicht selbst bedienen, sondern zu Lasten des Anlegers gehen. Irgendwann will die Bank natürlich ihr Geld wiederhaben und hält sich per Zwangsvollstreckung bei den Eigentümern schadlos.«

Schwer beeindruckt pfiff Alexander Hopp durch die Zähne. »Wer das System und die personelle Aufstellung für eine so ausgefeilte Betrugsmasche ausgeheckt hat, der macht das bestimmt nicht nur ein paarmal, sondern kassiert in großem Stil ab. Drei Fälle stecken ja allein in dieser Tasche.«

»So ist es, Alex, international organisierte Kriminalität agiert immer in extremen Dimensionen. In diesem Fall grasen sie anscheinend vor allem die neuen Bundesländer ab. Da gibt es viele potenzielle Opfer: mittelständische Unternehmer, Selbständige, Landwirte, die dringend in ihr marodes Eigentum investieren müssen und von den Banken im Stich gelassen werden.«

»Wer sind denn eigentlich *sie*?«

»Mafiosi. Ob italienische, russische oder chinesische, ist aus den vorliegenden Papieren nicht klar zu erkennen. Denn die Leute mit direktem Kundenkontakt sind offensichtlich immer Deutsche. Gut möglich, dass nicht mal die ihre Hintermänner kennen. Aber auf jeden Fall steckt eine Mafia dahinter. Vom ersten Eindruck her würde ich auf die italienische tippen.« Imbach schaute Hopp tief in die Augen. »Was bedeutet, dass man diese Geschichte nur unter ganz ungewöhnlichen Sicherheitsvorkehrungen verfolgen kann. Selbst dann wird das Risiko noch immer ziemlich groß sein.«

»Was meinen Sie damit?« Hopp wurde plötzlich blass um die Nase. »Wie soll ich die Story denn recherchieren?«

»Nicht im Alleingang. Und nicht als Alexander Hopp. Lass dir Zeit und bereite dich perfekt auf deine Ermittlungen vor. Lege dir ein gutes Pseudonym zu und erfinde dir eine glaubhafte alternative Existenz. Fahre nur mit Leihwagen zu deinen Terminen, die stets andere für dich organisieren. Wechsele ständig deine Telefonnummern, arbeite mit diversen anonymen E-Mail-Accounts ausländischer Provider, die nicht einfach zu dir zurückzuverfolgen sind. Und sorge dafür, dass niemand dich direkt im Verlag erreichen kann, den du bisher noch nicht kennst.«

»Ist das Ihr Ernst? Wie soll ich das denn alles hinkriegen? Und wie soll ich das vor allem konsequent durchhalten?«

»Mit eiserner Disziplin und höchster Konzentration bei jedem noch so kleinen Rechercheschritt. Diese Bande, wer auch immer dahinter steckt, wird sich nicht tatenlos die Butter vom Brot nehmen lassen. Hier geht es um zu viel, wahrscheinlich um Wahnsinnssummen. Deshalb musst du dich mit allen Mitteln schützen.« Imbach fixierte Hopp. »Sonst lass besser die Finger von der Sache.« Er schwieg einige Sekunden. »Vielleicht wäre das sowieso das Vernünftigste.«

»Was meinen Sie mit *Wahnsinnssummen*?«

»Milliarden. Darauf würde ich meinen Allerwertesten verwetten.«

»Kann man diese Geschichte denn überhaupt wasserdicht machen?«, fragte Hopp voller Zweifel. »Die klingt für mich irre kompliziert.«

»Das ist sie wohl auch. Zudem ist die Frage, was man unter wasserdicht versteht. Aber wenn dein Kollege noch viel mehr einschlägiges Material hat und wenn du dann weitere Quellen ausfindig machst und die richtigen Experten auftreibst, die alles Wichtige bestätigen, dann kann das klappen. Vor einer Veröffentlichung musst du natürlich auch jedes Wort von Juristen prüfen und freigeben lassen.«

Imbach sah, wie Hopp von Sekunde zu Sekunde förmlich schrumpfte. »Für den Anfang kann ich dir jedenfalls einen äußerst kompetenten, kooperativen und sympathischen Banker als Berater empfehlen«, sagte er deshalb, um seinen Schützling zu ermutigen.

»Der wird schnell herausfinden, ob meine erste Einschätzung der Betrugsmasche überhaupt stimmt.«

Alexander Hopp fühlte sich wie von einer Dampfwalze überrollt. Verunsichert knabberte er an seiner Unterlippe. »Ich weiß nicht, ob ich mir das zutraue und ob ich das alles überhaupt will. Morgen muss ich zuerst mit meinem Chefredakteur darüber sprechen. Mal sehen, was der dazu sagt. Ohne seine Erlaubnis darf ich sowieso nicht weitermachen.«

9. Unterschlagung im Schnapskombinat

Geschlagene fünf Minuten sahen sich die beiden Journalisten nur gedankenverloren an und sagten keinen Ton. Dann unterbrach Franz Bernd Imbach das bedruckende Schweigen.

»Hör mir bitte noch einmal gut zu, Alex. Ich will dir eine Geschichte erzählen, die ich nach der Wende als Besserwessi in Ost-Berlin erlebt habe.«

Hopp nickte. »Hat diese Geschichte was mit diesem Thema hier zu tun?«

»Nur indirekt. Sie kann dir aber als Beispiel dafür dienen, dich nicht blind in die Sache zu verbeißen, immer kritische Distanz zu deinem Vorgehen zu bewahren und – superwichtig – rechtzeitig auszusteigen, wenn es brenzlig wird.«

»Jetzt bin ich aber echt gespannt.« Hopp starrte FBI mit zusammengezogenen Brauen neugierig an. Er wusste, dass Imbach in seiner Journalistenlaufbahn über mehrere spektakuläre Affären berichtet hatte. Details kannte er allerdings nicht.

»Das ist jetzt gut zehn Jahre her. Ich war damals Leiter des Wirtschaftsressorts bei einer DDR-Tageszeitung, die einer der größten westdeutschen Verlage übernommen hatte. Die Branchenriesen hatten nach dem Mauerfall ruckzuck alle ostdeutschen Blätter unter sich aufgeteilt. Wir waren fünf Wessis bei unserer Zeitung: Chefredakteur, Chef vom Dienst, Artdirektor, Ressortleiter Politik und Ressortleiter Wirtschaft. Die anderen Redakteure waren Ossis, die teilweise schon ewig lange bei dieser Zeitung gearbeitet hatten.«

»Und diese Zusammensetzung hat funktioniert?« Hopp hatte Zweifel. »Konnten diese Kollegen denn richtigen Journalismus, also hartnäckig recherchieren, bissig interviewen, kritisch schreiben, freimütig kommentieren? So was war doch in der DDR gar nicht angesagt.«

»Nicht von Anfang an, sie haben es halt schnell lernen müssen. Aber das ist eine andere Geschichte, darum geht es jetzt nicht.« Imbach machte eine abweisende Handbewegung und trank einen kräftigen Schluck Kölsch. Dabei schien er tief in seinen Erinnerungen zu kramen. »Eines Abends rief ein Mann mit verzerrter Stimme bei einer Kollegin an. Er gab vor, über brisantes Material zu verfügen und damit um 23 Uhr am westlichen Ende von Gleis 7 des Berliner Ostbahnhofs zu stehen.«

»Das klingt ja wie eine Szene aus einem B-Movie«, frotzelte Hopp.

»Mag sein, aber genau so war es. Und bei dir lief es doch gerade auch nicht viel anders. Jedenfalls ging die Kollegin mit der Info zu ihrem direkten Vorgesetzten, der war ich. Und ich mit ihr schnurstracks zum Chefredakteur. Wir beschlossen, Katja – so hieß die junge Redakteurin, wenn ich mich richtig erinnere – zu dem Treffen zu schicken, allerdings mit zwei kräftigen Kerlen aus dem Politikressort als Begleitschutz. Sie sollten sich unauffällig in ihrer Nähe aufhalten. Das war auch alles kein Problem gewesen. Der Mann war dort, hatte einen Hut tief ins Gesicht gezogen und einen in grobes Papier eingewickelten Packen Unterlagen unter dem Arm. Das Paket übergab er Katja. Außerdem kündigte er an, sich am nächsten Tag wieder telefonisch bei ihr zu melden. Also alles in allem null Gefahr für die Kollegen, zumindest an diesem Abend.«

Richtig schlechtes B-Movie, hab ich doch gleich geahnt, dachte Alexander Hopp amüsiert und sagte nüchtern: »Bis hierhin erinnert mich die Geschichte tatsächlich an meinen Termin eben am Militärring.«

»Deshalb erzähle ich sie ja. Meiner Meinung nach gibt es eine ganze Menge Parallelen.«

»Was steckte denn nun in dem Paket?«

»Kopien aus zwei Bilanzen des staatlichen Schnapskombinats. Weißt du, was ein Kombinatist, Alex?«

»Ich denke schon. Aber sicherheitshalber können Sie es mir ja noch einmal kurz erklären.«

»In der Zentralverwaltungswirtschaft der DDR war ein Kombinat der Zusammenschluss vieler einzelner Betriebe eines Wirtschaftszweigs. In unserem Fall hatten wir es also gewissermaßen mit dem staatseigenen Schnapskonzern zu tun.«

»Der in der DDR sicher eine wichtige Rolle gespielt hat. Habe ich zumindest in einem Buch gelesen«, sagte Hopp. »Unsere Brüder und Schwestern im Osten sollen damals ja Sprit gesoffen haben wie die Weltmeister. Angeblich deutlich über 20 Flaschen Hochprozentiges pro Kopf und Jahr.«

»Stimmt, damit wollten die Bonzen wohl ihre ansonsten unterversorgte Bevölkerung berauschen. Mit dem Fusel konnten sich die Leute die Trostlosigkeit ihres heroischen Arbeiter- und Bauernstaates einfach schöner saufen. Aber weiter im Text: Für die Währungsunion und die damit verbundene Einführung der D-Mark im Osten hatte jedes Kombinat zwei Bilanzen aufzustellen. Eine Abschlussbilanz für die letzten beiden Quartale mit Ost-Mark und eine Eröffnungsbilanz für den Stichtag der Währungsumstellung, also den 1. Juli 1990. Dabei waren in der neuen Bilanz im Prinzip die DDR-Mark-Positionen zum vorgegebenen Wechselkurs in D-Mark einzutragen.«

»Bis hierhin komme ich noch mit. Aber wo war denn da das Problem?«

»In der Abschlussbilanz fehlte komplett die vereinnahmte Alkoholsteuer und entsprechend wurde in die Eröffnungsbilanz auch kein einziger Pfennig davon übertragen. Für zwei Quartale, also ein halbes Jahr, war die Alkoholsteuer auf den gesamten Schnapskonsum der DDR verschwunden. Einfach futsch. Und niemand hatte es bemerkt – oder bemerken wollen.«

»Meine Güte.« Alexander Hopp schüttelte fassungslos den Kopf. »Das müssen ja Unsummen gewesen sein.«

»Ja, an die hundert Millionen!«

»Sagenhaft! Und wie ging es dann weiter.«

»Wie versprochen hatte sich der Informant am Abend des nächsten Tages wieder gemeldet und ein erneutes Treffen vorgeschlagen. Diesmal in einer Bauruine am Stadtrand. Dort erklärte er unseren Leuten, wer er sei und wie er an die Unterlagen gekommen sei. Er habe in der Buchhaltung des Schnapskombinats gearbeitet. Einige Wochen vor dem Bilanztermin sei aus heiterem Himmel der Hauptbuchhalter gefeuert und durch einen anderen Mann ersetzt worden, einen von der Stasi. Das hatte unseren Informanten misstrauisch gemacht.«

»Weil er ein krummes Ding witterte?«

»Genau. Wie erwartet, ließ der neue Hauptbuchhalter das Geld auf Nimmerwiedersehen in seiner Seilschaft verschwinden. Da der Informant selbst weiter in unveränderter Stellung in der Buchhaltung arbeitete, hatte er bei Nacht und Nebel die wichtigsten Stellen der frisierten Bilanzen kopieren und aus dem Büro schmuggeln können.«

»Diese Unterschlagung zu enthüllen, muss ja ein irrer Scoop für Ihre Zeitung gewesen sein.«

»Leider nicht.« Imbach machte ein grimmiges Gesicht. An das Ende dieser Geschichte erinnerte er sich gar nicht gern. »Natürlich mussten wir die Fakten und Hintergründe erst gründlich gegenrecherchieren, ehe wir einen fundierten Artikel veröffentlichen konnten. Ein Schnellschuss wäre nicht zu verantworten gewesen, die Papiere hätten schließlich gefälscht sein können. Bei ihren Recherchen müssen unsere Leute – das waren die drei, die schon zu dem ersten Treffen am Ostbahnhof gegangen waren – aber irgendeinen Fehler begangen haben oder sich unvorsichtig verhalten haben. Jedenfalls hatten sie schlafende Hunde geweckt, die Gegenseite bemerkte ihre Aktivitäten schnell. Und dann ging es los: Anonyme Drohbriefe an den Chefredakteur und an mich, die jungen Reporter wurden an ein und demselben Abend knapp vor ihren Haustüren zusammengeschlagen. Einer von ihnen musste mit schwersten Verletzungen in die Klinik gebracht werden. Und am nächsten Tag brannte der Trabbi von Katja.«

Alexander Hopp fiel fast die Kinnlade herunter. Er begriff, welchen Rat ihm FBI mit dieser Geschichte geben wollte.

»Wir haben dann«, berichtete Imbach weiter, »im Führungsteam sehr schnell beschlossen, die ganze Sache abzublasen. Keine Sensationsstory ist es wert, dafür das Leben von Kollegen zu riskieren. Die Papiere des ehemaligen Buchhalters und unsere gesammelten Rechercheergebnisse haben wir an die Berliner Staatsanwaltschaft übergeben. Damit war die Geschichte für uns erledigt.«

»Und dann? Was ist daraus geworden?«

»Nichts«, sagte Franz Bernd Imbach trocken und zuckte die Schultern. »Danach haben wir nie wieder etwas von dieser Sache gehört, geschweige denn gelesen. Ich wüsste nicht, dass da irgendwer überführt, verhaftet oder gar verurteilt worden wäre. Damals haben die alten Seilschaften eben wie geschmiert funktioniert. Und ich fürchte, zum Teil funktionieren sie noch immer.«

10. Die fiese Masche

Obwohl der Abend bei Imbach unerwartet lang geworden war und Hopp daheim auch nicht sofort einschlafen konnte, war er am Morgen ungewöhnlich früh auf den Beinen. Er fühlte sich fit und energiegeladen. Das muss das Adrenalin sein, dachte er, geiles Zeug. Normalerweise war er nach nur fünf Stunden Schlaf so gut wie nicht ansprechbar. Aber jetzt hatte der aufregende Betrugsfall wohl das Stresshormon in seinem Körper auf Trab gebracht.

Wie sollte er jetzt weiter vorgehen? Sofort den Chefredakteur informieren, um grünes Licht für die investigative Recherche einzuholen? Das konnte leicht schiefgehen. Der Chef war kein Freund ungewöhnlicher Risiken. Andererseits war Hopp sich selbst nicht sicher, ob er sich auf diesen abenteuerlichen Job einlassen wollte. Wenn er an die Schnapskombinat-Story von FBI dachte, dann schrillten in seinem Kopf sämtliche Alarmglocken.

Vielleicht wäre es besser, erst den Banker-Freund von Imbach zu treffen, um dessen Einschätzung zu hören, überlegte er. Danach wüsste er bestimmt deutlich mehr über diese Betrugsmasche, was ihm wahrscheinlich sowohl bei der eigenen Entscheidung helfen würde, als auch für das Gespräch mit dem Chefredakteur nützlich sein könnte.

Zuvor musste er jedoch erst von Jochen Teller das komplette Material bekommen. Bisher kannte er ja nur die Kostprobe.

Teller reagierte bei seinem Anruf merkwürdig distanziert und wimmelte ihn schnell ab. Zwanzig Minuten später rief er zurück.

»Sorry, Herr Kollege«, er vermied es, Hopp mit seinem Namen anzusprechen, »das war eben eine sehr ungünstige Situation. Da konnte ich beim besten Willen nicht mit Ihnen reden.«

»Schon gut, so was wird vermutlich noch öfter vorkommen, wenn wir die Geschichte zusammen bearbeiten sollten. Aber um das zu entscheiden, brauche ich das ganze Material.«

»Alles? Den ganzen Karton? Das sind zehn dicke Aktenordner. Die wollen Sie sich komplett reinziehen?«

»Selbstverständlich – und zwar gründlich. Und möglichst bald.«

Hopp wunderte sich. Dachte der Kollege etwa, diese Geschichte wäre auf einer Arschbacke zu erledigen?

»Okay. Wir können uns aber erst um 13 Uhr treffen.«

»Das passt mir auch. Um diese Zeit mache ich meist Mittagspause.«

»Dann rufe ich Sie gleich noch einmal an«, sagte Teller und legte sofort auf.

Noch ehe Hopp sich über den abrupten Gesprächsabbruch wunderte, klingelte sein Telefon.

»Reine Vorsichtsmaßnahme, Herr Kollege«, erklärte Teller. »Ich habe noch schnell das Telefon gewechselt, ehe wir unseren Treffpunkt besprechen, zu dem ich das komplette Beweismaterial mitbringe. Man weiß ja nie. Also: Um 13 Uhr in der Tiefgarage des Rheinauhafens, im orangefarbenen Sektor, ich parke dort irgendwo zwischen Platz 710 und 730. Mit meinem dunkelblauen Ford Focus. Kennzeichen K JT 333.«

Ohne Hopps Reaktion abzuwarten, beendete er wieder unvermittelt das Gespräch.

Der Banker nahm bereits beim dritten Klingeln das Telefonat an.

»Ich habe Ihren Anruf erwartet«, sagte er, nachdem Alexander Hopp sich kurz vorgestellt hatte.

»Dann hat Herr Imbach mich also schon bei Ihnen angekündigt?« Hopp war erstaunt.

»Na klar! Das macht Franz Bernd immer, wenn er mich anderen empfohlen hat.« Der Banker lachte trocken. »Immerhin rücken mir die Ratsuchenden dann nicht einfach überraschend auf die Pelle.«

»Sorry, ich will nicht Ihre kostbare Zeit stehlen.« Diese Erklärung von Imbachs Freund gefiel Hopp nicht. Lieber wollte er sofort den Rückzug antreten, als sich wie eine lästige Klette vorkommen zu müssen.

»Nein, nein. So war das nicht gemeint. Im Gegenteil, ich bin sehr gespannt, was Sie mir zeigen werden.«

»Momentan habe ich nur eine kleine Auswahl der verfügbaren Unterlagen«, erklärte Hopp. »Aber heute Mittag besorge ich mir das ganze Material, das einem Kollegen zugespielt wurde. Insgesamt sind es wohl zehn prall gefüllte Aktenordner.« Jetzt war er gespannt, wie der Banker auf diese Ankündigung reagieren würde.

Der blies Luft aus den Backen. »Dann haben wir ja einen Haufen Arbeit vor uns. Kommen Sie bitte mit allen Papieren in mein Büro. So gegen 18 Uhr. Sie haben die Adresse?«

Hopp bestätigte.

»Dann bis heute Abend. Und einen schönen Tag noch!«

Mit zwei schweren Einkaufstaschen voller Unterlagen erschien Alexander Hopp im Büro von Dr. Jürgen Winter, dem Bankerfreund von FBI. Hopp war beim Anblick des Mannes ziemlich überrascht. Er hatte ihn sich so ähnlich vorgestellt wie die Typen, die bei der Sparkasse hinter dem Schalter stehen: blauer Anzug, weißes Hemd, Krawatte, penibel gekämmte Haare und stocksteife Haltung. Dr. Winter war das gerade Gegenteil: groß, breitschultrig, durchtrainierte Figur, geschmeidiger Gang, schwarze Sportschuhe, schwarze Cordhose, schwarzer Rollkragenpulli und strubbelige Frisur. Er sah eher wie ein Architekt oder ein Künstler aus.

Er lächelte, als er Hopps verdutztes Gesicht bemerkte. »So einen Banker haben Sie anscheinend noch nie gesehen«, sagte er leichthin, »das kenne ich schon. Besucher reagieren meist so wie Sie. Aber ich bin hier Analyst, habe nur sehr selten Kundenkontakt und könnte meinen Job sogar unrasiert und im Schlafanzug erledigen, wenn mir danach wäre.«

»Verstehe.« Hopp war die Situation unangenehm. »Wo darf ich denn die Taschen abstellen? Das Material ist verdammt schwer.«

»Hier drinnen«, sagte Dr. Winter und führte ihn in einen hellen, mit teuren Büroklassikern eingerichteten Besprechungsraum. »Hier haben wir einen großen Tisch, auf dem wir alles ausbreiten und sinnvoll sortieren können. So bekommen wir im wahrsten Sinne des Wortes den besten Überblick.«

Knapp zwei Stunden später trat der Banker von dem mit Akten überfüllten Konferenzisch zurück, kratzte sich kurz am Hinterkopf und nickte mehrfach, als ob er sich selbst seiner frischen Erkenntnisse versichern wollte.

»Die Sache ist sonnenklar«, erklärte er dann bestimmt. »Vor uns liegt ein und dasselbe Handlungsmuster in verschiedenen, leicht unterschiedlichen Varianten.« Die Unterlagen waren zu vier etwa gleich großen Haufen gruppiert.

»Was meinen Sie damit?«, fragte Hopp gespannt. »Wie sieht das Muster aus und welche Abweichungen erkennen Sie?«

»Unterschiedlich sind die Beträge, Konditionen, Fristen und zum Teil auch die Beteiligten. Aber manche Namen kommen immer wieder vor und die Masche ist in allen Fällen mehr oder weniger identisch: ein betrügerisches Wertdifferenzgeschäft mit Grundschuldbriefen.«

»Das hat FBI auch schon so erklärt. Allerdings konnte er sich nur drei Fälle anschauen, weil ich gestern Abend noch nicht das ganze Material dabeihatte.« Hopp legte die Stirn in Falten. »Und was heißt das konkret?«

»Immobilienbesitzern werden von sogenannten Finanz-Service-Agenten auf Basis manipulierter Wertgutachten überhöhte Grundpfandrechte abgeschwatzt, die ganz sicher nicht annähernd dem eigentlichen Wert des Besitzes entsprechen. Für mich sieht es so aus, als ob es sich in einigen Fällen um gut und gern das Zehnfache handeln könnte. Absolut irre. Mit diesen unseriösen Titeln wollen die Agenten für die Anleger in sagenhaften internationalen Deals angeblich noch sagenhaftere Renditen erwirtschaften.«

»Die sie nie bekommen«, ergänzte Hopp nachdenklich.

»Natürlich nicht. Das Geld kassieren die Initiatoren dieser Geschäfte und die Anleger bleiben nicht nur auf reichlich Kosten und Gebühren sitzen, sondern verlieren auch am Ende alles, weil sie mit den überzogenen Grundschuldbriefen ihren Besitz komplett aus der Hand gegeben haben.«

Auch die weiteren Details der Betrugsmasche, die Dr. Winter nun Hopp ausführlich erklärte, deckten sich exakt mit der ersten Analyse, die Franz Bernd Imbach am Vorabend aus drei gut dokumentierten Fällen gefolgert hatte.

Bisher bestätigte der Banker nur, was er schon wusste, und erzählte nichts wirklich Neues.

»Wer sind denn die Betrüger?«, fragte Hopp.

»Vorgebliche Finanzberater oder Finanzvermittler, die mit zwielichtigen Sachverständigen, Anwälten und Notaren kooperieren. Ich bezweifele sogar, dass diese Juristen überhaupt die entsprechenden Hochschulabschlüsse und Zulassungen haben. Sie liefern die Pfandtitel zuerst an eine Investmentfirma hier in Deutschland, die die gesammelten Wertpapiere dann an eine andere Investmentfirma im Ausland weiterreicht. Und die ist immer dieselbe und sitzt in Dublin. Ihr Name sagt mir allerdings nichts.«

»Und was ist mit den Namen der anderen Beteiligten? Kommt Ihnen da irgendwer bekannt vor?«

»Nein. Woher auch? Mit solchen Gangstern haben wir es bei unseren Geschäften nie zu tun.« Dr. Winter verzog seine Lippen und wippte mit den Schultern. »Gottseidank.«

»Und wie schätzen Sie die Dimension dieser Betrugsmasche in etwa ein?«

»Was hier auf dem Tisch liegt, summiert sich ja schon auf einen Schaden von gut 50 Millionen Euro.« Der Banker sah Hopp durchdringend an und schwieg einige Sekunden, ehe er weitersprach. »Es würde mich nicht wundern, wenn es insgesamt um ein Milliardending ginge.«

Alexander Hopp war sprachlos.

»Wenn Sie nichts dagegen haben, möchte ich die Unterlagen hier behalten, um sie genauer auszuwerten«, sagte Dr. Jürgen Winter. »Darin gibt es bestimmt noch eine ganze Menge zu entdecken. Außerdem haben wir einen supersicheren Tresor im Keller. Dort sind sie am besten aufgehoben.«

11. Stochern im Nebel

In ihrer gemeinsamen Wohnung erwartete ihn Josephine Franzen ungeduldig, obwohl es schon fast Mitternacht war. Um diese Uhrzeit lag sie meist längst im Bett.

»Da bist du ja endlich, Alex. Weißt du mittlerweile, wer dein anonymer Anrufer ist und was er von dir will? Gestern haben wir uns ja gar nicht mehr gesprochen.«

»Ja, allerdings weiß ich das. Er ist ein Kollege, der als freier Reporter für diverse Radiogrogramme arbeitet und zufällig auf einen irren Betrugsfall gestoßen ist. Für die weitere Recherche und die Berichterstattung braucht er einen Partner, weil er von Wirtschaft keinen blassen Schimmer hat. Er kümmert sich normalerweise nur um bunte Themen.«

»Wie ist er denn überhaupt an das Material gekommen, wenn er sich gar nicht mit Wirtschaftsjournalismus beschäftigt?«

»Das wurde ihm zugespielt. Von wem und warum gerade ihm, das weiß er selbst nicht. Bestimmt hat ihn jemand im Funk gehört und fand ihn vertrauenserweckend oder sympathisch.«

»Das kann ich mir kaum vorstellen.« Josephine schüttelte irritiert den Kopf. »Das klingt alles irgendwie merkwürdig. Irgendeine Beziehung wird der unbekannte Informant sicher zu diesem Kollegen haben. Worum geht es denn in dem Betrugsfall?«

»Um Wertdifferenzgeschäfte, bei denen Immobilienbesitzer in Finanznöten gnadenlos ausgenommen und am Ende um ihren Besitz gebracht werden. Und zwar im ganz großen Stil.«

»Aha. Nie gehört. Darunter kann ich mir beim besten Willen nichts vorstellen.«

»Musst du auch nicht. Die Methode ist ziemlich kompliziert, aber offenbar hocheffizient.«

»Was meinst du konkret mit *ganz großem Stil* und *hocheffizient?* Kann man den Schaden beziffern?«

Hopp dachte kurz nach, ehe er antwortete. Sollte er Josephine reinen Wein einschenken? Dann würde sie ganz sicher vehement versuchen, ihn von der Geschichte abzubringen, wenn sie wüsste, um welche Summen es ging. Aber wahrscheinlich hatte er ohnehin schon zu viel verraten, und sie würde so oder so intervenieren, selbst wenn er ihr die Dimension verschwieg. Er entschied sich für die Wahrheit. »Sowohl FBI als auch ein Bankerfreund von ihm glauben, dass es um mindestens eine Milliarde geht. Vielleicht sogar um deutlich mehr.«

Josephine starrte ihn ungläubig an. »Eine Milliarde? Mindestens? Bist du wahnsinnig, Alex? Lass sofort die Finger von der Geschichte. Die Nummer ist viel zu groß für dich und vor allem viel zu gefährlich. Jetzt wundert es mich kein bisschen mehr, dass dein Kollege so ungewöhnlich vorsichtig vorgeht.«

»Wahrscheinlich hast du recht, Josy. FBI hat mir bereits zu extremen Sicherheitsmaßnahmen geraten, wenn ich in die Sache einsteigen sollte.

Ich habe mich aber noch gar nicht entschieden. Ich bin hin- und hergerissen. Diese Geschichte wirkt auf mich ebenso verlockend wie beängstigend. Einerseits würde ich sie schon gern aufrollen, andererseits habe ich keinen Bock, meinen Arsch zu riskieren.«

»Dann lass es! Denk einfach nicht weiter darüber nach und sage diesem Kollegen schnellstens ab. Am besten gleich morgen!«

»Nein, Josy. Das halte ich für überstürzt. So mache ich das auf keinen Fall. Ich will erst noch ein paar Erkundigungen einholen, alles gut abwägen und dann mit meinem Chefredakteur darüber reden. Wenn der abwinkt, hat sich das Thema sowieso für mich erledigt.«

Nach dem ersten Kaffee im Büro griff Alexander Hopp zum Telefon. Er hatte sich gestern Abend vor dem Einschlafen noch überlegt, einfach bei der Verbraucherberatung anzurufen, sich als

Freund eines Geschädigten auszugeben und für ihn um Hilfe zu bitten. So würde er vielleicht erfahren, ob die Masche bereits weit verbreitet war und in den Schutzorganisationen die Runde machte.

Die freundliche Dame, die bei der Verbraucherzentrale NRW das Gespräch annahm, schien überfordert.

»Können Sie das bitte noch einmal wiederholen? Was ist Ihrem Freund genau passiert?«

»Er hat sich für ein Bauprojekt Kapital besorgen wollen. Weil ihm seine Hausbank das Geld nicht zur Verfügung stellen wollte, hat er sich auf eine Investmentfirma eingelassen, die ihm eine fabelhafte Anlagemöglichkeit angeboten hat.«

»Okay. Soweit kann ich folgen«, sagte die Dame, »und das ging schief?«

»So würde ich das nicht ausdrücken«, antwortete Hopp, »für diese Investmentfirma lief wahrscheinlich alles nach Plan. Die hat einen fetten Reibach gemacht. Nur mein Freund guckt komplett in die Röhre; sein Haus gehört ihm gar nicht mehr und obendrein hat er jetzt auch noch einen Batzen Schulden.«

»Wie kann das sein? Worin sollte denn diese tolle Anlageform bestehen?«

»Aus einem Handel mit Grundschuldbriefen in Verbindung mit selbsttilgenden Darlehen. Dafür hat mein Freund seine Immobilie per Eigentümer-Grundschuld abgetreten und seinem Berater zusätzlich noch eine Generalvollmacht erteilt.«

Die Mitarbeiterin der Verbraucherzentrale pfiff leise durch die Zähne.

»Wahnsinn! Eine Generalvollmacht? Wie kann man nur so leichtsinnig sein?«

»Da sagen Sie was. Gibt es denn vielleicht andere Fälle, bei denen Anleger mit dieser Grundschuldbriefmasche übers Ohr gehauen wurden?«, fragte Hopp.

»Nein. Zumindest habe ich noch nie davon gehört.«

»Wer könnte denn mehr über solche Geschäfte wissen und meinem Freund weiterhelfen?«

»Hier bei uns in Düsseldorf sicher niemand. Wo hat sich diese Sache denn ereignet?«

»In einem kleinen Dorf in Sachsen-Anhalt.«

»Dann würde ich es an Ihrer Stelle bei der Verbraucherzentrale Berlin versuchen. Die dürfte regional zuständig sein und hat sogar eine Geldanlage-Hotline.«

Alexander Hopp ließ sich die Telefonnummer dieser Beratungsstelle geben, bedankte sich artig und beendete das Gespräch.

Dann rief er umgehend in Berlin an. Hier wiederholte er kurz seine Story.

»Oha«, sagte der Mann am anderen Ende der Leitung, »davon haben wir hier zwar schon mal gehört. Aber praktische Erfahrung mit einem konkreten Fall haben wir nicht, soweit ich weiß. Das geht ja auch deutlich über die üblichen Geldanlagedelikte hinaus, mit denen wir uns tagtäglich beschäftigen müssen.«

»Das ist mir klar. Bei meinem Freund handelt es sich schließlich nicht um eine schlechte Beratung, die ihn um ein paar tausend Euro gebracht hätte. Er hat seinen ganzen Besitz verloren, es geht um nicht weniger als seine Existenz.«

»Deshalb sind Sie bei uns ohnehin falsch. Bei dieser Dimension müssen Sie sich direkt an die Staatsanwaltschaft wenden. Am besten versuchen Sie es in Magdeburg. Dort kümmert sich die Staatsanwaltschaft federführend um alle Formen der Wirtschaftskriminalität, mit denen die neuen Bundesländer seit Jahren ausgenommen werden.«

12. Ein detaillierter Plan

Tut mir leid, Alex, er hat jetzt ausnahmsweise keine Zeit für dich.« Susanne, die Assistentin im Vorzimmer der Chefredaktion, schüttelte langsam ihre rote Löwenmähne und strahlte ihn gleichzeitig an.

»Sauerei. Wie kann das denn sein?« Hopp lächelte zurück. »Der kann sich auf was gefasst machen.«

Susanne war eine der wenigen Kolleginnen, zu denen er einen persönlichen Draht hatte. Sie gingen häufig zusammen in die Kantine, erzählten einander private Dinge, und vor ein paar Monaten hatte sie ihn sogar zu ihrem Geburtstag eingeladen.

»Denk ich mir. Versuch es doch in einer Stunde nochmal. Dann dürfte seine Kundschaft wieder weg sein.«

Beim zweiten Anlauf warnte Susanne ihn, als er gerade die Türklinke zum Büro des Chefredakteurs herunterdrückte. »Vorsicht, Alex. Er ist gerade ziemlich gestresst, am besten besprichst du nichts Schweres mit ihm.«

»Geht leider nicht, so was habe ich gerade nicht im Angebot.« Hopp zuckte mit den Schultern und trat in das geräumige Büro, vor dessen Stirnwand Felix Becker hinter einem ausladenden Chefredakteuersschreibtisch thronte.

»Was geht leider nicht?«, fragte er, anstatt Hopp zu begrüßen, weil er dessen Antwort an Susanne mitbekommen hatte.

»Ihnen jetzt ein schwieriges Thema zu ersparen«, antwortete Alexander Hopp wahrheitsgemäß. »Ich hoffe, Sie haben jetzt den Kopf frei für mich.«

»Wenn's unbedingt sein muss. Ich habe aber nicht viel Zeit. Dann schießen Sie mal los.«

Becker seufzte tief, drückte die Gegensprechanlage und bestellte im Vorzimmer zwei Kaffee plus reichlich Nervennahrung.

»Mir ist eine extrem spannende Geschichte zugetragen worden und ich weiß weder, ob ich sie weiter verfolgen kann oder darf, noch ob Sie dieses ungewöhnliche Thema überhaupt für unser Blatt haben wollen.«

»Wenn sie gut ist, will ich die Geschichte natürlich haben. Was spricht dagegen?« Der Chefredakteur runzelte die Stirn und schaute Hopp fragend an.

»Dass sie meiner Einschätzung nach gefährlich ist. Es geht um einen monströsen Kapitalanlagebetrug.«

Mit einem Ruck setzte sich Felix Becker in seinem Schreibtischstuhl auf. Er war schlagartig voll bei der Sache. »Wie bitte? Wie kommen Sie denn an so was?«

»Ein Kollege hat mich angerufen und um Hilfe gebeten, weil er nichts von Wirtschaftsjournalismus versteht. Ihm wurden jede Menge Unterlagen über den Fall, oder besser gesagt die Fälle, zugespielt.«

»Wie heißt der Kollege? Kennen Sie ihn?«

»Jochen Teller. Vor dieser Geschichte habe ich ihn weder getroffen noch jemals von ihm gehört.«

»Von wem hat dieser Teller denn das Material bekommen? Und wieso überhaupt, wenn er nichts mit Wirtschaft am Hut hat?«

»Beides weiß er selbst nicht.«

»Sehr merkwürdig! Und wieso hat er sich ausgerechnet an Sie gewandt, wenn Sie ihn bis dato gar nicht kannten?« Becker runzelte skeptisch die Stirn. Für ihn hörte sich die Angelegenheit ziemlich verworren an.

»Eigentlich wollte er Fritz Jaschke sprechen«, antwortete Hopp, »der war ihm wohl von anderen Kollegen empfohlen worden. Da ich sowohl Jaschkes Job als auch sein Büro übernommen habe, kam der Anruf bei mir an.«

Felix Becker nickte kurz, dann fragte er: »Wie funktioniert die Masche denn? Handelt es sich wieder um eine der üblichen Spielarten des grauen Kapitalmarkts? Beteiligungssparpläne? Erwerbermodelle? Bankgarantiehandel? Penny-Stocks oder Warentermin-Deals?«

»Nein. Diese Finanzjongleure, in den Akten tauchen jede Menge Namen und Firmierungen auf, haben scheinbar etwas Neues ausgeheckt. Für mich zumindest. Ich habe jedenfalls noch nie von internationalem Trading mit Grundschuldbriefen gehört.«

»Da klingelt was«, antwortete Felix Becker und kniff beide Augen zusammen. »Ich meine vor Jahren schon mal mit jemandem darüber gesprochen zu haben. Allerdings erinnere ich mich nicht mehr, wie das Ganze funktionierte. Es kann in der Zwischenzeit auch keine große Sache daraus geworden sein, sonst wüsste ich das.«

»Da irren Sie wahrscheinlich, Chef.« Hopp schüttelte wie ein trotziger Erstklässler seinen Kopf. »Nach meinen Unterlagen ist es doch etwas Großes geworden. So wie es aussieht, werden damit vor allem gutgläubige Anleger in den neuen Bundesländern systematisch übers Ohr gehauen. Die Fälle, die ich bislang kenne, spielen sich alle in Brandenburg, Sachsen-Anhalt und Sachsen ab. Allerdings ist nicht auszuschließen, dass es auch Opfer hier im Umland gibt. In der Eifel zum Beispiel oder im Bergischen Land.«

»Sind das jeweils Einzelfälle oder steckt eine einzige Organisation dahinter?«

»Das kann ich noch nicht mit absoluter Gewissheit sagen, dafür müsste ich richtig in die Recherche einsteigen. Nach meinem bisherigen Eindruck handelt es sich aber um Organisierte Kriminalität.«

Der Chefredakteur wurde blass um die Nase. »Und über welche Schadenssumme reden wir gerade?«

»Eine Milliarde Euro. Mindestens.«

Becker blies beeindruckt beide Backen auf und schwieg eine Weile.

»Sehr ungewöhnlich«, murmelte er, »dass diese Betrugsmasche so gigantische Dimensionen hat, aber trotzdem noch niemand darüber berichtet hat. Kaum vorstellbar.«

Hopp verzog unzufrieden seinen Mund. »Das dachte ich mir auch. Und natürlich habe ich deshalb sofort das Internet durchforstet, als ich in diese Sache eingeweiht worden bin. Aber ich habe nichts finden können, nicht den kleinsten Bericht.«

Erwartungsvoll sah er seinen Chef an. Wie würde der nun entscheiden?

»Das ist ein ganz schwieriges Ding, Hopp. Rein journalistisch muss man sich eigentlich um das Thema kümmern. Klare Sache. Das kann schließlich ein riesiger Scoop für unser Magazin werden, wenn wir die Geschichte hart machen können. Und vielleicht hilft es sogar noch den Geschädigten. Aber gleichzeitig müssen wir die Risiken bedenken. Und die dürften ganz erheblich sein. Denn falls das eine straff organisierte internationale Bande ist, die möglicherweise Milliarden scheffelt, dann wird sie sich ungern von irgendwelchen Journalisten das Geschäft versauen lassen wollen und sich deshalb mit allen Mitteln dagegen wehren. Das bedeutet: Wir benötigen allerhöchste Sicherheitsvorkehrungen.«

»Das hat mein Freund Franz Bernd Imbach auch gesagt. Sie kennen ihn sicher. Sein Spitzname in der Branche ist FBI.«

»Klar kenne ich Franz Bernd. Er hat mir schließlich empfohlen, Sie einzustellen. Er hat viel Erfahrung mit heiklen Themen und einen Ruf wie Donnerhall in unserer Branche. FBI muss es also wissen.« Wieder schwieg er ein paar Sekunden und dachte angestrengt nach. »Aber ich kann und will das jetzt nicht ad hoc entscheiden. Ich werde unseren Justiziar dazurufen. Mal sehen, wie er die Lage einschätzt.«

Fünf Minuten später saß der Hausanwalt Martin Justus mit ihnen in der Besprechungsecke und reagierte noch entgeisterter als zuvor der Chefredakteur. Während Hopp kurz die Situation schilderte, vollführte Justus merkwürdige Verrenkungen, fast als ob er Schmerzen hätte.

»Sachte, sachte, Kollegen. Das ist ja ein ganz heißes Eisen. Ich wüsste nicht, dass wir es schon einmal mit einer derat brisanten

Angelegenheit zu tun gehabt hätten«, sagte er aufgeregt. »Dafür sollten wir uns von allen Leitungsebenen im Hause die Freigabe holen. Das können wir unmöglich alleine hier am Tisch entscheiden. Zumindest der Verlagsleiter muss grünes Licht geben, sonst kriegen wir allergrößte Probleme, falls bei der Sache irgendetwas misslingen sollte.«

»Und die Chancen, dass etwas danebengehen könnte, stehen meines Erachtens gar nicht mal so schlecht«, ergänzte Chefredakteur Becker sarkastisch und grinste schief.

Mit verschränkten Armen verfolgte Hopp die Szene. Wieso wunderte es ihn kein bisschen, dass der hauptberufliche Bedenkenträger des Verlags fast panisch reagierte und den Chefredakteur mit seiner Angst förmlich ansteckte? Das war ja zu erwarten gewesen.

»Damit der Verlagsleiter zustimmt, brauchen wir einen detaillierten Plan für alle Rechercheschritte und vor allem für die begleitenden Sicherheitsvorkehrungen«, dachte Justus laut nach. »Kriegen Sie das hin, Herr Hopp?«

»Ich denke schon. Was die Absicherungen angeht, hat mir ein investigativ sehr erfahrener Kollege bereits erklärt, was er mir dringend empfehlen würde. Nämlich mir zuallererst ein Pseudonym und eine glaubhafte fiktive Biografie zuzulegen; nie mit meinem eigenen Auto zu Rechercheterminen zu reisen, sondern nur Leihwagen zu nehmen, die immer wieder andere Leute für mich besorgen; ständig per Prepaidkarten meine Telefonnummern zu wechseln; mit diversen anonymen E-Mail-Accounts ausländischer Provider zu operieren, die kaum zu mir zurückzuverfolgen sind; und dafür zu sorgen, dass kein Unbekannter mich per Durchwahl im Verlag erreichen kann – und als Besucher natürlich auch nicht.«

Felix Becker und Martin Justus nickten zustimmend.

»Das hört sich doch sehr vernünftig und verantwortungsvoll an«, lobte der Justiziar.

»Was die Recherchen angeht,« fuhr Alexander Hopp fort, »werde ich zuerst einige Geschädigte in Brandenburg und Sachsen-Anhalt besuchen und dann zur Staatsanwaltschaft in Magdeburg fahren.

Die kümmert sich wohl schwerpunktmäßig um diese ruinösen Wertdifferenzgeschäfte. Danach sehen wir weiter. Mein Künstlername für diese Aktion ist übrigens Willi Schreiber.«

Noch in Gegenwart Hopps und des Justiziars rief Felix Becker den Verlagsgeschäftsführer an und bat ihn um Freigabe für die riskante Recherche der brisanten Betrugsstory, und um Rückendeckung für den Fall, dass irgendetwas schiefgehen sollte.

»Schiefgehen?«, fragte Johannes Schulthauser. »Was soll da schon schiefgehen, wenn Sie alles gründlich durchdenken und exakt vorbereiten? Ihr Team besteht schließlich aus Profis. Schicken Sie mir bitte die Pläne für das Vorgehen der Redaktion, damit ich über alles informiert bin, und dann legen Sie einfach los.« Der Verlagsleiter stockte kurz und lachte gekünstelt. »Im Zweifelsfall weiß ich natürlich von nichts.«

13. Gespräche mit Geschädigten

Jochen Teller reagierte wieder betont zurückhaltend, als Alexander Hopp ihn nach seinem Gespräch mit Chefredakteur Becker und Verlagsanwalt Justus auf dem Handy anrief.

»Ja, bitte?«

»Ich bin's, Ihr Kollege und Recherchepartner.«

»Was gibt's denn?«

»Ich will Sie schnellstmöglich treffen.«

»Ich kann erst gegen 18 Uhr.«

»Einverstanden. Wo?«

»Dort, wo ich Ihnen zuletzt Material übergeben habe.«

»Alles klar, bis später.« Diesmal legte Hopp einfach auf.

Fünf Minuten vor 18 Uhr parkte er seinen Ford Focus wieder im orangefarbenen Abschnitt der Tiefgarage des Rheinauhafens. Da Platz 710 besetzt war, nahm er die nächste freie Parklücke, Nummer 713. Er wollte es Teller so einfach wie möglich machen, ihn hier in Europas längster Garage zu finden.

Zehn Minuten später öffnete sich die Beifahrertür seines Wagens und der Kollege stieg ein.

»Entschuldigen Sie bitte, dass ich am Telefon immer so kurz angebunden bin. Ich möchte bestimmt nicht unhöflich sein, aber ich fühle mich nicht wirklich sicher. Trotz Prepaidkarten und häufigem Wechseln der Rufnummer will ich kein unnötiges Risiko eingehen und die Gespräche deshalb so kurz und für Außenstehende so nichtssagend wie möglich halten.«

»Und das machen Sie wirklich gut«, sagte Hopp grinsend.

»Vielen Dank!« Der Kollege hatte den Spott offenbar nicht verstanden.

»Wollen wir, da wir jetzt zusammenarbeiten, nicht einfach zum Du übergehen? Ich bin Alex.« Hopp reichte Teller die Hand.

»Ich heiße Jochen, aber das weißt du ja schon. Weshalb wolltest du mich so dringend treffen?«

»Es kann losgehen. Ich habe die Unterlagen zuerst mit einem erfahrenen Wirtschaftsreporter und danach mit einem kompetenten Banker durchgesehen, jetzt blicke ich einigermaßen durch. Gerade eben hat mein Chefredakteur grünes Licht gegeben und zusätzlich den Segen der Verlagsleitung für unsere heikle Operation besorgt.«

Teller schien diese Eröffnung zu überraschen. Er war nervös.

»Was ist mit dir, Jochen? Hast du plötzlich Angst vor der eigenen Courage? Willst du die Geschichte nicht mehr mit mir durchziehen?«, fragte Hopp irritiert.

»Doch, schon! Aber ich bin gerade ziemlich überrascht. Eigentlich hatte ich nicht damit gerechnet, dass du tatsächlich mitmachst. Und allein hätte ich es mich weder getraut, noch hätte ich es gekonnt. Innerlich hatte ich die Sache deshalb so gut wie abgeschrieben.« Teller sah Hopp direkt an.

Der runzelte verwundert die Stirn und schüttelte langsam den Kopf. »Du bist echt für mehr als eine Überraschung gut, Jochen.«

»Entschuldige, bitte. Ich bin leider ziemlich nervös, weil ich an so was doch noch nie gearbeitet habe«, beschwichtigte Teller. »Aber das wird sich bestimmt bald legen.«

»Das will ich auch hoffen!«, antwortete Hopp streng.

»Womit fangen wir denn an? Was hast du als erstes vor?«

»Noch heute versuche ich einige der Geschädigten anzurufen. Bis spätestens morgen Abend will ich mit zwei oder drei von ihnen konkrete Termine vereinbart haben. Und dann fahren wir gemeinsam dorthin.«

»Wann denn?« Teller schaute erschrocken wie eine Kuh, wenn's blitzt.

»So schnell wie möglich. Am besten gleich übermorgen oder spätestens den Tag danach. Es hat keinen Sinn, die Recherche jetzt auf die lange Bank zu schieben. Das bringt uns nicht weiter, weil wir in der Zwischenzeit gar nichts mehr vorbereiten können. Im Gegenteil, wenn es schlecht läuft, könnten andere sogar von den Fällen hören und uns die Story vor der Nase wegschnappen.«

Teller war einverstanden. »Dann werde ich gleich meine Arbeitsunterlagen, das Aufnahmegerät und Klamotten für ein paar Tage packen. Damit ich sofort reisebereit bin, wenn du das Startsignal gibst.«

»Wer sind Sie? Und was wollen Sie von mir?«

Der erste Geschädigte reagierte misstrauisch auf den Anruf. Was Alexander Hopp jedoch nicht verwunderte – nach allem, was dem Mann zuletzt angetan worden war.

»Mein Name ist Willi Schreiber«, stellte sich Hopp vor, zum ersten Mal sein Pseudonym gebrauchend, und kam sich dabei irgendwie schäbig vor.

»Ja, und? Weshalb rufen Sie an?«

»Ich möchte mich mit Ihnen treffen und über Ihren Fall unterhalten. Ich weiß, dass Sie um Ihr ganzes Vermögen gebracht worden sind.«

»Woher wissen Sie das?«

»Einige Unterlagen wurden mir zugespielt. Ich bin Journalist.«

»Wie kann das denn sein? Von mir haben Sie die jedenfalls nicht bekommen und Sie werden auch nichts von mir bekommen.« Der Mann spie seine Ablehnung förmlich in den Hörer.

»Hören Sie mir bitte kurz zu, Herr Simmel. Ich kann und will Ihnen helfen. Die Masche der Betrüger konnte ich zusammen mit sachkundigen Kollegen entschlüsseln. Sie ist leider sehr effektiv und es gibt schon etliche Geschädigte«, erklärte Hopp mit betont ruhiger Stimme. »Ich will noch die letzten fehlenden Puzzleteile recherchieren und dann einen großen Bericht veröffentlichen. Danach werden sich ganz sicher die Ermittlungsbehörden einschalten, den Fall hoffentlich restlos aufklären, die Täter überführen und vor Gericht stellen und Ihnen zu Ihrem Recht verhelfen.«

»Mir ist nicht mehr zu helfen«, schnaubte Simmel in den Hörer. »Mein Hof ist weg und mein letztes Geld ebenfalls. Beides bekomme ich bestimmt nie wieder.«

»Das werden wir sehen. So schnell würde ich an Ihrer Stelle die Flinte nicht ins Korn werfen.«

»Sie haben gut reden«, sagte Karl Simmel. Er hörte sich nun schon etwas gefasster an.

»Das stimmt schon. Aber ich will Sie gar nicht bequatschen. Ich will Sie nicht auf Biegen und Brechen zu einem Treffen überreden. Wenn Sie keinen Sinn darin sehen, dann hat es wahrscheinlich auch keinen Zweck. Es geht schließlich um Sie.«

»Wann wollten Sie denn hierherkommen?« Der Mann schien sich gerade eines Besseren zu besinnen.

»Morgen. Oder übermorgen. Jedenfalls so schnell es geht.«

»Morgen muss ich in die Stadt. Da passt es mir nicht. Aber übermorgen ginge es.«

»Prima. Dann besuche ich Sie übermorgen mit einem Kollegen. Wir bearbeiten das Thema zu zweit. So um die Mittagszeit werden wir bei Ihnen in Genthin sein. Die Adresse, die hier in den Papieren steht, stimmt noch? Prima. Bis dann. Alles Gute!«

Alexander Hopp atmete mehrmals tief durch. Das Telefonat war komplizierter als erwartet verlaufen. Er fragte sich, warum der Geschädigte sich anfangs so unzugänglich gegeben hatte und ob es bei den weiteren Gesprächen genauso schwierig werden würde. Diese Leute hatten doch eigentlich nichts mehr zu verlieren.

Sein Gespür hatte ihn nicht getäuscht. Hopp hatte größte Mühe, auch die beiden anderen Opfer der Anlagebetrüger zu einem Treffen zu bewegen. Sie gaben sich ähnlich abweisend wie Karl Simmel. Sie hatten eindeutig Angst. Große Angst. Geschlagene zwei Stunden dauerten die Telefonate mit Luise Hentrich und Uwe Köchling, bis sie endlich einlenkten. Nun hatte er drei Verabredungen mit Geschädigten des Betrügerrings im Osten Deutschlands: übermorgen in Genthin im Jerichower Land, eine knappe

Autostunde von Magdeburg entfernt, und am Tag danach zuerst in Bernburg an der Saale und am frühen Abend dann in Zwenkau bei Leipzig.

Wie vereinbart, informierte er sofort seinen Kollegen Jochen Teller über die Termine, damit er sich mental vorbereiten und reisefertig machen konnte. »Und leg dir bis dahin auch ein schönes Pseudonym zu«, sagte er fröhlich. »Meines heißt übrigens Willi Schreiber.«

Während der Autofahrt nach Sachsen-Anhalt berichtete Hopp seinem Partner ausführlich von den drei anstrengenden Telefongesprächen. »Die Betroffenen sind extrem ängstlich, obwohl sie doch eigentlich kaum noch etwas zu verlieren haben. Wir müssen sehr vorsichtig und einfühlsam vorgehen, damit sie sich uns gegenüber öffnen. Sonst ist diese Tour komplett für die Katz.«

»Wovor oder vor wem haben die Leute denn konkret Angst?«, fragte Teller. »Sie haben doch bereits alles verloren.«

»Das verstehe ich auch nicht, aber wir sollten es möglichst schnell herausfinden.«

Hopp schwieg eine Weile, um sich besser auf die Straße konzentrieren zu können; gerade setzte ein Wolkenbruch die Fahrbahn unter Wasser, die Scheibenwischer schafften es kaum, einigermaßen für Sicht zu sorgen. »Wie soll ich dich eigentlich gleich ansprechen?« Er schaute Teller auf dem Beifahrersitz kurz fragend an. »Welchen Decknamen hast du dir denn ausgedacht?«

»Benno Becher«, antwortete er mit zerknirschtem Gesichtsausdruck. »Das war vielleicht ein Theater mit dem Redaktionsleiter im Sender. Das erlaubt er normalerweise nicht.«

»Wie bitte? Wieso das denn nicht?« Hopp war erstaunt. »Was spricht denn dagegen, wenn die Recherche echt gefährlich ist? Dann kannst du ja wohl kaum als Jochen Teller auftreten.«

»Er will prinzipiell keine anonymen Beiträge. Und auch keine unter Pseudonym. Entweder arbeitet man mit Klarnamen – oder gar nicht, sagt er. Anonyme Berichterstattung ist für ihn nicht seriös und bei einer öffentlich-rechtlichen Sendeanstalt deshalb schon gar nicht zu akzeptieren.«

Alexander Hopp schüttelte entsetzt den Kopf. »Wie verantwortungslos ist das denn? Ich halte das für völligen Wahnsinn. Der Mann muss doch eine heiße investigative Story von harmlosen Allerweltsgeschichten unterscheiden können.«

Jochen Teller nickte und verschränkte zufrieden die Arme vor der Brust. »Natürlich kann er das unterscheiden. Deshalb hat er ja am Ende auch klein beigegeben.«

»Na, dann auf gute Zusammenarbeit, Herr Becher.«

Karl Simmel begrüßte die beiden Reporter freundlich.

»Dann will ich Ihnen zuerst mal meinen ehemaligen Besitz zeigen. Davon gehört mir jetzt gar nichts mehr. Nur wohnen darf ich hier vorerst noch.«

Die anderthalb Tage Abstand zu ihrem Telefonat hatten dem Mann gut getan. Er war einen Kopf kleiner als der hünenhafte Hopp und ziemlich stämmig gebaut. Aus traurigen Augen sah er die Besucher durch die Gläser seiner altmodischen Goldrandbrille erwartungsvoll an. In einer eigenartigen Mischung aus Wehmut und Stolz führte er sie nun über die kleine verkommene Hofanlage. Der Sanierungsstau war unübersehbar, in den letzten Jahrzehnten war hier nicht viel instand gehalten worden. Allein die Modernisierung des Altbaus müsste ein Vermögen kosten. Hinter dem Haus gammelten die halbfertigen Fundamente für die geplante Erweiterung vor sich hin und wurden an manchen Stellen bereits von Unkraut überwuchert. »Das sollte der Wellnesstrakt unseres kleinen Erholungshotels werden«, erklärte er. »Wie man unschwer erkennt, ist uns das Geld ausgegangen. Die Hausbank hat uns einfach hängen gelassen. Angeblich reichten die Sicherheiten für das Finanzierungsvolumen nicht aus.«

»Und dann haben Sie einen anderen Kapitalgeber gesucht«, ergänzte Teller alias Benno Becher mit sanfter Stimme, um zum eigentlichen Thema zu kommen.

»Natürlich. In unserem Bekanntenkreis.« Simmel nickte und sein freundlicher Gesichtsausdruck verdüsterte sich. »Ein Kumpel vom Stammtisch hat dann diesen Herrn Fritsch aus Reutlingen empfohlen. Sein Schwager aus dem Nachbarort war schon problemlos mit dessen Free Finance Unlimited ins Geschäft gekommen.«

»Wieviel Geld brauchten Sie denn?« erkundigte sich Hopp als Willi Schreiber.

»Insgesamt rund 1,2 Millionen Euro. Dafür mussten wir zwar die komplette Immobilie per Grundschuldbrief treuhänderisch an Fritsch übertragen, aber sein Konzept sah vor, mit diesen Papieren international zu handeln und so um die 250.000 Euro Rendite zu erwirtschaften.«

»Holla, die Waldfee!« Jochen Teller pfiff beeindruckt durch die Zähne. »So viel?« Eigentlich kannte er diese absurden Zahlen längst.

»Genau. Und zwar im Jahr.« Simmels Gesichtsausdruck verfinsterte sich. »Dafür hat er vorab schon mal insgesamt 30.000 Euro Provision von uns kassiert. Wir haben allerdings bisher keinen Cent von dem versprochenen Gewinn bekommen.«

»Woher wusste dieser Finanzvermittler denn, dass Ihre Immobilie als Sicherheit ausreicht?«, fragte Hopp.

»Ein Gutachter, mit dem er wohl regelmäßig zusammenarbeitet, hat den Verkehrswert des Hofes testiert – auf knapp zwei Millionen Euro. Das Gutachten hat natürlich auch wieder eine Stange Geld gekostet.«

Zwei Millionen? Für diese heruntergekommene Hütte? Alexander Hopp konnte es nicht fassen. Wie verzweifelt musste man sein oder wie naiv, um sich auf dieses irrwitzige Konstrukt einzulassen? Um sich per Geneneralvollmacht komplett von wildfremden Menschen abhängig zu machen? Absolut irre!

»Und wissen Sie denn, was mit der Grundschuld Ihrer Immobilie passiert ist? Wofür sie benutzt wurde? Und wer sie mittlerweile besitzt?«

»Nicht so genau. Wir haben eine Unmenge von Verträgen mit Finanzvermittlern, Anwälten und Anlagegesellschaften sowie entsprechend viele Verpflichtungen. Diese Verflechtungen habe ich nie ganz kapiert. War mir aber auch egal, wenn am Ende die Kohle stimmt. Ich habe diesen Leuten vertraut.« Karl Simmel kratzte sich nachdenklich an der leicht ergrauten, ehemals rothaarigen Schläfe. »Jetzt ist unser Grundschuldbrief anscheinend bei einer Bank in Irland. Die wollen jedenfalls Geld von uns. Aber wir haben nichts mehr.«

»Und deshalb haben Sie solche Angst? Sie wirken eingeschüchtert.« Hopp bemühte sich, behutsam vorzugehen.

Karl Simmel schaute ihn mit versteinertem Gesichtsausdruck an. »Ich zeige Ihnen gleich die Briefe einer Inkassogesellschaft, die uns hier ins Haus geflattert sind. Aus Kolumbien. Wenn Sie die lesen, kriegen Sie auch Muffensausen. Garantiert!«

»Warum wehren Sie sich nicht? Warum gehen Sie nicht zur Polizei? Und warum wollten Sie anfangs nicht einmal mit uns reden? Öffentlicher Druck durch die Medien kann auch helfen, Probleme zu lösen.« Auf die Antwort zu diesen Fragen war Hopp besonders gespannt.

»Weil wir immer noch hoffen, dass sich alles in Wohlgefallen auflöst. Dass die Finanzierung doch noch klappt«, erklärte Simmel. »Wie heißt es so schön: Die Hoffnung stirbt zuletzt.«

Teller und Hopp schauten diesen gebeutelten und ausgebeuteten Mann mitfühlend an.

»Kennen Sie andere Geschädigte, mit denen Sie sich zusammentun könnten?«

»Doch. Natürlich. Mindestens ein Dutzend hier in den umliegenden Ortschaften. Alle sind Landwirte, Gastronomen und Hoteliers.«

Hopp und Teller erhielten die Namen und Adressen von vier weiteren Betrugsopfern sowie die Kopien des Wertgutachtens, der notariellen Beurkundung und eines Drohschreibens des kolumbianischen Inkassobüros. Dann verließen sie Karl Simmel.

Beim Besuch bei Luise Hentrich in Bernburg an der Saale war Alexander Hopp zunächst überrascht. Die Dame des Hauses war sicherlich rund 20 Jahre älter, als sie sich vorgestern am Telefon angehört hatte; sie schien den siebzigsten Geburtstag schon seit Jahren hinter sich zu haben. Und sie gab sich nun wesentlich kooperativer. Ihr aggressives Gebaren hatte sie abgelegt – zumindest für den Moment. Sie zeigte den Journalisten ihre alte Gastwirtschaft, die bereits seit zwei Jahren geschlossen war. Danach verlief der Termin wie eine Doublette des Treffens mit Karl Simmel.

Die Gastronomin hatte über Freunde den Kontakt zu den Betrügern bekommen, die Masche mit der Grundschuld und das astronomische Renditeversprechen waren identisch, ebenso die Namen der Akteure und Firmen. Nur die Generalvollmacht hatte diesmal der Partner des Finanzvermittlers Fritsch übernommen, ein Herr Lattwig aus Heilbronn. Und der Verkehrswert der kleinen, maroden Eckkneipe war mittels frisierten Gutachtens auf unglaubliche 1,5 Millionen Euro taxiert worden, von einem Gutachter namens Hasso Freiherr von Deckstein aus Neumarkt in der Oberpfalz.

»Hat Sie das denn nicht misstrauisch gemacht«, fragte Hopp die alte Dame. »Haben Sie tatsächlich selbst geglaubt, dass Ihre Immobilie so viel wert ist?«

»Darüber habe ich mir gar keine Gedanken gemacht. Im Grunde war es mir doch recht. Je höher die Grundschuld lag, desto mehr Kredit konnte ich bekommen, und umso mehr Rendite war aus dem internationalen Trading zu erwarten.« Luise Hentrich sah Hopp selbstbewusst an. Sie hielt diese Kausalkette für logisch und schien noch immer felsenfest an das absurde Fantasiegebilde zu glauben.

»Haben Sie wirklich nie gezweifelt?«, fragte Teller ungläubig.

»Nein, nie.«

»Nicht einmal, als die angekündigten Zahlungen ausblieben und stattdessen immer wieder stattliche Provisionen fällig wurden?«, fragte Hopp skeptisch nach.

»Nein. Meine Vertragspartner hatten für jede Situation gute Argumente«, erklärte die Geschädigte. »Eigentlich war ich immer fest davon überzeugt, dass die Sache wie versprochen klappt.«

Auch der Fall des Landwirts Uwe Köchling aus Zwenkau bei Leipzig glich den Fällen Karl Simmel und Luise Hentrich wie ein Ei dem anderen. Mit reichlich Recherchematerial, das locker für eine große Reportage reichte, traten Alexander Hopp und Jochen Teller die Heimreise an.

14. Schein statt Sein

Die gut fünfstündige Fahrt zurück nach Köln verging wie im Flug. Weder auf der A4 noch der A5 gab es einen der üblichen Staus. Und die vergangenen Besuche bei den Betrugsopfern hatten genug frischen Gesprächsstoff geliefert, sodass ihnen nicht langweilig wurde.

»Kannst du nachvollziehen, dass die Leute sich auf diese abenteuerlichen Finanzkonstrukte eingelassen haben?«, fragte Teller.

»Das schon«, meinte Hopp. »In der Not frisst der Teufel bekanntlich Fliegen. Sie hatten doch keine Alternative. Von seriösen Banken bekamen sie kein Geld für ihre Projekte. Und aufgeben war für sie schließlich keine Option. Sie wollten die neuen Möglichkeiten nach der Wende zu ihren eigenen Gunsten nutzen.«

»Obwohl ich auch nicht viel Ahnung von Wirtschaft habe, kann ich in solchen Fällen allerdings die Weigerung der Banken verstehen. Alle drei haben keinen schlüssigen Businessplan, ihre Immobilien sind in einem erbärmlichen Zustand. Und dann ihr Alter. Wer leiht denn Senioren heutzutage hohe sechsstellige Beträge, zumal ohne entsprechende Sicherheiten?«

»Klar. Das habe ich mir auch gedacht, vor allem bei Luise Hentrich. Aber in ihrer Lage waren diese Leute natürlich perfekte Opfer für Anlagebetrüger. Sie hatten nach dem Mauerfall enormen wirtschaftlichen Nachholbedarf, wähnten sich plötzlich im Schlaraffenland, hatten keine Erfahrung mit Geschäftspraktiken, Finanzierungen, Kapitalanlagen und vor allem mit der Gnadenlosigkeit des Raubtierkapitalismus. Sie waren einfach unglaublich gutgläubig und damit leichte Beute für die Betrüger.«

»Aber spätestens als die Versprechungen nicht gehalten wurden und stattdessen sogar neue Forderungen aufkamen, mussten doch alle Alarmglocken schrillen«, wunderte sich Teller. »Da wurde es doch allerhöchste Zeit, die Notbremse zu ziehen und Anzeige zu erstatten.«

»Wenn man sich getraut hätte, der Wahrheit ins Auge zu blicken«, spann Hopp den Gedanken weiter. »Aber genau davor haben diese Menschen Angst. Die machen sich lieber selbst etwas vor. Außerdem kommt gehöriger Bammel vor den massiven Repressalien der kolumbianischen Geldeintreiber hinzu.«

Jochen Teller blätterte einige der neuen Papiere auf seinem Schoß durch und schüttelte immer wieder fassungslos den Kopf. »Und dann die Namen dieser Geschäftspartner: Professor Friedensreich Werthoven, Theodor Göttlich oder Hasso Freiherr von Deckstein. Wer heißt denn schon so? Ob irgendeiner der Geschädigten jemals nachgeforscht hat, auf wen er oder sie sich da eingelassen hat?«

»Vermutlich nicht.« Hopp zwinkerte Teller zu. »Aber wir werden das tun. Gleich morgen. Ich gehe jede Wette ein, dass das falsche Fuffziger sind.«

Obwohl es schon spät am Abend war, setzte sich Alexander Hopp daheim an den Computer und gab diverse Namen ein. Für Gisbert Bode, Heinz Kistenmacher und Theodor Göttlich fand er keinerlei Eintrag im Internet. Sie schienen relativ unbedeutende Kuppler zu sein, die im Polizeijargon »Keiler« genannt wurden, wie Hopp mittlerweile wusste. Doch die Herren Lothar Fritsch und Markus Lattwig tauchten immer wieder auf, als Finanzberater und auch als Mitinhaber obskurer Firmen wie Prime Investments Corporation oder Pecunia Indefinita oder Maximal Profit International. Keines dieser Unternehmen besaß einen eigenen Internetauftritt. Ganz im Gegensatz zum Notar Professor Friedensreich Werthoven und dem Gutachter Hasso Freiherr von Deckstein. Deren Homepages waren ähnlich schrill wie ihre Namen, und sie ähnelten einander im Aufbau wie im Design auffallend. Zumindest was den Notar anging, hatte Alexander Hopp Zweifel, dass dessen werblicher Auftritt im Internet mit den Grundregeln seines öffentlichen Amtes vereinbar war.

Doch nun überkam ihn die Müdigeit. Er rieb sich die Augen und gähnte. Die letzten Tage waren anstrengend gewesen. Also schaltete er den Computer aus und nahm sich vor, morgen bei Kammern und Berufsverbänden nachzuforschen, was es mit den Herren Werthoven und Freiherr von Deckstein so auf sich habe.

Nach dem ersten Kaffee hängte er sich voller Elan an sein Telefon und rief die Bundesnotarkammer an, um sich zu erkundigen, was zu tun sei, wenn man standesrechtliche Verfehlungen eines Notars anzeigen wolle. Er erfuhr, dass dafür die regionale Kammer zuständig sei, und notierte sich die Telefonnummer der Notarkammer Baden-Württemberg. Dort wurde er zur Beschwerdestelle weiterverbunden, wo er seine Beanstandung der Arbeit des Notars Professor Friedensreich Werthoven vorbrachte. Die freundliche Dame hörte sich geduldig Hopps empörten Vortrag an und tippte derweil hörbar auf der Tastatur ihres Computers herum.

»Diesen Notar gibt es nicht«, sagte sie dann, »zumindest bei uns in Baden-Württemberg nicht.«

»Wie kann das denn sein? Aus den mir vorliegenden Unterlagen ist er aber in Pforzheim zugelassen.«

»Nein. Ganz bestimmt nicht. Ehrlich gesagt, bezweifele ich, dass dieser Herr überhaupt Notar ist, wenn schon die Ortsangabe nicht stimmt«, erklärte die Beraterin der Notarkammer.

»Wie bekomme ich das denn heraus?«, fragte Hopp mit besonders schüchtern klingender Stimme. »Muss ich dafür etwa alle Notarkammern in Deutschland abtelefonieren?«

»Nein, sie müssen nicht alle 21 Regionalkammern anrufen. Das kläre ich beim Europäischen Zentralregister für Sie und melde mich dann wieder bei Ihnen.«

Zehn Minuten später rief sie zurück. »Einen Notar namens Friedensreich Werthoven gibt es in ganz Europa nicht. Und deshalb dürfen Sie getrost davon ausgehen, dass der Mann auch kein

Professor ist – wenn nicht sogar sein Name falsch ist. Was ich, ehrlich gesagt, vermute.«

Auch die Recherche beim Bundesverband öffentlich bestellter und vereidigter Sachverständiger war ähnlich schnell erledigt. Dorthin faxte Hopp nach einem kurzen Telefonat eine Seite des Geschäftspapiers von Hasso Freiherr von Deckstein. Ergebnis: Er war kein zugelassener Sachverständiger. Und der ovale Stempel des Freiherrn auf seinen Schreiben entsprach nicht einmal ansatzweise den rechtlichen Formvorschriften.

HEUTE

15. Kontakt mit FBI

Wie in alten Zeiten ruft Hopp am Morgen seinen früheren Mentor Franz Bernd Imbach an. Er will ihm Merkurs Unterlagen aus der Agentur für Arbeit zeigen und die wichtigsten offenen Fragen seiner umfangreichen Rechercheliste mit ihm durchgehen. Er ist gespannt, wie es FBI mittlerweile geht und wie er auf seinen überraschenden Anruf reagieren wird.

»Wer ist am Apparat?«, fragt Imbach. »Ich muss mich verhört haben – der Herr Hopp? Das ist ja kaum zu glauben. Es geschehen also noch Zeichen und Wunder!«

»Jetzt übertreiben Sie aber, lieber Herr Imbach. So lange ist es nun auch nicht her, dass ich mich zuletzt bei Ihnen gemeldet habe.«

»Alles eine Frage der Perspektive, mein Lieber. In meinem Alter sind Jahre eine verdammt lange Zeit. Und es müssen mittlerweile mehrere Jahre sein, die wir nicht miteinander gesprochen haben, mindestens fünf.«

»Ehrlich?«, sagt Hopp kleinlaut. »Das kommt mir gar nicht so lange vor. Tut mir leid. Soll nicht wieder passieren.«

»Ist ja schon gut, Alex. Ich denke, du hast sicher noch anderes zu tun, als alte Herren zu unterhalten. Wie läuft es denn so in der Provinz?«

»In der Provinz? Wachtberg ist doch keine Provinz, sondern der Speckgürtel der Bundesstadt und vormaligen Bundeshauptstadt Bonn.«

Hopp spielt den Empörten. »Hier bei uns leben die Reichen und die Schönen, hier tobt das pralle Leben. Weshalb es natürlich auch kein Wunder ist, dass ich jede Menge Arbeit habe.«

»Beschäftigt dich wieder ein besonders komplizierter Fall oder weshalb rufst du mich ausgerechnet jetzt an?« Imbach hat genug vom Small Talk. Seine direkte Art hat er also nicht verloren.

»Besonders kompliziert – genauso ist es. Und der Fall erinnert mich sehr an den riesigen Kapitalanlagebetrug von damals. Erinnern Sie sich noch daran?«

»Na klar. Wie sollte ich diese Geschichte vergessen können?«

»Wieder hat mich ein anonymer Informant angerufen, mir eine sensationelle Story versprochen und dann brisantes Material übergeben«, berichtet Hopp. »Diesmal ist die finanzielle Dimension zwar nicht ganz so gigantisch wie vor 20 Jahren, aber dafür sind die Beteiligten nicht ohne: Führungskräfte der Agentur für Arbeit und namhafte Unternehmer. Hier aus Nordrhein-Westfalen. Sogar aus meiner unmittelbaren Nachbarschaft: Bonn und Meckenheim.«

»Oha!« FBI pfeift leise durch die Zähne. »Das klingt schon mal spannend. Was haben diese feinen Herrschaften denn zusammen angestellt?«

»Sie haben gemeinsam die Kasse der Arbeitslosenversicherung geplündert, falls ich die Unterlagen richtig verstehe und mit meinem Rechtsverständnis nicht komplett danebenliege.«

»Vielleicht sollten wir uns das Material mal wieder gemeinsam ansehen. Ich bin zwar kein Experte für Arbeitsrecht«, erklärt Imbach, »und das Arbeitsförderungsgesetz kenne ich auch nicht gerade auswendig. Aber schaden kann es trotzdem nicht, wenn du dir meine Meinung anhörst.«

»Genau deshalb rufe ich ja an.«

»Dann komm doch einfach mit dem Zeug bei mir vorbei. Die Adresse hat sich nicht geändert.«

Gut eine Stunde später steht Hopp bereits vor der ziemlich verwitterten Haustür in Köln-Lindenthal.

Franz Bernd Imbach grinst breit, als er ihm öffnet.

Im Gegensatz zu der Haustür hat der Mann sich kaum verändert; nur ein paar Falten im Gesicht sind dazugekommen, tiefere

Ringe unter den Augen und deutlich ergraute Haare, aber ansonsten ist er ganz der Alte. Die aufrechte Haltung, der geschmeidige Gang und vor allem die Schlagfertigkeit waren ihm geblieben.

»Dich hätte ich auch auf Anhieb wiedererkannt, wenn du dich nicht vorher telefonisch angekündigt hättest«, behauptet er gut gelaunt und schiebt Alexander in seine Wohnung, die noch exakt so aussieht, wie Hopp sie in Erinnerung hat: Alle Möbel stehen am selben Platz, jedes Bild an den Wänden und alle Teppiche auf dem Boden kommen Alexander vertraut vor, sogar die Sofakissen dürften noch den gleichen Knick haben.

Auf dem eichenhölzernen Couchtisch stehen zwei Kaffeegedecke, eine Thermoskanne und eine silberne Platte voller halber Brötchen, mit Käse und Schinken belegt.

»Wie ich dich kenne, hast du sicher noch nichts gefrühstückt. Nimm bitte Platz, greif zu und lass mich in der Zwischenzeit mal die Papiere anschauen.«

»Danke für alles.« Alexander ist gerührt, reicht Imbach den Schnellhefter und nimmt sich eine Schinkenstulle.

Zwanzig Minuten lang spricht keiner von beiden ein Wort. Alexander verdrückt vier Brötchenhälften und beobachtet dabei jede mimische Reaktion seines journalistischen Ziehvaters, den er verehrt wie keinen zweiten Mann. FBI ist einfach alles: gebildet, talentiert, vielseitig, wortgewandt, wissbegierig, schlau, unerschrocken, unbestechlich, einflussreich, hilfsbereit, seriös, zuverlässig, extrem erfahren – und sehr nett. Als er sich seiner Gedanken bewusst wird, findet Hopp diese Lobhudelei ziemlich peinlich. Obwohl alles stimmt: Er ist einfach ein außergewöhnlicher Mensch. Und sein Branchenspitzname FBI kommt nicht von ungefähr.

Während Imbach die Unterlagen durchsieht, gibt er nur ein paar unartikulierte Laute von sich. Dann klappt er den Schnellhefter zu, hebt den Kopf und sieht Hopp ernst an.

»Das hier«, er klopft energisch mit dem ausgestreckten rechten Zeigefinger auf die Materialsammlung, »ist zweifelsfrei ein ganz, ganz dicker Hund! Wie gesagt, ich bin kein Fachmann für Arbeitsförderung. Aber dass die dafür vorgesehenen Mittel Menschen mit Schwierigkeiten im Berufsleben helfen sollen und nicht kriselnden Unternehmen, das weiß ich bestimmt. Die Arbeitslosenkasse ist doch kein Sicherungssystem für marode Firmen. Diese siebenstelligen Subventionen durch die Hintertür sind nicht legal, sondern ein Verbrechen und ein gewaltiger Skandal!«

Hopp lächelt erleichtert und nickt. »Das sehe ich genauso. Also halten auch Sie die Papiere für glaubwürdig? Heutzutage muß man ja extrem vorsichtig sein, bei all den Fakes, die in Umlauf gebracht und den Leuten untergejubelt werden.«

»Mag sein. Aber dieses Material ist sehr umfangreich, detailliert und in sich stimmig. Das sieht für mich nicht nach Fälschung aus. Ich halte deine Quelle für glaubwürdig.«

»Allerdings kann ich mich nicht auf sie berufen, sonst bringe ich diesen Menschen wahrscheinlich in ärgste Schwierigkeiten. Ich muss also schnellstmöglich anerkannte Fachleute finden, die unsere Einschätzung bestätigen und auch zitierfähig sind.«

»Das sollte doch machbar sein. Im Bundesarbeitsministerium gibt es sicher etliche Angestellte, die mit der Materie vertraut sind und öffentlich Stellung beziehen können. Da kannst du ganz offen in der Pressestelle um ein Interview bitten. Auch Fachanwälte für Arbeitsrecht reden bestimmt mit dir und lassen sich gern zitieren. Ist ja quasi unbezahlte PR für die.« Imbach denkt kurz nach, ehe er weiterspricht. »Und bei deinen früheren Kontakten zum BKA kannst du auch ruhig mal wieder nachfragen, falls die noch im Dienst sind. Irgendwer in der Behörde weiß sicher, wie du weiter vorgehen kannst. Vielleicht springt sogar eine zusätzliche Quelle heraus. Allerdings musst du damit rechnen, dass das BKA selbst Ermittlungen aufnimmt.«

»Was mich nicht stören würde, wenn das Amt mir helfen kann, diese Geschichte rund zu bekommen.« Zufrieden greift sich Hopp das letzte Schinkenbrötchen von der Platte.

»Vorher solltest du allerdings Jana über deinen Vorstoß in Wiesbaden informieren. Schon um des häuslichen Friedens willen.«

Imbach lacht trocken. »Schließlich seid ihr beiden Hübschen doch damals von einem BKA-Menschen verkuppelt worden, wenn ich mich recht erinnere. Bestimmt hat sie noch einen heißen Draht dorthin.«

»Klar mache ich das«, antwortet Hopp. »Was Sie mir vielleicht noch sagen könnten, ist ihre Ansicht zu den Motiven der Beteiligten. Den Unternehmer verstehe ich, das ist einfach: Der hat große wirtschaftliche Probleme und nimmt, was er kriegen kann. Auch wenn es illegal ist. Aber die beiden Leiter der Agentur für Arbeit in Düsseldorf und Bonn – was treibt die an? Wieso machen die das? Weshalb lassen die sich auf so eine riskante krumme Sache ein? Die kann sie doch ihren Job kosten und vielleicht sogar in den Knast bringen. Was haben die davon?«

»Eine sehr berechtigte Frage, Alex.« Imbach zuckt unschlüssig mit den Schultern. »Ich weiß es natürlich auch nicht. Aber ganz umsonst und nur aus reiner Freundschaft wird die Hilfestellung nicht geschehen sein. Altruismus hat in der Welt der Wirtschaft keinen großen Wert. Und mit steigendem finanziellen Einsatz sinkt er rapide. Entweder haben die beiden Agenturchefs bei der Schieberei heimlich mitkassiert oder sie konnten einfach nicht anders, weil irgendwer sie mit irgendwas in der Hand hat – etwas, das man gewöhnlich Erpressung nennt.«

16. Weitere Quelle gesucht

Beschwingt von dem ermutigenden Gespräch mit FBI fährt Alexander Hopp zurück nach Wachtberg-Pech, um vom heimischen Büro aus diesen Merkur noch einmal anzurufen. Wie versprochen steckt in dem Schnellhefter eine Mobilnummer, die sein Informant sich vermutlich speziell für ihre konspirative Kommunikation besorgt hat.

»Eigentlich habe ich schon früher mit Ihrem Anruf gerechnet«, sagt Merkur offensichtlich gut gelaunt. »Ich kann mir nämlich beim besten Willen nicht vorstellen, dass für Sie bereits alle wichtigen Fragen geklärt sind.«

»Wieso das denn? So schwer ist die Sachlage nun auch nicht zu verstehen, schließlich handelt es sich ja nicht um diskrete Mathematik«. Natürlich weiß er, dass der Mann völlig recht hat.

»Ach so? Und weshalb rufen Sie mich dann überhaupt an?«

»Ich will die Geschichte richtig rund und wasserdicht machen. Dafür brauche ich schon noch ein paar fachliche Erklärungen und fundierte Hintergrundinformationen«, gibt er nun ehrlich zu. »Ein schlecht vorbereiteter Schnellschuss ist nicht mein Ding.«

»Okay. Dann schießen Sie los: Was brauchen Sie noch?«

»Vor allem eine zweite Quelle. Am besten jemanden, der die Vorwürfe auch offiziell bestätigen kann. Wenn ich meine Story allein auf Ihre Unterlagen stütze, könnte das heikel werden – für uns beide. Für Sie wahrscheinlich noch mehr als für mich.«

»Damit dürften Sie recht haben. Vielen Dank für Ihre Fürsorge. Aber die Suche nach einer zusätzlichen Quelle wird nicht einfach. Zwar gibt es mittlerweile eine stattliche Gruppe von Agenturmitarbeitenden, denen der Stil und die Aktionen der Geschäftsführung nicht passen und die unüberhörbar murren. Aber auf Anhieb wüsste ich weder jemanden, der den gleichen Überblick hat wie ich, noch einen, der sich trauen würde, die kriminellen Vorgänge öffentlich anzuprangern.«

Merkur hält kurz inne und schnauft dabei leise in den Hörer.

»Darüber muss ich noch einmal in Ruhe nachdenken. Ich melde mich sofort bei Ihnen, wenn mir irgendwer einfällt. In der Zwischenzeit könnten Sie vielleicht versuchen, selbst an andere Agenturleute heranzukommen.«

»Bei welcher Gelegenheit denn?«

»Zum Beispiel bei alkoholgeschwängerten Gesprächen an der Theke.«

»Sie meinen in einer Wirtschaft? Wie soll ich das denn machen?« Hopp sieht sich im Geiste die komplette Düsseldorfer Altstadt durchkämmen, um in allen Spelunken verzweifelt nach Beschäftigten der Agentur für Arbeit zu suchen und dabei dem Suff zu verfallen.

»Donnerstags und freitags gehen etliche nach der Arbeit für ein Feierabendbier um die Ecke in ihre Stammkneipe. *Zum Armen Schlucker* heißt das Lokal und liegt ganz in der Nähe der Regionaldirektion im Düsseldorfer Stadtteil Golzheim.«

»Und was soll das bringen?«, fragt Hopp skeptisch.

»Keine Ahnung. Vielleicht treffen Sie ja zufällig jemanden, der dort sein Herz bei Ihnen ausschüttet, wenn Sie ihm oder ihr ein paar Bier spendieren. Ist zwar ziemlich unwahrscheinlich, aber einen Versuch ist es trotzdem wert. Verlieren können Sie dadurch jedenfalls nichts, außer etwas Arbeitszeit, wenn es schlecht läuft.«

Hopp ist nicht überzeugt von dieser Aktion. Sie erscheint ihm ähnlich erfolgversprechend, wie im Lotto einen Sechser mit Zusatzzahl zu landen. Deshalb wechselt er abrupt das Thema: »Was ich bisher überhaupt nicht nachvollziehen kann, sind die Berechnungen der einzelnen Fördersummen, die dieser Dr. Detlef Kühn angestellt hat. Nach welchen Regeln hat er denn die jeweilige Dauer und Höhe der Förderung für die einzelnen Personen bestimmt? Wieso wird beispielsweise für den einen Beschäftigten ein Zuschuss von 50 Prozent des Gehalts für 12 Monate bewilligt und für den nächsten 75 Prozent für neun Monate … oder so ähnlich. Dafür muss es doch handfeste Kriterien geben.«

Merkur lacht leise in die Leitung. »Natürlich gibt es die, sogar sehr explizite. Nur wurden die nicht angewendet. Dafür hätte man sich ja gründlich mit jedem einzelnen Fall beschäftigen müssen, was natürlich nicht passiert ist.« Nun schnaubt er verächtlich in sein Telefon. »Kühn hat einfach so lange gewürfelt, bis das Ergebnis passte, sprich: bis die benötigte Summe erreicht war.«

Alexander Hopp überschlägt im Kopf kurz die Zahl der geförderten Personen: Fast 400 Namen stehen insgesamt in den Listen, die ihm vorliegen. Ob die wohl alle stimmen beziehungsweise ob diese Beschäftigten tatsächlich alle Förderbedarf hatten?

»Existieren diese vielen Einzelfälle überhaupt? Sind sie faktisch überprüfbar? Oder vielleicht frei erfunden?«, fragt er deshalb.

»Wenn ich das nur wüsste«, antwortet Merkur. »Ich nehme allerdings an, dass die Unternehmen kaum so viele förderbedürftige Mitarbeiter auf einmal beschäftigen konnten. Wie soll denn dann der Betrieb laufen, wenn die meisten der Leute ihren Job nicht richtig können? Das kann ich mir überhaupt nicht vorstellen. Wahrscheinlich haben sie einfach Namen vollkommen leistungsfähiger Beschäftigter eingetragen und vielleicht sogar noch Rentner oder Entlassene mitaufgeführt, damit die gewünschte Dimension erreicht wurde.«

»Haben die Unternehmen ihren Finanzbedarf etwa angemeldet, waren die Summen quasi explizit bestellt?«

»Genau. Die Beträge standen von Anfang an fest. Das war eine Art strukturpolitische Vorgabe, um die Firmen vor der drohenden Pleite zu retten.«

»Erinnere ich es richtig, dass die Hauptfiguren dieses Schurkenstücks Mitglieder der gleichen, namentlich christlichen Partei sind?«

»Ja, genau, sagte ich das nicht bereits bei unserem ersten Treffen?«, fragt Merkur verwundert.

»Doch, schon, glaube ich zumindest. Aber einfach so übernehmen darf ich diese Behauptung natürlich nicht, sondern muss sie nachrecherchieren und faktisch belegen können. Aber selbst wenn das so stimmt, ist die Parteizugehörigkeit für mich kein hinreichendes Motiv, zum Beispiel für diesen Dr. Kühn, sich derart die Finger schmutzig zu machen. Der geht dafür in den Knast, wenn die Sache auffliegt. Weshalb macht er das also? Aus reiner Gefälligkeit gegenüber einem Parteifreund riskiert doch niemand seine eigene Existenz.«

»Das sehe ich auch so. Da gibt es aber noch einige andere Verbindungen. Zum Beispiel haben Detlef Kühn und Ferdinand Baumeister, das ist der Geschäftsführer und Hauptgesellschafter der Kröger-Krämer-Söhne-Gruppe, zusammen an der Universität Münster studiert. Dort waren sie sogar in derselben Studentenverbindung. Übrigens wohnen die beiden Herren mittlerweile auch nicht weit weg voneinander, irgendwo in Wachtberg. Vielleicht kennen Sie sie ja sogar. Und Kühn und der Chef meiner Regionaldirektion sind wiederum nicht nur Parteifreunde, sondern auch Mitglieder des noblen Yachtclubs in Neuss. Ob das jetzt alle persönlichen Verflechtungen sind, weiß ich nicht, nehme es allerdings auch nicht an.«

»Wer von den dreien hat die Deals denn konkret angeleiert?«, fragt Alexander Hopp, obwohl er die Antwort ahnt.

»Baumeister mit Kühn«, sagt Merkur und bestätigt damit Hopps Vermutung. »Anders kann es gar nicht sein. Mein Chef hat die Angelegenheit nur von Düsseldorf aus abgesegnet, wobei er der guten Form halber sogar auf die Einhaltung der zentralen Förderbedingungen hingewiesen hat. Damit dürfte er auf jeden Fall aus dem Schneider sein und seine Hände schön in Unschuld waschen können, wenn es hart auf hart kommt. Was kann er schließlich schon dafür, wenn ein Untergebener sich nicht an die Regeln hält und Fälle manipuliert?«

»War er denn nicht richtig eingeweiht?«

»Doch, doch! Ganz bestimmt! Aber das dürfte ihm nach Lage

der Dinge kaum nachzuweisen sein. Kühn hat glasklar die Arsch-
karte.«

»Dessen muss sich der Mann doch bewusst sein. Weshalb also
besorgt er dem Verbindungs- und Parteifreund trotzdem die Millionen? Was hat er selbst davon? Kassiert er kräftig mit?«

»Vermutlich«, meint Merkur. »Allerdings habe ich auf dem Weg
der amtsinternen Wasserspülung rauschen gehört, der gute Detlef
Kühn sei womöglich gar kein echter Doktor und obendrein auch
vom anderen Ufer, was in Köln, wo er vorher lange gelebt und
gearbeitet hat, ja häufiger vorkommt. Vielleicht hat Baumeister ihn
deshalb in der Hand. Ob Kühns Titel tatsächlich faul ist, dürfte für
Sie in diesen Zeiten doch herauszufinden sein.«

17. Recherche in Düsseldorf

S eit mindestens einem Jahr ist Alexander Hopp nicht mehr in Düsseldorf gewesen. Wenn möglich, meidet er Besuche in diesem verbotenen *Kaff*, wie Kölner und kölsch Gesinnte wie er die Landeshauptstadt gern nennen. Sich über Düsseldorf und seine Bewohner bei jeder passenden und unpassenden Gelegenheit lustig zu machen, bereitet ihm immer wieder Freude. Im Stadtteil Golzheim ist er seiner Erinnerung nach überhaupt noch nie gewesen, allenfalls ist er auf dem Weg zum Flughafen über den Kennedydamm an dem Viertel vorbeigefahren.

Nahe der Regionaldirektion der Agentur für Arbeit in der Josef-Gockeln-Straße findet er einen Parkplatz. Er ist früh dran, weil auf der Strecke wider Erwarten kaum Verkehr war. Deshalb ist es eigentlich auch zu früh für den geplanten Kneipenbesuch. Die meisten Angestellten der Behörde dürften noch arbeiten. Da Hopp sich ungern in einem ihm unbekannten, wahrscheinlich menschenleeren Lokal langweilt, sieht er sich erst einmal in der Umgebung um. Doch die gibt nicht viel her: kaum Wohnhäuser, keine Geschäfte, keine Passanten, nur Bürogebäude und zwei riesige Business-Hotels. Da kann er sich doch gleich allein in die Kneipe setzen.

Er schlendert den halben Kilometer bis *Zum armen Schlucker* an der Ecke Kaiserwerther- und Georg-Glock-Straße.

Das Lokal ist bereits überraschend gut besucht. Locker zwanzig Gäste sitzen an den Tischen. Auf den ersten Blick sieht für Hopp niemand nach Arbeitsagent aus, manche eher wie Handelsvertreter oder Taxifahrer, jedenfalls nicht wie Büromenschen.

Auf Anhieb gefällt ihm auch keiner der noch freien Tische, denn einerseits will er einen guten Überblick haben und andererseits schnell den Platz wechseln können, um spontan Kontakt auf-zunehmen, falls ein interessanter Gast auftauchen sollte.

Also hockt er sich erst einmal an die Theke.

Kaum zehn Minuten später betritt eine junge Frau die Eck-kneipe: schlank, etwa einssiebzig groß, sportlich gekleidet, die dunklen Haare zum Zopf geflochten und über die linke Schulter gelegt.

In der Mitte des Raums bleibt sie stehen und sieht sich suchend um. Dann bewegt sie sich langsam zur Theke und nimmt neben Alexander Hopp Platz.

Er wartet erst einmal ab, ob vielleicht jemand der Frau folgt und sich zu ihr gesellt. Als das nach weiteren zehn Minuten nicht passiert ist, spricht er sie einfach an.

»Sollten Sie versetzt worden sein, gebe ich Ihnen zum Trost herzlich gern ein Bier aus«, sagt er freundlich und strahlt die junge Frau charmant an. Sie dreht ihm langsam den Kopf zu, mustert ihn kurz vom Scheitel bis zur Sohle und lächelt dann zurück.

»Quatschen Sie eigentlich immer Single-Frauen in der Kneipe an?«

»Nein, nicht immer. Sogar eher selten. Meist haben attraktive Damen in Lokalen nämlich männliche Begleiter dabei. Außerdem bin ich eigentlich eher schüchtern.«

Sie schüttelt leicht den Kopf. »Sie und schüchtern? Hat Ihnen schon mal irgendwer diese Dichtung abgekauft? Aber Danke für das Kompliment! Eigentlich will ich hier ein paar Kollegen treffen. Bisher sehe ich allerdings keinen von ihnen.« Sie zuckt mit den Schultern. »Vielleicht kommen sie ja noch.«

»Dann biete ich hiermit an, Ihnen die Wartezeit zu versüßen – falls das mit diesem Altbier überhaupt möglich ist.«

»Na dann«, sagt sie lachend. »Sie sind offensichtlich nicht von hier. Ich tippe auf Köln.«

»Fast ein Volltreffer. Wie haben Sie das bloß so schnell bemerkt?«

»Wer lästert denn sonst so abfällig über unser gutes, dunkles Bier? Doch nur die selbstverliebten Kölner.«

»Ertappt.« Hopp macht ein schuldbewusstes Gesicht wie ein Schuljunge, der gerade beim Lutscherklauen erwischt woden ist. Dann bestellt er zwei Bier. »Allerdings stamme ich nicht wirklich aus Köln. Ich habe nur einige Jahre dort gewohnt und die Stadt lieben gelernt. Jetzt lebe ich in einem Vorort von Bonn.«

»Immerhin haben Sie sich ziemlich nachhaltig mit den Eigenarten der Kölner infiziert. Was treibt Sie denn hierher, quasi in Feindesland?«

»Ich will einen früheren Studienkollegen wiedersehen. Der arbeitet hier um die Ecke. Bei der Agentur für Arbeit.« Diese Legende hat sich Hopp schon während der Anfahrt überlegt.

»Da arbeite ich auch. Wie heißt er denn? Vielleicht kenne ich ihn sogar.«

Hopp schaut sie kurz nachdenklich an.

»Jakob Stoffel«, sagt er stockend. Eben hat er nicht daran gedacht, sich einen glaubwürdigen Namen für den erfundenen Freund auszudenken. Nun befürchtet er, dass ihr sein Zögern verdächtig vorkommen könnte.

»Den kenne ich nicht. Auch seinen Namen habe ich noch nie gehört.«

»In der Regionaldirektion sind sicherlich etliche Menschen beschäftigt, die Sie nicht kennen. Nehme ich zumindest an.«

»Das stimmt natürlich«, sagt die junge Frau und nimmt einen kräftigen Schluck aus dem soeben servierten Alt.

Auch Hopp trinkt etwas und muß sich eingestehen, dass es gar nicht so übel schmeckt.

»Jakob klang bei unserem letzten Telefonat dieser Tage auffallend bedrückt. Dabei ist er eigentlich ein fröhlicher, unbekümmerter Typ. Irgendwas in der Agentur scheint schräg zu laufen und macht ihm wohl mächtig Kummer. Darüber wollte er mit mir sprechen«, spinnt Hopp nun flüssig seine Legende weiter.

»Aha«, antwortet sie, legt ihre Stirn in Falten und schaut ihm direkt in die Augen. »Was genau Ihren Freund besorgt, wissen Sie nicht?«

»Irgendwelche fragwürdigen Förderzusagen, mehr hat er am Telefon nicht gesagt. Darunter kann ich mir aber nichts vorstellen. Ich hoffe, dass er gleich kommt«, fantasiert er weiter, »dann werde ich es bestimmt erfahren.«

»Ehrlich gesagt, habe ich zuletzt auch einiges im Haus rumoren hören.« Die Frau denkt einige Sekunden nach und schiebt einen Bierdeckel auf dem Tresen hin und her. Darf sie hier und jetzt an der Theke einem Fremden Interna verraten? »Da scheinen merkwürdige Dinge vor sich zu gehen«, erklärt sie nun vage. »Zumindest regen sich ein paar Kollegen, die echt alles andere als Korinthenkacker sind, gerade gewaltig auf und kritisieren unverhohlen die Führung der Agentur.«

»Was meinen Sie denn mit *Führung?*«

»Entscheidungen der Geschäftsführung.«

»Generell oder ganz speziell?«

»Letzteres. Angeblich werden in besonderen Fällen ungewöhnlich großzügige Zuschüsse gewährt.«

»Was heißt *ungewöhnlich großzügig?* Kommen Zuschüsse in der kritisierten Form nur selten vor oder sind sie sogar nicht in Ordnung?«

»Ein echt sachkundiger Kollege behauptet, dass sie weder dem Geist noch den Buchstaben der Gesetze entsprechen.«

»Hört sich spannend an. Es könnte gut sein, dass meinen Freund die gleichen Vorgänge beschäftigen.« Hopp beißt sich auf die Unterlippe und grübelt. Um Zeit zu schinden, trinkt er etwas Altbier, ganz langsam, sonst ist sein Glas gleich leer. Dabei beschließt er, das Gespräch sicherheitshalber rasch in unverfängliche Gefilde zu lenken. Mit dieser jungen Frau hat er zufällig eine Insiderin gefunden, die anscheinend ihr Herz am rechten Fleck hat, die sich unbefangen äußert und die ihm Zugang zum Innenleben der Regionaldirektion verschaffen kann – was weit mehr ist, als überhaupt zu erwarten war. Pures Glück. Nur darf er fürs Erste den Bogen nicht überspannen, damit sie nicht misstrauisch wird und sich verschließt.

Also wechselt er zu Small Talk, fragt nach schönen Wirtshäusern in der Altstadt, ihrem Interesse an den lokalen Sportvereinen DEG und Fortuna, einer sehenswerten Ausstellung im Kunstmuseum, Tipps für einen ausgedehnten Stadtbummel und nach der aktuellen Situation auf dem als besonders teuer verschrienen Düsseldorfer Wohnungsmarkt. Schließlich schafft er es, mit ihr die Mobilnummern auszutauschen. Sie heißt Nele und erzählt ungefragt, dass sie nicht weit entfernt im Stadtteil Derendorf wohne. Dann verabschiedet sich Hopp mit Bedauern darüber, dass ihn sein Freund Jakob versetzt habe.

»So kenne ich ihn gar nicht. Das hat er noch nie mit mir gemacht.«

»Mir ist es ja genauso ergangen.«

»Was ja auch sein Gutes hat. Sonst hätten wir uns doch nicht kennengelernt.« Alexander Hopp zeigt noch einmal sein gewinnendstes Lächeln und sagt: »Es wäre schön, wenn wir uns bald wiedersehen könnten.«

Sie nickt langsam und lächelt ihn an.

18. Lug und Trug

Beim Kaffee am nächsten Morgen überlegt Alexander Hopp, wie er jetzt mit der Arbeitsagentur-Geschichte am besten weitermacht. Was soll er als Nächstes recherchieren? Leider kann er Jana gerade nicht fragen. Sie ist schon seit zwei Stunden in einem Einsatz. Er geht kurz die wichtigsten Punkte seiner Rechercheliste durch. Dort hat er unter anderem die Frage notiert, ob die rund 400 Mitarbeiter, für welche Förderung beantragt und gewährt worden ist, überhaupt existieren oder ob sie tatsächlich den angegebenen Förderbedarf hatten. Darüber hat er bei seinem letzten Telefonat auch mit Merkur gesprochen, der erheblich daran zweifelte, weil ein Betrieb mit derart vielen unterqualifizierten Leuten wohl kaum problemlos produzieren könne. Er nahm stattdessen an, dass diese Menschen wahrscheinlich nicht ganz und gar erfunden wurden, stattdessen aber vollkommen leistungsfähige Arbeitskräfte, Rentner oder Entlassene aufgelistet worden sind. Das verringerte zumindest das Risiko aufzufliegen.

Merkurs Vermutung ist zwar eine wichtige Information für Hopp, allerdings reicht sie für einen handfesten Artikel nicht aus. Er muss sie als Fakt belegen können.

Also entschließt er sich dazu, umgehend zu überprüfen, was es mit den 400 Existenzen auf sich hat. Zumindest stichprobenartig. Dafür nimmt er sich die Personalliste vor, mit deren Hilfe Kühn die Förderbeträge für die Kalt-Walz GmbH berechnet hat. Sein Zeigefinger stoppt bei Brettschneider, Alfred. Ein interessanter Name, den es hier in der Gegend nicht allzu oft geben dürfte.

Im Internet findet er drei Personen namens Brettschneider. Aber nur einer von ihnen heißt Alfred. Gespannt wählt er dessen Telefonnummer.

Als er schon wieder auflegen will, wird das Gespräch endlich angenommen und eine eindeutig alt klingende Männerstimme meldet sich: »Brettschneider.«

»Guten Morgen, Herr Brettschneider. Mein Name ist Alexander Hopp. Ich bin Journalist und arbeite gerade an einer großen Geschichte über die vielfältigen Fördermöglichkeiten der Agentur für Arbeit und ihre segensreichen Wirkungen.«

»Interessant, aber was habe ich damit zu tun?«

»Sind Sie denn nicht bei der Kalt-Walz GmbH beschäftigt?«

»Schon lange nicht mehr. Wie kommen Sie denn darauf? Mittlerweile bin ich doch schon fast zehn Jahre in Rente.«

»Dann bin ich leider falsch informiert. Nach den mir vorliegenden Papieren wurden Sie im vorletzten Jahr auf eine neue Aufgabe im Betrieb umgeschult, wofür ihr Arbeitgeber neun Monate lang Fördermittel von der Agentur für Arbeit erhalten hat.«

»Quatsch! Ich wurde überhaupt nie umgeschult. Ich bin gelernter Dreher und habe meine Berufstätigkeit bei der kalten Walze, wie wir so sagen, als Meister beendet. Und das ist, wie gesagt, bald zehn Jahre her. Von Fördergeld weiß ich auch nichts.«

»Dann entschuldigen Sie bitte meine Störung«, sagt Hopp freundlich, »da sind mir wohl fehlerhafte Unterlagen gegeben worden.«

»Macht doch nix, Herr –?«

»Hopp, Alexander Hopp.«

»Wissen Sie, Herr Hopp, in meinem Alter sind solche Störungen eher erfreuliche Abwechslungen. So oft werde ich schließlich nicht mehr angerufen.«

Danach sucht Hopp einen Gesprächspartner aus der Belegschaft der Umform-Union GmbH in Meckenheim. Diesmal sieht er die Personalliste nach ungewöhnlichen Namen durch. Bei den vielen Müllers und Meiers will er sich nicht die Ohren wund telefonieren. Seine Wahl fällt auf Stäblein, Willibald. Auch dessen Telefonnummer ist leicht im Internet zu finden.

Es meldet sich eine junge Frauenstimme. Beim Vornamen Willibald hat Hopp sich einen eher älteren Mann vorgestellt – wer heißt denn heutzutage noch so?

»Ist Herr Willibald Stäblein zu sprechen?«, fragt er, nachdem er sich und sein Anliegen erklärt hat.

»Nein«, antwortet die Frau kurz.

»Habe ich mich etwa verwählt? Dann verzeihen Sie bitte.«

»Nein. Aber er schläft. Er hatte Nachtschicht.«.

»Ist Ihr Mann denn noch bei der Umform-Union beschäftigt?«, fragt Hopp. Er hofft, dass diese Frau vielleicht seine Fragen beantworten kann und kein erneuter Anruf nötig sein wird.

»Er ist nicht mein Mann, sondern mein Vater«, erwidert Frau Stäblein lachend, »aber er arbeitet noch dort.«

»Oh, ich bitte vielmals um Entschuldigung.«

»Da nicht für. Das können Sie ja nicht ahnen.«

»Wissen Sie denn vielleicht, ob er in den letzten beiden Jahren in dieser Firma wiedereingegliedert oder umqualifziert worden ist?«

»Neu eingegliedert auf keinen Fall. Und von einer Umschulung weiß ich nichts, kann mir das aber auch nicht vorstellen. So lange ich denken kann, ist er dort als Vorarbeiter beschäftigt. Für was sollte er denn da noch qualifiziert werden?«

Da ihn das Ergebnis des Gesprächs mit Frau Stäblein nicht völlig zufriedenstellt, wählt Alexander Hopp eine weitere Testperson von der Umform-Liste, Teodora Martinelli. Da er sie nicht auf Anhieb erreicht, spricht er Namen, Anliegen und Telefonnummer in die Mailbox.

Als Frau Martinelli abends zurückruft, hat er bereits 16 Gespräche mit nominell bei der Kalt-Walz GmbH und der Umform-Union GmbH Geförderten geführt, alle mit mehr oder weniger gleichem Ergebnis. Keine einzige Person weiß von einer Bezuschussung ihres Arbeitsplatzes, niemand hat eine Qualifizierung oder Umschulung absolviert, die Hälfte arbeitet sogar längst nicht mehr bei einem der beiden Unternehmen.

Hopp ist sich nun ganz sicher, dass er keine weitere Stichprobe mehr benötigt; die 400 Menschen wurden missbraucht, ihre Existenzen wurden ohne ihr Wissen oder ihr Zutun benutzt, um illegal Millionen Euro Fördermittel zu erschleichen.

»Hallo, Frau Martinelli, vielen Dank für Ihren Rückruf«, sagt er und stellt sich kurz vor. Den Text spult er mittlerweile wie ein Automat ab. »Darf ich Ihnen kurz etwas über Sie erzählen und Sie sagen mir ehrlich, ob es stimmt oder nicht?«, fragt er spontan.

»Was soll das denn?«, entgegnet die Frau irritiert.

»Das soll mir bei einem wichtigen Artikel über die Agentur für Arbeit helfen. Dürfte ich oder nicht? Es tut auch bestimmt nicht weh.«

»Na gut. Ich bin gespannt.«

»Sie arbeiten seit Jahren bei der Kalt-Walz GmbH, erledigen zuverlässig Ihren anspruchsvollen Job, hatten nie Leistungsprobleme und deshalb auch nie eine Qualifizierungsmaßnahme nötig. Richtig?«

»Ja, passt alles«, antwortet sie zögerlich. Sie scheint mit einem unerfreulichen Ende der Geschichte zu rechnen. »Und weiter?«

»Trotzdem hat die Agentur für Arbeit der Kalt-Walz GmbH für das komplette vergangene Jahr die Hälfte Ihres Gehalts erstattet, weil Sie angeblich geschult werden mussten, um die erforderliche Produktivität zu erreichen.«

»Das kann nicht sein. Unmöglich!«, echauffiert sich Teodora Martinelli.

»Doch, so war das, leider«, erwidert Hopp betont rücksichtsvoll. »Das geschah allerdings ohne Ihr Wissen, hinter Ihrem Rücken, um sich auf diese Weise Subventionen zu ergaunern.«

»Woher wissen Sie das?«

»Ich habe es schwarz auf weiß. Die Papiere wurden mir anonym von einem Insider zugespielt.«

»Das ist ja eine bodenlose Unverschämtheit! Was bilden die sich eigentlich ein? Ich lasse mich doch nicht einfach so missbrauchen. Morgen kündige ich sofort!«

»Wollen Sie sich das nicht noch einmal überlegen«, versucht Hopp die wütende Frau zu bremsen.

»Nein«, antwortet sie energisch, »dieser Scheißladen geht mir schon länger auf den Senkel. Jetzt reicht es mir endgültig! Aber Ihnen viel Erfolg für Ihren Artikel und vor allem besten Dank für diese entscheidende Info.« Dann legt sie auf.

Am nächsten Morgen macht Hopp sich kurz nach zehn Uhr auf den Weg zum Bundesministerium für Arbeit und Soziales, das einen großen Zweitsitz in Bonn unterhält. Mithilfe eines Kollegen aus der Presseabteilung hat er dort ein Hintergrundgespräch mit einem Experten für das Arbeitsförderungsgesetz organisieren können.

Zu Beginn des Termins präsentiert Hopp die von ihm vorbereitete Legende. Er erzählt dem Beamten, er sei zwar Journalist, berate aber nebenher einen Bekannten, der ein kleines mittelständisches Unternehmen führe und dem es ziemlich schlecht gehe; nun suche er nach wirksamen finanziellen Hilfen.

Der Beamte runzelt die Stirn und schaut ihn aus zusammengekniffenen Augen skeptisch an. »Und was wollen Sie dann hier bei mir? Ich dachte, es gehe um aktive Arbeitsförderung und nicht um Subventionen. Damit habe ich nichts am Hut.«

»Ich habe mal gehört, das Gesetz sehe auch in solchen Fällen passende Instrumente vor«, schiebt Hopp vorsichtig nach, um zum eigentlichen Kern des Themas zu kommen.

»Mit vollem Titel heißt es zwar *Gesetz über die Leistungen und Aufgaben zur Beschäftigungssicherung und zur Förderung des Wirtschaftswachstums*, aber es ist nur als indirekte Stütze für Firmen gedacht. Es ist vielmehr für die Menschen gemacht. Damit sollen die Mitarbeitenden besser für die Anforderungen auf dem Arbeitsmarkt oder in einem konkreten Betrieb ausgebildet werden.«

»Ja klar, das hilft ja dann auch dem Unternehmen, wenn da beispielsweise 50 Leute gleichzeitig gefördert werden«, fabuliert Hopp, um dem Experten die entscheidende Information zu entlocken. »Weil es die Belegschaft insgesamt leistungsfähiger macht und zugleich dem Lohnkonto enorme Ausgaben erspart.«

»Wenn die Firma tatsächlich 50 förderfähige Mitarbeitende hat oder einstellt und wenn jeder Einzelfall gründlich überprüft worden ist und dabei jeweils alle Bedingungen erfüllt werden. Das dürfte eher selten vorkommen, diese Konstellation habe ich zumindest noch nirgends vorgefunden.«

»Kann so was in Ausnahmefällen denn nicht en bloc für ein Unternehmen bewilligt werden? Ich meine, das zumindest schon mal irgendwo gehört oder gelesen zu haben.« Hopp schaut seinen Gesprächspartner gespannt an.

»Da irren Sie. Das geht auf gar keinen Fall. Das ist definitiv verboten!«

»Und es gibt keine Ausnahme?« Hopp täuscht Enttäuschung vor.

»Nein. Absolut keine Ausnahme. Niemals!«

»Darf ich Sie mit dieser Aussage zitieren, falls ich einen Artikel über das Thema schreibe?«, fragt er. »Ich glaube, darüber herrscht doch viel Unklarheit, und fachliche Aufklärung ist dringend nötig.«

»Natürlich dürfen Sie das! Wenn es der Sache dient.«

Auf dem Nachhauseweg überlegt Hopp, ob die Aussage des Ministerialbeamten eventuell eine zweite Quelle ersetzen könnte. Denn er hat wenig Hoffnung, dass sich dafür jemand aus der Belegschaft der Arbeitsagentur finden wird. Zwar hat Nele bereits berichtet, dass es im Team der Regionaldirektion heftig rumort, weil etliche Angestellte mit Entscheidungen der Geschäftsführung nicht einverstanden sind. Doch die Missstände öffentlich anzuprangern, würde sich wohl kaum jemand trauen, weil das üble Folgen haben könnte. Er hat aber längst alle Fakten beisammen, kann die kriminellen Machenschaften schwarz auf weiß beweisen und hat nun wenigstens einen Insider, der die Illegalität der Vorgänge offiziell bestätigt und den er zitieren darf. Zur Not müsste das reichen.

19. Einsatz am Wochenende

Zu Alexanders Überraschung ruft Nele ihn bereits drei Tage nach ihrer zufälligen Begegnung am Wochenende an und sagt, wie sehr sie sich freue, ihn in ihrer Stammkneipe getroffen zu haben. Ob sich sein Freund Jakob mittlerweile bei ihm gemeldet habe? Und wann er das nächste Mal *Zum Armen Schlucker* komme, oder ob er sie lieber in einem anderen Lokal in Düsseldorf wiedersehen wolle.

»Wann würde es dir denn passen? Und welcher Ort wäre dir am liebsten?«, fragt er neugierig.

»Bald. Morgen oder übermorgen. Und wo ist mir eigentlich egal.«

»So schnell geht es leider nicht. Die nächsten beiden Tage bin ich komplett verplant. Aber kommenden Dienstag könnte es klappen.«

»Dann muss ich mich halt noch etwas gedulden, auch wenn mir das schwerfällt.«

Auf diese Bemerkung geht Alexander bewusst nicht ein. Ihm wird gerade klar, dass er ein riskantes Spiel spielt. Einerseits will er den Kontakt zu Nele vertiefen, wofür die flirtige Stimmung sicherlich hilfreich ist. Andererseits darf er sie nicht zu dicht an sich herankommen lassen, obwohl sie ihm eigentlich gut gefällt. Schließlich ist er fest vergeben und will die Beziehung zu Jana unter keinen Umständen gefährden. Also ist Feingefühl gefragt, er muss die richtige Mischung aus Distanz und Nähe finden. Zwar braucht er sie als weitere Quelle, will sie aber weder für seine Zwecke instrumentalisieren noch menschlich enttäuschen.

Er wird ihr bald die Wahrheit sagen müssen.

Sie verabreden sich für Dienstagabend 18 Uhr.

»Okay. Passt«, sagt Nele. »Aber dann fände ich ein anderes Lokal doch besser.«

»Welches denn? Ich kenne mich in der Gegend ja nicht aus. Oder willst du lieber nach Köln oder Bonn kommen?«

»Nee, auf keinen Fall! Die *Wunderbar* in der Nordstraße in Derendorf ist schön. Tolle Einrichtung, gutes Publikum, leckeres Essen und perfekte Lage – direkt gegenüber meiner Wohnung.«

Hopp hört gerade die Nachtigall trapsen und verspürt ein unangenehmes Ziehen in der Magengegend.

Der Abend in der *Wunderbar* verläuft dem Namen des Lokals entsprechend. Nele sieht extrem verändert aus, sie hat sich stilvoll schick gemacht: hochgestecktes Haar, dezentes Make-up, schlichte Perlenkette, dunkelblaues ärmelloses Etuikleid, rote Pumps.

Hopp verschlägt es die Sprache. Woher konnte sie wissen, worauf er steht? Oder entspricht ihr Geschmack zufällig seinem eigenen? Er nimmt sich vor, jetzt erst recht auf der Hut zu sein und ebenso rasch wie möglichst einfühlsam die Situation aufzuklären.

Sie bestellen einen Hugo als Aperitif, danach eine mediterrane Edelfischplatte für zwei und dazu eine Flasche Roero Arneis aus dem Piemont. Sie reden über die Ereignisse der vergangenen Tage seit ihrem ersten Treffen. Die Regierungskoalition hat sich in einen weiteren scheinbar unlösbaren Konflikt verstrickt. Die Innenstadt von Bonn soll demnächst vollständig zur Fahrradfahrer- und Fußgänger-Zone umgestaltet werden. In Köln wird gerade zum x-ten Mal die Fertigstellung des Opernhauses verschoben, wodurch die Kosten noch stärker steigen. Das letzte noch lebende Mitglied der Weltmeistermannschaft von 1954 ist verstorben. Düsseldorf freut sich auf die kommende Modemesse, die mit völlig verändertem, innovativem Konzept daherkommen soll.

Ihr Gespräch kreist wie die Katze um den heißen Brei herum.

»Du trägst überhaupt keinen Ring«, sagt Nele plötzlich aus heiterem Himmel, nachdem sie zuvor ausgiebig seine Hände inspiziert hat.

»So ist es«, antwortet Alexander sperrig.

»Wieso nicht? Bist du noch nicht verheiratet oder zumindest verlobt?«

»Nein. Weder noch.« Jetzt wäre der richtige Moment, um die Kurve zu kriegen, denkt er und sieht sie ernst an. Einen etwas zu langen Augenblick geht er in sich. Die Chance ist fast verpasst, dann sagt er gerade noch rechtzeitig: »Aber ich bin trotzdem kein Single. Ich bin seit Jahren in festen Händen und wohne mit meiner Lebensgefährtin zusammen.«

Abrupt lässt Nele sich in die Stuhllehne zurückfallen und zieht einen Flunsch. »Das habe ich doch geahnt. Wäre auch zu schön gewesen, dass ein Kerl wie du noch einfach so zu haben wäre. Und weshalb sitzt du dann hier mit mir?«

»Weil du mir wirklich sehr gefällst und ich dich gern kennenlernen will. Einfach so. Ohne sexuelle Motive. Und auch ohne Beziehungsabsichten.« Hopp gibt sich einen Ruck, um endlich mit seiner kompletten Geschichte herauszurücken. »Außerdem bin ich Journalist und nach Düsseldorf gekommen, weil ich skandalöse Vorgänge in der Regionaldirektion der Arbeitsagentur recherchiere. Dort werden nämlich Fördergelder, die ausschließlich für bedürftige Menschen bestimmt sind, in großem Stil zweckentfremdet und an befreundete Unternehmer verschoben.«

Er sieht sie an.

Sie verzieht keine Miene. Aber ihre Oberlippe zittert ganz leicht.

»Mir wurden anonym belastende Unterlagen zugespielt. An und für sich reichen diese Papiere für einen sensationellen Artikel aus, aber ich will weitere Belege finden, andere Stimmen dazu hören, die alle wichtigen Fakten bestätigen. Diese Sache ist extrem brisant, ich will sie hundertprozentig wasserdicht und so umfassend wie möglich haben. Deshalb bin ich in eure Stammkneipe gekommen.« Jetzt lehnt sich Alexander ruckartig im Stuhl zurück und atmet geräuschvoll aus. Er ist erleichtert.

»Du Schuft«, schimpft sie, wirkt allerdings eher belustigt als verärgert.

»Dass du dich zu mir an die Theke gesetzt hast, war Zufall, Nele. Genauso, dass du in der Agentur arbeitest. Auf beides hatte ich keinen Einfluss. Und, ich gestehe es, natürlich interessiert es mich, was du zu dem Thema weißt oder herausbekommen kannst. Aber das ist nicht der einzige Grund für unser heutiges Date. Ich mag dich wirklich. Und falls du dich auch ohne festen Paarungsvorsatz mit Männern triffst, dann können wir uns sehr gern wieder verabreden. Egal, ob du mir bei meinen Recherchen in der Agentur helfen willst oder nicht.«

Sie kräuselt die Nase, greift zu ihrem vollen Weinglas, leert es auf einen Zug und schüttelt den Kopf. »Sachen gibt's. Mann, Mann, Mann.«

»Ich kann verstehen, wenn du jetzt sauer auf mich bist. Ich bitte dich auch um Entschuldigung für mein bisheriges Versteckspiel«, sagt Hopp. »Ich wollte dich wirklich nicht verletzen. Tut mir aufrichtig leid!«

Sie gießt ihr Glas wieder voll und trinkt es erneut komplett aus. »Ich bin gar nicht sauer – wenn du jetzt noch eine Flasche von diesem leckeren Gesöff spendierst.«

»Daran soll es nicht scheitern.« Hopp ist erleichtert.

»Du hast echt Schwein.«

»Wie meinst du das?«

»Weil ich mittlerweile ziemlich hart im Nehmen bin. Und weil ich dir deine Trojanisches-Pferd-Nummer gar nicht übel nehmen kann, wenn in unserem Haus wirklich solche miesen Machenschaften laufen.«

»Das tun sie. Ehrenwort!«

»Dann werde ich dir sogar helfen. Ich arbeite in der Agentur bei der Security und komme an fast alles ran.«

»Wie bitte?« Alexander kann es kaum fassen. »Was meinst du mit *fast alles?*«

»Ich kann mich Tag und Nacht problemlos im ganzen Gebäude bewegen, kann die Sicherheitssysteme umgehen oder vorübergehend ausschalten, habe Schlüssel für alle Flure und Büros. Was nicht mit speziellen Codes gesichert ist, bekomme ich auf.« Sie schaut ihn entschlossen an. »Mal sehen, was ich finden kann, um die Schweinehunde zur Verantwortung zu ziehen.« Sie macht eine Pause. »Vorausgesetzt, du lässt mich ein paar der Unterlagen lesen, die diese Vorgänge beweisen. Vertrauen ist gut, selber sehen ist besser.«

Hopp nickt. »Verstehe ich. Klar, dass du dich absichern willst, wo wir uns kaum kennen. Da könnte ja jeder kommen. Aber ich bin nicht jeder, sondern Alexander Hopp, und kann beweisen, was ich behaupte.«

»Und mit meiner Hilfe vielleicht sogar noch besser«, sagt Nele. Hopp hat ein gutes Gefühl.

Zwei Tage später ruft Nele wieder an. »Ich habe die letzte Nachtschicht genutzt, um mich in der Agentur in aller Ruhe gründlich umzuschauen. Und ich bin fündig geworden«, berichtet sie stolz.

»Wow, das ist ja klasse.« Alexander ist begeistert. »Was hast du denn entdeckt?«

»Die Personalakte von Dr. Detlef Kühn zum Beispiel. Ich habe alles fotografiert: Lebenslauf, Arbeitszeugnisse, Uniabschluss.«

»Etwa auch die Promotionsurkunde?«

»Klar, die auch. Können wir uns kurzfristig treffen?«

»Die nächsten Tage bin ich leider völlig ausgebucht«, antwortet er mit echtem Bedauern. »Aber wir sollten keine wertvolle Zeit verplempern. Kannst du mir die Dateien nicht schnell per Mail senden? Dann will ich sie sofort auswerten und zusätzlich von Experten überprüfen lassen.«

»Ja, sicher, das geht natürlich auch.« Sie klingt enttäuscht.

»Aufgeschoben ist doch nicht aufgehoben«, tröstet Hopp die Securitymitarbeiterin, die ihm wahrscheinlich gerade einen unschätzbaren Dienst erweist. »Das holen wir doch sehr bald nach. Ich melde mich sofort bei dir, wenn ich wieder etwas Luft habe. Dann verabreden wir einen neuen Termin. Und dann gehen wir ganz groß essen. Ehrenwort!«

20. Der große Bluff

High Potentials nennt man solche Streber heutzutage, wenn die Angaben denn tatsächlich stimmen und die Dokumente echt sind.« Der spöttische Unterton in Jana Jägers Stimme ist kaum zu überhören. »Mit dieser Vita könnte Kühn eigentlich locker im Vorstand eines DAX-Konzerns sitzen. Dass er stattdessen bei einer Behörde arbeitet, ist an sich schon verdächtig.«

Alexander Hopp hört seiner Lebensgefährtin gespannt zu. Sie zweifelt also auch an der Glaubwürdigkeit dieses anscheinend makellosen Lebenslaufs. So wie er selbst.

»Ein Einser-Abitur am Beethoven-Gymnasium in Bonn. 17 von 18 möglichen Punkten, also eine glatte Eins, beim Staatsexamen an der Westfälischen-Wilhelms-Universität zu Münster. Und dann quasi als Krönung seines Jura-Studiums die Promotion in Köln mit *summa cum laude* – was kaum einer schafft. Warum geht so ein Superstar danach ausgerechnet zur Arbeitsagentur? Damit vergeudet er regelrecht die besten Karrierechancen. Bei der Agentur kann er doch nicht annähernd das verdienen, was Leute solchen Kalibers in der Wirtschaft kassieren. Für mich passt das alles vorne wie hinten nicht zusammen.« Sie schüttelt den Kopf und legt die Stirn in Falten.

»Das sehe ich auch so, Jana. Zumal dieser Mensch noch mehrere Praktika in internationalen Top-Kanzleien und renommierten Unternehmensberatungen absolviert und dafür beste Zeugnisse bekommen haben will.«

»Das werden wir jetzt gründlich durchleuchten, Alex, wir nehmen die Vita dieses Dr. Kühn komplett auseinander. Du kannst in den Archiven der Universitäten von Münster und Köln checken, ob sich die Eintragungen dort mit den Angaben in seinem Lebenslauf decken. Und ich gebe sowohl das Zeugnis seines Staatsexamens als auch die Promotionsurkunde an unsere Kriminaltechniker. Die finden mit absoluter Sicherheit heraus, ob die Papiere echt sind. Ich fresse einen Besen, wenn das keine Fälschungen sind.«

Nachdem sie zur Schicht aufgebrochen war, blättert Hopp noch einmal im Schnelldurchgang die Ausdrucke der von Nele fotografierten Personalakten durch und trinkt seinen Kaffee aus. Dann macht er sich auf den Weg zur Universität in Köln.

Nach knapp einstündiger Suche im Uni-Archiv findet er, was er sucht, aber so dann doch nicht erwartet hat: Detlef Kühn hat nicht nur nicht mit Auszeichnung in Köln promoviert, er war dort überhaupt nie immatrikuliert.

Beeindruckt pfeift Hopp durch die Zähne. Welch dreister Bluff.

Er greift zum Telefon, um Jana sofort das überraschende Rechercheergebnis zu berichten.

Sie reagiert erstaunlich nüchtern. »Das habe ich von vornherein so erwartet, Alex. Und seit ein paar Minuten habe ich auch die Bestätigung unserer Kriminaltechniker, dass der Mann ein Schwindler ist. Seine Promotionsurkunde ist gefälscht, sie wurde mittelmäßig geschickt retuschiert. Ursprünglich war sie für einen Herrn Kohne ausgestellt. Ein Buchstabe verändert, ein Buchstabe entfernt – und, schwuppdiwupp, zeichnet sie den Herrn Kühn als Doktor aus.«

Hopp lässt diese Informationen einige Sekunden auf sich wirken. Mit dem manipulierten Doktortitel ist eigentlich alles geklärt. Die weiteren Stationen des Lebenslaufs braucht er nicht mehr zu überprüfen. Selbst wenn dieser Detlef Kühn in Münster das juristische Staatsexamen mit Bestnote geschafft haben sollte und zuvor tatsächlich das Gymnasium in Bonn mit einem Spitzenabi abgeschlossen hätte, beides mittlerweile ziemlich unwahrscheinlich, dann wäre das aufgrund der bereits entdeckten Betrügereien irrelevant.

»Jetzt kann ich mir wenigstens die Tagestour ins Münsterland sparen«, sagt er erleichtert.

»So ist es, Alex. Dieser Typ ist in jedem Fall ein Hochstapler. Das gefälschte Doktordiplom reicht dafür völlig aus«, ergänzt Jana. »Die Frage ist nur, ob er damit erpresst wird und deshalb die Millionen an seinen Kumpel verschachert, was Sinn ergeben würde. Oder ob es sogar noch schwerwiegendere Motive gibt.«

21. Schnell in Rage

Merkur lacht lauthals auf, als ihn Alexander Hopp am Telefon über die erfundene akademische Karriere von Detlef Kühn informiert.

»Das erklärt dann wohl das Phänomen, dass sich jemand in leitender Stellung einer öffentlich-rechtlichen Institution dermaßen weit für einen Freund aus dem Fenster hängt und dabei seinen eigenen Hals riskiert«, sagt er schließlich, als er sich einigermaßen beruhigt hat. »Es blieb ihm schlicht und ergreifend nichts anderes übrig. Sein lieber Parteifreund und Wachtberger Mitbürger Baumeister hat ihn in der Hand.«

»Meine Lebensgefährtin, die Hauptkommissrin bei der Kripo ist, sieht das genauso. Und anders kann es auch nicht sein. Vielleicht hat Kühn sogar noch ordentlich mitkassiert, um wenigstens finanziell das Beste aus seiner Zwickmühle zu machen. Aber die Angst davor, als Hochstapler entlarvt zu werden und ins Bodenlose zu stürzen, dürfte der entscheidende Faktor für seine Bereitschaft gewesen sein, die Millionen zu verschieben.«

Noch einmal geht Hopp in seinem Büro in Pech systematisch die Ergebnisse der Recherchen durch. Alle Puzzleteilchen sind vorhanden und passen perfekt zusammen, das Bild ist vollständig. Keine entscheidende Frage ist unbeantwortet geblieben. Nun kann er den Skandal in der nordrhein-westfälischen Agentur für Arbeit journalistisch aufrollen. Mit einem ersten knalligen Bericht im Kölner *Kurier* will er ihn enthüllen und mit einer weiteren, wesentlich ausführlicheren Reportage für die *Hamburger Illustrierte* wird er alle Beteiligten und ihre Verstrickungen aufdecken und den öffentlichen Druck auf sie verstärken. Allerdings muss er sich nun wohl beeilen. Denn inzwischen hat die Kripo Ermittlungen aufgenommen, nachdem Jana zuerst ihre Kollegen der Kriminaltechnik um Unterstützung gebeten und danach das zuständige Kommissariat über die Affäre informiert hat. Da kann es höchstens zwei oder drei Tage dauern, bis andere Journalisten von der Sache Wind bekommen und darüber berichten werden. Die *BLITZ* und auch *Luxemburg TV* haben mit Sicherheit Informanten im Polizeipräsidium, die sich bei Gelegenheit gern ein paar Euros nebenher mit gezielten Indiskretionen verdienen. Nicht ohne Grund klagt Jana immer wieder über merkwürdige Lecks im Polizeipräsidium.

Am nächsten Morgen geht Hopp wieder einmal zur Redaktionskonferenz des *Kurier*. Hier ist er seit Monaten nicht gewesen. Er kann sich kaum noch an den Termin und die damals besprochenen Themen erinnern. Er weiß nur, dass die Chefredakteurin Nikola Schnell mächtig sauer auf ihn war und mit Rausschmiss gedroht hat – was aber eigentlich nichts Besonderes ist, sondern eher eine Art redaktioneller Folklore, weil es bei fast jeder Konferenz vorkommt. Wahrscheinlich erinnert er sich nur deshalb daran.

»Das nenne ich mal eine faustdicke Überraschung«, sagt Schnell ironisch, als Alexander Hopp den Konferenzraum betritt. »Vielleicht wollen sich die Anwesenden erheben und unseren Starreporter mit Standing Ovations gebührend empfangen.«

»Da nicht für«, antwortet er trocken, winkt lachend ab und nimmt an den u-förmig gestellten Tischen genau gegenüber der Chefin Platz.

Eine gute halbe Stunde hört er sich die Themenvorschläge der Kollegen an, die ihn alle nicht besonders interessieren.

Für derlei aufgeblasenen Info-Müll würde ich das Blatt nicht einmal geschenkt lesen, geschweige denn bezahlen, denkt er. Kein Wunder, dass es mit der Auflage kontinuierlich bergab geht.

Schließlich kommt er an die Reihe und beginnt, wie in jüngster Zeit fast immer, mit einer gezielten Provokation, um Zicki Nicki, wie die Chefredakteurin von ihren Leuten aus gutem Grund genannt wird, in angemessene Stimmung zu bringen.

»Ich habe auch ein paar langweilige Geschichten zu berichten«, sagt er und grinst.

»Unterstehen Sie sich, Hopp. Ersparen Sie uns heute das übliche Theater. Ich hoffe, Sie haben einen Knaller dabei. Sonst dürfen Sie direkt wieder gehen und erst wiederkommen, wenn Sie fündig geworden sind.«

»Wenn das so ist, dann möchte ich hier nur das Thema *Subventionsbetrug in der nordrhein-westfälischen Regionaldirektion der Agentur für Arbeit* vorschlagen. Da wurden über die Bonner Arbeitsagentur zig Millionen an Unternehmen verschoben, deren geschäftsführende Gesellschafter zufällig dasselbe Parteibuch wie die Chefs der Agentur besitzen. Widerrechtlich, versteht sich.«

»Was Sie vermuten oder was Sie beweisen können?«, fragt Schnell, schlagartig höchst interessiert.

»Weder noch«, antwortet Alexander Hopp ausweichend. »Es ist weit mehr als eine Vermutung, weil ich eindeutige Unterlagen über die Sache besitze, die allerdings als Beweis leider nicht ausreichen, mir fehlen noch ein paar wichtige Fakten. Ich denke, in zwei Tagen habe ich alles Nötige zusammen.« Mit diesem Argument will er sich genügend Zeit verschaffen, um die Artikel für den *Kurier* und die Illustrierte gleichzeitig verfassen und abliefern zu können.

»Papperlapapp, Hopp. Ich kenne Ihr Getrickse und Ihr pseudomoralisches Journalistenethos-Getue. Sie schreiben gefälligst auf der Grundlage der Fakten, die Sie jetzt haben – und zwar sofort! Heute Abend will ich das Stück auf meinem Schreibtisch liegen haben.«

»Das geht nicht.«

»Doch. Es muss gehen.«

»Morgen Abend. Frühestens. Mehr kann ich Ihnen auf keinen Fall anbieten.«

Er verschränkt die Arme. Er weiß, dass er seinen Willen bekommen wird.

Nikola Schnell pumpt sich regelrecht auf und schnaubt verärgert. »Morgen Abend, Hopp, in Gottes Namen. Und wehe, die Story hält nicht, was Sie hier gerade großmäulig versprochen haben.«

Einen Tag nach der aufsehenerregenden Titelgeschichte im *Kurier* legt die *Hamburger Illustrierte* mit einer ausführlichen Reportage nach. So wie Alexander Hopp es geplant und vorbereitet hat. In beiden Artikeln erklärt er unmissverständlich das Vergehen und die Rechtslage, beziffert die ihm bekannten Schadenssummen, benennt Ross und Reiter sowie die Beziehungen zwischen den Beteiligten.

Das Echo ist gewaltig: Nachrichtenagenturen, Hörfunk, Fernsehen und etliche Zeitungen steigen auf das Thema ein. Fast stündlich wird er um Interviews gebeten, die er meist ablehnt.

Wie erwartet, meldet sich auch seine Chefredakteurin, die er bewusst nicht über seine Reportage für die *Hamburger Illustrierte* informiert hat.

»Ich habe zwei Nachrichten für Sie, Hopp, eine gute und eine schlechte. Und ich frage Sie bewusst nicht, welche sie zuerst hören wollen«, bellt Nikola Schnell stinkwütend ins Telefon. »Die gute Nachricht ist, dass Ihre Titelgeschichte super ankommt. Die Zeitung war binnen weniger Stunden ausverkauft. Das hatten wir seit Jahren nicht mehr.«

»Und die schlechte?« Hopp ist längst klar, was jetzt kommt.

»Mit der Story in der Illustrierten haben Sie das Fass endgültig zum Überlaufen gebracht. Sie sind gefeuert.«

22. In der Stammkneipe

Gratuliere, mein Lieber, da hast du ja eine echte Sensation ausgegraben.«

Wirt Klaus Kupfer klopft seinem Stammgast Alexander Hopp anerkennend auf die Schulter, wofür er sich quer über die Theke beugen muss. »Die erste Runde geht auf mich. Wie bist du denn an diesen spektakulären Stoff gekommen?«

»So wie fast immer bei aufsehenerregenden Enthüllungen: Ein Insider packt aus und liefert die entscheidenden Informationen vertraulich einem Journalisten – im aktuellen Fall eben mir.«

Hopp hebt das Bierglas in Richtung Kupfer, nickt zum Dank und trinkt genüsslich.

»Dann hattest du also einen Whistleblower«, folgert der Wirt. »Warum machen die das eigentlich? Was haben die davon?«

»Das kann verschiedene Gründe haben: Rivalität zum Beispiel, um so einen unliebsamen Konkurrenten loszuwerden. Oder die Überzeugung, damit etwas Übles zu verhindern und die Welt ein bisschen besser zu machen. Ein schlechtes Gewissen, weil man mit einer Sache nicht einverstanden ist. Manchmal ist es aber auch nur Gier, wenn der Informant zum Beispiel Geld für sein Material verlangt.«

»Und wie verhält sich das bei dieser Geschichte, was treibt deinen Whistleblower um?«, will Otto Springer wissen.

»Da handelt es sich eher um eine Mischung aus Gewissensbissen und politischen Meinungsverschiedenheiten. Einerseits gehört der Mensch einer anderen Partei an als die komplette Führungsspitze der Agentur in Düsseldorf und Bonn, und andererseits verabscheut er deren Geschäftsführung. Den Missbrauch von Arbeitsförderungmitteln findet er zutiefst unmoralisch, den will er nicht länger stillschweigend decken. Geld verlangt der Mann nicht. Auch sonst hat er durch die Enthüllung keinerlei persönliche Vorteile. Im Gegenteil: Er hat sich sogar selbst in Gefahr gebracht.«

Klaus Kupfer runzelt die Stirn. »In welche denn?«

»Wenn er auffliegt, verliert er seinen Job. Mindestens, wenn nicht sogar sein Leben. Verräter sind schon für weit weniger umgebracht worden. Immerhin geht es hier um etliche Millionen.«

»Echt eine irre Geschichte«, sagt Otto Springer anerkennend, schiebt aber ein persönliches Bedauern hinterher. »Nur schade, dass ich dabei nicht mitmischen konnte.«

»Tut mir auch leid, Otto. Aber aus Sicherheitsgründen musste ich ungewöhnlich diskret vorgehen. Wir zwei fallen im Gespann einfach stärker auf als einer allein. Und was oder wen hättest du auch fotografieren wollen? Meinen anonymen Informanten ganz sicher nicht, und die Hauptakteure dieser Schieberei hätten sich wohl kaum freiwillig ablichten lassen.«

Ohne nachzufragen, sammelt der Wirt die leeren Biergläser ein und ersetzt sie durch volle. Hopp und Springer prosten Kupfer und danach einander zu, dann nehmen sie einen kräftigen Zug. Eine Weile schweigen sie gelassen, ehe Otto das Gespräch wieder in Gang bringt.

»Dann wird deine zickige Chefredakteurin jetzt bestimmt ganz lieb zu dir sein«, spekuliert er und grinst. »Immerhin hast du ihrem Blatt einen der größten Erfolge der letzten Jahre beschert.«

Alexander lacht verächtlich. »Da liegst du so was von falsch, Otto. Heute Vormittag hat sie mich nämlich gefeuert.«

Fast synchron entgleisen Kupfer und Springer die Gesichtszüge.

»Ich glaube, es hackt. Das kann doch nicht wahr sein! Warum das denn?« Springer ist empört.

»Sie ist nicht damit einverstanden, dass ich das Thema auch in der *Hamburger Illustrierten* untergebracht habe.«

»Aber sie weiß doch, dass du auch für andere Zeitschriften arbeitest. Was dein gutes Recht ist, immerhin bist du nicht mal fest beim *Kurier* angestellt.«

»Das juckt Frau Schnell absolut nicht. Sie beansprucht immer alles für sich, und sie behandelt ihre Mitarbeiter gern wie Leibeigene. Genau deshalb habe ich ihr vorsorglich gar nicht erst gesagt, dass ich das Thema bei der Illustrierten weiterdrehe. Sonst hätte sie das womöglich irgendwie zu verhindern gewusst.«

»Und jetzt«, fragt Klaus Kupfer, »was hast du nun vor?«

»Jetzt spendiere ich die nächste Runde auf meine neue Freiheit.« Das lässt sich der Wirt nicht zweimal sagen und er ergreift sofort drei leere Kölschstangen, um sie zu füllen.

»Schließlich muss ich mich nun nicht mehr mit dieser blöden Kuh herumschlagen. Die hat mich lange genug getriezt«, berichtet Hopp weiter. »Und endlich habe ich wieder Kapazitäten für andere Auftraggeber. Interessenten gibt es auf jeden Fall mehr als genug. Zuletzt musste ich immer wieder spannende Anfragen dankend ablehnen, weil ich einfach keine Zeit dafür hatte.«

»Und wie geht es mit deiner Arbeitsagentur-Geschichte weiter?«, fragt Otto.

»Das weiß ich selbst noch nicht. Mein Material ist komplett verarbeitet. Für einen Nachbericht habe ich nichts mehr in der Hinterhand. Momentan fällt mir auch nicht ein, was ich mit meinen Mitteln noch recherchieren könnte. Wenn sich aufgrund der beiden Veröffentlichungen nicht weitere Informanten mit neuen Details melden, dann war es das wohl für mich.« Hopp zuckt ratlos mit den Schultern. »Zumal die Kripo jetzt offiziell ermittelt.«

»Und die Geier anderer Blätter wollen nun wenigstens noch das Aas ausweiden, nachdem du sie mit deiner Geschichte aufgescheucht hast«, mutmaßt Kupfer, während er sorgfältig Rotweinkelche poliert.

»Da könntest du recht haben, Klaus«, antwortet Springer. »Wenn die Leute von der *BLITZ* erst einmal mit dem dicken Scheckheft recherchieren, dann ist für andere Reporter kaum noch was zu holen.«

»Das mag sein«, sagt Hopp und nickt. »Aber mit diesen Typen redet mein Informant bestimmt nicht. Und dass sie tatsächlich auf die Schnelle neue Quellen für weiterführenden Stoff finden, wage ich zu bezweifeln.«

Er schweigt einige Sekunden nachdenklich. »Eher fällt für mich vielleicht doch etwas von den Ermittlungen der Polizei ab.«

DAMALS

23. Begegnung beim Auswärtsspiel

Zufrieden lehnte sich Alexander Hopp mit hinter dem Nacken verschränkten Armen in seinem Bürostuhl zurück. Auch von offiziellen berufsständischen Institutionen hatte er die Bestätigung erhalten, dass bei den Grundschuldbrief-Geschäften Betrüger am Werk waren. Vorgebliche Notare und Gutachter mit klangvollen Namen wie Professor Friedensreich Werthoven oder Hasso Freiherr von Deckstein waren in Wahrheit Hochstapler.

Eigentlich hatte er alles zusammen, was er sich zu recherchieren vorgenommen hatte. Die Zusammenhänge waren klar, er kannte Namen und Positionen wichtiger Tatbeteiligter, hatte die Originaldokumente der spektakulärsten Einzelfälle sowie hieb- und stichfeste Aussagen mehrerer Geschädigter. Er würde alle entscheidenden Tatsachen belegen können. Weder der Verlagsjustiziar noch die Chefin der Redaktionsdokumentation, die alle Inhalte auf Plausibilität und faktische Richtigkeit zu überprüfen hatte, dürften ein Haar in der Suppe finden und ein Veto gegen die Veröffentlichung seiner Geschichte einlegen.

Hopp vermisste allerdings noch so etwas wie die Kirsche auf der Sahnetorte, zum Beispiel die offizielle Stellungnahme einer Ermittlungsbehörde zu den Vorgängen. Er erinnerte sich daran, dass ein Mitarbeiter der Berliner Verbraucherzentrale am Telefon erwähnt hatte, die Staatsanwaltschaft in Magdeburg kümmere sich federführend um die Wirtschaftskriminalität in den Neuen Bundesländern, und daran, dass er ursprünglich geplant hatte, auch dort zu recherchieren.

War das überhaupt nötig?

Sollte er doch noch in Magdeburg anrufen und einen Interviewtermin vereinbaren, ehe er seine Reportage schrieb?

Oder erst nach der Veröffentlichung für eine mögliche Fortsetzung der Geschichte?

Hopp war sich nicht sicher. Deshalb würde er morgen mit seinem Partner Jochen Teller darüber reden.

Aber erst einmal wollte er sich etwas Besonderes gönnen. Es ging auf 19 Uhr zu, um halb neun war Anpfiff des Auswärtsspiels seines geliebten Effzeh bei den Bayern in München. Die Fernsehübertragung wollte er sich live im Restaurant des Geißbockheims auf der großen Leinwand anschauen. Zusammen mit gut und gern 100 FC-Fans. Das hatte er vor ein paar Monaten schon einmal miterlebt, und er war begeistert von der Atmosphäre, die fast wie im Stadion war.

Obwohl er eine Dreiviertelstunde vor Spielbeginn im Vereinsheim des 1. FC Köln im Grüngürtel eintraf, war der Raum schon rappelvoll. Er entdeckte noch einen unbesetzten Platz zwischen einer in prächtige Fankutte gekleideten Dame, die um die sechzig Jahre alt war, und einem stämmigen Mann in den Vierzigern. Der trug nur einen schlichten Clubschal um den Hals und kaum noch Haare auf dem runden Kopf. Er lächelte Hopp an, als der ihn höflich fragte, ob der Stuhl neben ihm noch frei sei.

»Sicher, leeve Jung, setz dich«, antwortete der Mann und klopfte mit seiner rechten Hand zweimal auf den freien Sitz. »Bist du das erste Mal hier? Ich habe dich zumindest noch nie gesehen.«

»Nein. Vor drei Monaten habe mir hier schon das Auswärtsspiel in Dortmund angeguckt. Das war klasse. Aber wie kommen Sie darauf? Kennen Sie etwa jeden hier?«

»Nein, natürlich nicht. Aber die Gesichter vieler Leute erkenne ich schon wieder. Die meisten kommen seit Jahren bei jedem Auswärtsspiel hierher.« Er sah Hopp an. »Für dich bin ich übrigens der Otto. Beim Effzeh sind wir alle per Du. Und wie heißt du?«

»Alexander. Wenn ich Zeit habe, sehe ich mir manchmal die Übertragungen in meiner Stammkneipe an. Das ist auch nicht schlecht, allerdings sind da immer ein paar gegnerische Fans dabei. Nur bei den Spielen gegen die Retortenclubs nicht.«

»Die Leverkusener, Hoffenheimer und Wolfsburger haben ja gar keine richtigen Fans.« Otto lachte. »Hier ins Geißbockheim trauen sich Anhänger anderer Clubs einfach nicht rein. Da sind wir unter uns.«

»Ist wahrscheinlich auch besser so«, sagte Hopp augenzwinkernd und hob gleichzeitig den Arm, um den Kellner herbeizuwinken und zwei große Kölsch zu bestellen.

Das Spiel verlief komplett anders, als selbst die kühnsten kölschen Optimisten erwartet hatten. Nach einer Viertelstunde nutzten die Geißböcke ihre zweite Torchance und gingen in Führung. Hopp konnte sich nicht erinnern, wann er das bei einer Auswärtspartie in München zuletzt erlebt hatte. Das musste über zehn Jahre her sein. Normalerweise bekam der Effzeh dort eine deftige Packung.

Wütend verschärften die Bayern ihre Angriffe, jedoch ohne nennenswerten Erfolg. Die Kölner wehrten sich nach Leibeskräften und hielten ihren Kasten sauber.

Bis zur letzten Minute, da gelang dem Kapitän der Münchner mit einem Sonntagsschuss der glückliche Ausgleich.

Der ganze Saal im Geißbockheim schrie entsetzt auf.

Und der Schiedsrichter pfiff das Spiel ab.

»So ein Mist!«, schimpfte Hopp. »Nur ein paar Sekunden haben gefehlt und dann hätten wir tatsächlich mal wieder in München gewonnen.«

»Typischer Bayerndusel«, ergänzte Otto enttäuscht und schüttelte den Kopf. »Der Fußballgott muss ein Münchner sein. So viel Glück, wie die immer haben, ist einfach nicht normal.«

»Immerhin haben wir ein Unentschieden geholt. Das passiert ja auch nicht alle Spieltage. Darauf sollten wir noch einen trinken«, schlug Hopp vor und bestellte wieder zwei Kölsch.

»Was treibst du denn so, wenn du gerade mal nicht Fußball guckst?«, fragte Otto.

»Dann recherchiere ich und schreibe Geschichten. Ich bin Journalist.«

»Das ist ja lustig«, sagte Otto, »ich bin auch Journalist. Allerdings schreibe ich nicht, sondern fotografiere.«

»Für wen? Bist du fest angestellt?«

»Nein, nicht mehr. Vor ein paar Jahren habe ich mich selbstständig gemacht. Das gefällt mir besser. Da kann ich allein entscheiden, was ich mache und was nicht und wann ich gar nichts machen will.« Springer leerte zufrieden sein Bierglas. »Und was ist mir dir? Für wen arbeitest du?«

»Ich bin Reporter beim Magazin *Profit*. Allerdings erst seit einem guten halben Jahr. Vorher habe ich in der Redaktion des *Wirtschafts-Monitor* gearbeitet.«

»Interessant. Wirtschaftsgeschichten fotografiere ich eigentlich immer gern.«

»Vielleicht können wir ja mal ein Thema zusammen bearbeiten.« Hopp zückte seine Visitenkarte und gab sie Springer, der ihm seine überreichte.

»Ach, du heißt Springer, wie der berühmte Verleger.«

»Jawohl, Herr Hopp, aber ich bin weder mit ihm verwandt noch verschwägert.«

24. Besuch beim Staatsanwalt

Bist du verrückt?« Jochen Teller klang richtig sauer, als Alexander Hopp ihm am Telefon den gemeinsamen Termin beim Staatsanwalt in Magdeburg vorschlug. »Was soll der Quatsch?«

»Wieso denn Quatsch?« Hopp verstand Tellers Aufregung nicht. »Wenn unsere Einschätzung dieser Wertdifferenzgeschäfte dort aus juristischer Sicht bestätigt wird und wenn wir obendrein ein paar knackige, druckreife Zitate bekommen, dann hat sich die Reise gelohnt. Dann ist die Geschichte richtig rund – einfach perfekt.«

»Aus meiner Sicht ist die Story journalistisch schon jetzt komplett. Da fehlt nichts mehr. Was soll uns der Staatsanwalt denn sagen, was wir noch nicht wissen?«

»Keine Ahnung. Vielleicht nichts, wenn wir Pech haben. Aber er kann offiziell bestätigen, was wir herausgefunden haben – quasi den amtlichen Stempel auf unsere Recherchen setzen«, erklärte Hopp. »Womit wir dann absolut safe wären.«

»Der wird uns eher die Rote Karte zeigen und jede Veröffentlichung verbieten. Dann wäre alle Arbeit für die Katz gewesen.«

»Das ist so ziemlich das Einzige, was er meiner Ansicht nach nicht kann.« Hopp war nun selbst verärgert. »Wir kennen etliche Fälle, haben eindeutige Belege aus erster Hand, alles blitzsauber recherchiert. Wir haben mit mehreren Geschädigten gesprochen, und das Thema ist zweifellos von großem gesellschaftlichem Interesse. Damit ist die Geschichte presserechtlich geschützt. Da kann uns der Staatsanwalt absolut gar nichts.«

»Wenn du meinst«, erwiderte Jochen Teller pampig. »Die gemeinsame Magdeburg-Tour kannst du jedenfalls vergessen. Ich fahre definitiv nicht mit.«

Dann eben nicht, dachte Hopp, nachdem er das unerfreuliche Telefonat mit Teller beendet hatte. Noch beim Auflegen war ihm bereits eine andere Idee gekommen. Er zog eine Visitenkarte aus seinem Portemonnaie und wählte eine Mobilnummer.

»Springer.«

»Hallo Otto, hier ist Alexander.«

»Alexander? Der von gestern bei der Fußballübertragung?«

»Genau der. Kennst du so viele Alexanders? Oder weshalb fragst du?«

»Das nicht. Ich bin nur überrascht.«

»Wir hatten doch darüber gesprochen, irgendwann einmal eine Geschichte zusammen zu machen. Erinnerst du dich? Ich hätte da zufällig eine passende Gelegenheit.«

»Ist es echt schon soweit? Haben wir schon irgendwann? Da bin ich aber gespannt.«

»Die Sache ist hochinteressant, leider aber auch etwas riskant. Deswegen will ich am Telefon nicht mehr darüber erzählen. Können wir uns kurzfristig treffen? Hast du Zeit und vor allem Interesse?«

»Hab ich. Beides. Wann soll ich wohin kommen?«

»Heute Mittag um 13 Uhr, wenn es geht. An den gleichen Ort, wo wir uns gestern getroffen haben.«

Otto Springer war nicht schwer zu überzeugen. Das Thema fand er irre spannend und die nötigen Sicherheitsvorkehrungen nicht besonders abschreckend. »Wenn du mal in Kriegsgebieten gearbeitet hast, dann kann dich fast nichts mehr schocken.«

Auch den Termin bei der Schwerpunktstaatsanwaltschaft in Magdeburg bekam Alexander Hopp problemlos. Allerdings musste er Otto und sich selbst dort mit Klarnamen anmelden, weil sie sonst, ohne gültige Ausweispapiere, nicht durch die Einlasskontrollen kommen würden. Das machte ihm allerdings keine Sorgen. Dass es ausgerechnet in der Staatsanwaltschaft ein Leck geben könnte, hielt er für ausgeschlossen.

Schon am nächsten Tag fuhren sie gemeinsam mit einem Mietwagen, den der Hausmeister des Verlags organisiert hatte, nach Sachsen-Anhalt.

Der zuständige Referatsleiter empfing sie in dunkelblauem Anzug, weißem Hemd und silberner Krawatte. Seine Haare waren straff nach hinten gekämmt und gegelt; die Nickelbrille verlieh ihm eine intellektuelle Ausstrahlung.

»Sie recherchieren also in Sachen Grundschuldbrief-Betrug? Das ist tatsächlich das erste Mal, dass uns Journalisten zu diesem Thema kontaktieren«, erklärte Harald Mai zum Einstieg in ihr Gespräch. »Darf ich fragen, wie Sie darauf gestoßen sind?«

»Natürlich dürfen Sie das«, antwortete Hopp, »und ich gebe Ihnen gern Antwort, weil wir uns schließlich auch von Ihnen wertvolle Informationen versprechen. Uns wurden sehr aussagekräftige Unterlagen über mehrere Fälle zugespielt. Völlig anonym. Wir haben keine Chance, die Sendung zurückzuverfolgen. Seit wann weiß die Staatsanwaltschaft denn von diesen Vorgängen?«

»Die ersten Einzelfälle haben wir vor rund drei Jahren innerhalb weniger Wochen entdeckt. Aber die waren etwas anders als die heutigen konstruiert, einfacher zu durchschauen. Auch ging es damals noch nicht um besonders hohe Summen und nach unseren Erkenntnissen steckten verschiedene Täter dahinter, die nichts miteinander zu tun hatten. Wir haben alle, die wir eindeutig überführen konnten, verhaftet, verklagt und verurteilt. Danach war wieder Ruhe. Bis vor einem halben Jahr.«

»Und handelt es sich jetzt wieder um alte Bekannte oder um andere, möglicherweise organisierte Täter?«

»Eindeutig neue Leute. Auch wenn in allen uns bekannten Fällen etliche Firmierungen und unterschiedliche Personen auftauchen und die Akteure ziemlich geschickt mit fantasievollen Decknamen operieren, ist das mit Sicherheit ein einziger Ring, der eine riesige Betrugswelle angestoßen hat. Die Masche ist nämlich exakt identisch, den Kunden werden immer dieselben utopischen Geschäftsmodelle angeboten.«

»Kennen Sie denn schon die Drahtzieher?«, fragte Otto, der sich bisher still verhalten und ein paar Fotos des Staatsanwalts geschossen hatte.

»Leider nein, deshalb beobachten wir die Vorgänge auch nur intensiv und verzichten einstweilen auf Verhaftungen. Wir hoffen eben, dass wir so an die Hintermänner herankommen. Es bringt doch nichts, wenn wir zwar ein paar kleine Fische fangen, uns aber die Organisatoren im Hintergrund nicht ins Netz gehen. Dann engagieren die eigentlichen Bosse schnell neues Personal für die Drecksarbeit im Feld und machen munter weiter.«

»Aus Ihrer Perspektive mag diese Strategie sinnvoll sein. Doch den Geschädigten, die von der Bande in der Zwischenzeit um ihren Besitz gebracht werden, hilft das gar nicht«, merkte Hopp an.

»Da haben Sie natürlich völlig recht. Darum ist es auch umso wichtiger, dass Sie möglichst schnell einen fundierten Bericht veröffentlichen, der die Menschen warnt, indem darin die typischen Indizien für diese Betrugsmasche detailliert und für jeden nachvollziehbar erklärt werden. Nur deshalb habe ich Ihrem Besuch überhaupt sofort zugestimmt. Normalerweise haben wir es ja mit Öffentlichkeitsarbeit zu laufenden Ermittlungen nicht so.«

»Verstehe!« Hopp nickte. »Wie kann ein Betroffener denn Betrugsmaschen von seriösen Finanzierungsangeboten unterscheiden? Woran erkennt er zum Beispiel, dass er mit dieser Grundschuldbrief-Methode übers Ohr gehauen werden soll?«

»Höchste Alarmstufe gilt, wenn der angebliche Vermittler die Anlageform mit wilden Anglizismen wie Prime-Bank-Guarantees oder Promissory-Notes beschreibt, die kein Mensch versteht. Und wenn er damit auf geheimnisvolle Deals in der internationalen Hochfinanz anspielt.«

»Okay. Und wann noch?«

»Wenn Renditen, die mehr als drei Prozent über guten Offerten bekannter Geschäftsbanken liegen, als vollkommen sicher deklariert werden«, erklärte Mai. »Und vor allem, wenn vom Anleger eine sogenannte Quellenschutz-Vereinbarung verlangt wird, die massive Konsequenzen androht, falls der Klient über das Geschäft nicht absolutes Stillschweigen bewahrt.«

»So was gibt es wirklich?«

»Ja, in fast allen Fällen, die wir kennen.« Der Staatsanwalt zog eine angewiderte Grimasse.

»In den uns vorliegenden Verträgen wurde immer eine Art Generalvollmacht verlangt. Ist das denn in Ordnung?«, fragte Hopp.

»Absolut nicht! Das ist oberfaul und stinkt geradezu zum Himmel. Damit können die Betrüger dann machen, was sie wollen. Zum Beispiel eigenmächtig mit den Wertpapieren handeln oder sie einfach an Dritte weitergeben.«

»Wieso gehen die Leute denn darauf ein? Es muss doch selbst für Laien durchschaubar sein, dass sie damit völlig ausgenommen werden können.«

»Ehrlich gesagt, kann ich das auch gar nicht nachvollziehen«, gestand Harald Mai. »Selbst in größter Not und Verzweiflung kann man doch nicht einfach sein Gehirn ausschalten.«

»Vielen Dank, Herr Mai. Mit diesen Informationen sollten wir tatsächlich viele Leute warnen und vor Totalverlusten bewahren können.«

Hopp war zufrieden.

»Das glaube ich auch«, stimmte der Staatsanwalt optimistisch zu. »Und außerdem hoffe ich, dass Sie mit Ihrem Bericht ordentlich Wirbel verursachen, die Betrüger aufscheuchen und vielleicht zu Fehlern verleiten können.«

Nach dem ergiebigen Termin bei der Staatsanwaltschaft fuhren Hopp und Springer auf kürzestem Weg zu Karl Stommel. Der Geschädigte war im Laufe von Alexanders erstem Besuch regelrecht aufgetaut und im Gespräch immer aufgeschlossener geworden. Die Entfernung von Magdeburg nach Genthin betrug nur knapp 60 Kilometer. Und sie brauchten noch dringend authentische Fotos für die Reportage.

25. Von der Rolle

Direkt nach der Rückkehr aus Sachsen-Anhalt setzte sich Alexander Hopp an seinen Schreibtisch und sortierte bis in die Nacht hinein die Rechercheergebnisse. Dann entwickelte er die Struktur für seine Reportage, die wohl komplizierter als alle bisher von ihm geschriebenen werden würde.

Nach ein paar Stunden Schlaf ging er ungewöhnlich früh ins Büro und machte sich sofort daran, den wichtigsten Text seiner noch nicht besonders langen journalistischen Laufbahn zu verfassen. Wider Erwarten kam er sensationell gut voran. Er konnte sich nicht erinnern, zuvor einmal in so kurzer Zeit so viel so mühelos zu Papier gebracht zu haben. Die Sätze strömten ihm aus den Fingern. Und sie waren gut.

Das Klingeln des Telefons unterbrach den Schreibfluss.

»Ach, Susanne, was ist denn?«, sagte Hopp etwas unfreundlich, »diese Unterbrechung passt mir überhaupt nicht. Ich bin gerade so richtig in Schwung.«

»Sorry, Alex, ich kann nichts dafür, ich wollte dich nicht stören. Aber der Chef will dich gleich sprechen. In zehn Minuten in seinem Büro«, sagte die Assistentin kleinlaut und legte wieder auf.

Felix Becker saß gebeugt an seinem voluminösen Schreibtisch und las konzentriert einen Artikel, als Hopp eintrat. Mit runzeligem Gesichtsausdruck und auffallend blassem Teint sah er ihn wortlos an und signalisierte ihm mit einem kurzen Nicken, am Tisch in der Besprechungsecke Platz zu nehmen.

Die distanzierte Begrüßung fühlte sich für Hopp nicht gut an.

Nach einer Minute, die ihm eher wie eine Stunde vorkam, legte der Chefredakteur das Manuskript beiseite, kam langsam zu ihm herüber und setzte sich auf einen Stuhl vis-à-vis. Noch immer schwieg er, sah seinen jungen Redakteur skeptisch an und nickte mehrmals nachdenklich.

Was konnte das bedeuten? Alexander Hopp hatte nicht die geringste Ahnung. »Was gibt's denn, Chef? Was Wichtiges? Ich bin nämlich gerade dabei, die Grundschuldbrief-Geschichte zu schreiben, und bis eben lief es prima. Noch drei, vier Stunden vielleicht, dann ist das Stück fertig.«

»Das freut mich zu hören, Hopp«, antwortete Becker mit ranziger Stimme, »auch wenn das wahrscheinlich leider für die Tonne ist.«

»Wie jetzt? Was soll das bedeuten?«

»Dass unser geschätzter Herr Verlagsvorstandsvorsitzender höchstpersönlich die Veröffentlichung soeben untersagt hat.« Felix Becker verschränkte die Arme vor der Brust. Ihn schien es zu frieren, obwohl es in dem Raum sehr warm war.

»Wieso das denn?« Hopp konnte es nicht fassen. Unauffällig kniff er sich kurz in den rechten Oberschenkel, um zu testen, ob er wirklich gerade im Chefbüro saß oder ob das Gespräch nur in einem absurden Traum stattfand. Nein, diese Situation war bittere Realität. Ein schlechter Traum wäre ihm deutlich lieber gewesen.

»Big Boss Middelmann hat Schiss!«, erklärte der Chefredakteur empört.

»Warum das denn?« Hopp kam in Rage. »Und weshalb weiß er überhaupt von der Geschichte? Der Verlagsgeschäftsführer hatte doch schon grünes Licht gegeben.«

Felix Becker nickte mehrmals und schnitt dabei eine Grimasse.

»Ich weiß. Ich war dabei. Aber nach unserem Gespräch hat er kalte Füße bekommen. Er war sich dann doch nicht mehr sicher, ob es für ihn ratsam wäre, die Sache komplett auf seine Kappe zu nehmen. Also wollte er sich ganz oben Rückendeckung holen.« Er schwieg wieder einige Sekunden und schaute Hopp traurig an. »Was dann leider gründlich in die Hose gegangen ist. Middelmann hat ihm eine harte Abfuhr erteilt.«

»Aber warum? Mit welcher Begründung denn?«

»Er meinte wohl, wir wären ein Nutzwertmagazin, was richtig ist, und kein Krawallblatt, was schließlich auch stimmt.«

»Was aber überhaupt kein Einwand gegen meinen Artikel ist«, insistierte Alexander Hopp erregt. »Im Gegenteil: Da geht es doch gar nicht um Sensationslust und Krawall, sondern um wirklich hochwertige, geldwerte Information. Einerseits nutzt es jedem Geschädigten, wenn er erfährt, dass ihn ohne jeden Zweifel Betrüger in der Hand haben, dass es aber etlichen anderen genauso ergeht, und dass die Staatsanwaltschaft bereits unter Hochdruck ermittelt. Und andererseits hat es vielleicht einen noch höheren Nutzen für unsere Leser, wenn wir sie mit einer fundierten Geschichte vor dieser gefährlichen Betrugsmasche warnen, damit sie der Bande gar nicht erst auf dem Leim gehen.«

»Mag sein.« Becker zuckte die Schultern. »Damit haben Sie wahrscheinlich recht. Aber die Frage ist doch, was uns diese Geschichte kostet, welche fatalen Folgen sie vielleicht für uns hat?«

»Darüber hatten wir doch schon bei unserer letzten Besprechung beraten. Die Chancen waren gegen die Risiken abgewogen und etliche Sicherheitsvorkehrungen vereinbart worden.«

Hopp wollte nicht kampflos aufgeben.

»Auch daran erinnere ich mich und mich müssen Sie eigentlich nicht überzeugen.«

Hopp beschlich gerade der gegenteilige Eindruck. Die Einstellung seines Chefredakteurs wackelte bedenklich.

»Eigentlich nicht und offensichtlich dennoch, damit Sie sich mit aller Kraft gegen das Veto vom Big Boss stemmen«, sagte er bissig. »Ich kann das doch nicht selbst, ich komme ja nicht einmal an Middelmann heran.«

»Was soll ich ihm denn sagen? Womit soll ich ihn umstimmen?« Beckers Gesicht wurde zum Fragezeichen.

»Zum Beispiel damit, dass ich bei der Schwerpunktstaatsanwaltschaft war, die nicht nur alle meine Rechercheergebnisse bestätigt hat, sondern regelrecht auf meine Geschichte setzt. Weil sie hofft, dass dadurch die Hintermänner der Bande aus der Reserve gelockt und aufgespürt werden können.«

»Was unser oberster Chef darauf antworten wird, ahne ich jetzt schon«, sagte Becker mutlos.

»Was denn?«

»Dass das nicht die primäre Aufgabe unseres Magazins ist und dass Polizei und Staatsanwaltschaft sich selbst darum kümmern sollen, weil es schließlich ihr Job ist.«

Ziellos lief Alexander Hopp am Rheinufer entlang. Nach dem Gespräch mit Chefredakteur Felix Becker war er völlig frustriert und verwirrt in sein Büro geschlichen und dort mitten im Raum stehengeblieben. Minutenlang hatte er apathisch aus dem Fenster gestarrt, ehe er seine Jacke genommen hatte und aus dem Verlagshaus gelaufen war. Er brauchte frische Luft um die Nase, um den Kopf wieder freizubekommen. Und einen Schnaps, um seinen nervösen Magen zu beruhigen, der krampfte und besorgniserregende Geräusche von sich gab. Zwar trank Hopp eigentlich nie Hochprozentiges, weil er vor ein paar Jahren damit ziemlich unschöne Erfahrungen gemacht hatte. Aber jetzt war ihm einfach danach. Am nächsten Kiosk kaufte er sich einen Mini-Obstler und kippte ihn auf einmal hinunter. Sofort musste er würgen, fing sich aber schnell wieder und konnte Schlimmeres verhüten. Doch in seinem Rachen brannte es höllisch. Schnaps war für ihn definitiv keine Lösung. Diese Maßnahme würde er nie wiederholen.

Das unerwartete Verbot, die vielleicht spektakulärste und wichtigste Geschichte seiner journalistischen Karriere im Magazin zu veröffentlichen, hatte ihn kalt erwischt. Er war förmlich von der Rolle. Er hatte keine Ahnung, wie er sich jetzt verhalten sollte: Könnte er die Anlagebetrugssache einfach fallen lassen, sich einmal gründlich schütteln und dann ungerührt zu einem anderen Thema übergehen? Wäre es ratsam, die Sache vorübergehend beiseitezulegen und abzuwarten, ob sich die Lage noch einmal änderte? Oder sollte er die Geschichte trotz der Ablehnung fertig schreiben und versuchen, sie dem Vorstandsvorsitzenden irgendwie schmackhaft zu machen? Er hatte keine Ahnung, wie er das anstellen sollte.

Aber erst einmal musste er mit Jochen Teller sprechen, der war schließlich mit von der Partie: Teller hatte das Material angeschleppt, gemeinsam hatten sie die Fälle aufgerollt. Also musste er jetzt auch wissen, wie der Stand der Dinge war. Und vielleicht hatte er ja sogar die rettende Idee.

Hopp setzte sich auf eine freie Parkbank, zückte das Handy und wählte die erste der drei Nummern, die er kürzlich als X-Herr, Y-Typ und Z-Mann abgespeichert hatte. Nach dem zehnten Klingeln brach der Anrufversuch ab, ohne dass er eine Nachricht hätte hinterlassen können. Also wählte er die nächste Mobilnummer. Y-Typ alias Teller nahm das Gespräch diesmal sofort an.

»Hallo«, meldete er sich knapp, »ich rufe gleich zurück«. Was er auch eine halbe Minute später mit unterdrückter Rufnummer tat.

»Was willst du denn?«, fragte er barsch. »Mir etwa mitteilen, wie es in Magdeburg war? Dass die Staatsanwaltschaft dir das Material abgenommen und jegliche Veröffentlichung verboten hat?« Er lachte gekünstelt. »Darauf kann ich gut verzichten.«

»Nein, so war es absolut nicht, im Gegenteil.« Auch Hopp vermied es sicherheitshalber, am Telefon seinen Namen zu nennen.

»Wie denn dann?

»Konstruktiv. Ermutigend. Einfach super.«

»Aha. Das heißt?«

»Dass unsere Recherchen komplett bestätigt wurden und dass die Behörde sogar darauf drängt, die Story so schnell wie möglich zu veröffentlichen.«

»Wieso das denn? Das ist ja kaum zu glauben.« Teller schien ehrlich verblüfft.

»Weil die Geschichte die Ermittlungen beflügeln könnte, wenn dadurch Unruhe in der Organisation entsteht und Akteure aus dem Hintergund eventuell Fehler machen, die sie verraten könnten. Die Staatsanwaltschaft will möglichst die großen Fische fangen, damit sie den faulen Teich trockenlegen kann.«

»Gratuliere. Damit hätte ich absolut nicht gerechnet.« Tellers Stimmung hellte sich blitzschnell auf.

»Danke. Danke«, antwortete Hopp emotionslos. »Leider nutzt mir dieser Erfolg nichts. Ich darf die Story trotzdem auf keinen Fall bringen.«

»Häh? Was soll denn der Scheiß? Willst du mich verarschen?«

»Leider nein. Mein oberster Chef hat verboten, den Artikel zu drucken.«

»Das kapiere ich jetzt nicht. Du hattest doch längst die Freigabe dafür bekommen. Wieso jetzt dieser Salto rückwärts?« Teller war konsterniert. »Das ergibt doch keinen Sinn.«

»Big Boss war bisher gar nicht involviert. Ihren Segen hatten mir der Chefredakteur und der Kölner Verlagsleiter gegeben. Aber die sind in unserer Hierarchie nicht die höchste Instanz. Leider.« Alexander Hopps Stimme klang niedergeschlagen.

»Und was hat dieser Big Boss an der Geschichte auszusetzen?«

»Dass sie zu gefährlich sei und dass sie unser Team, wenn nicht sogar das ganze Verlagshaus, unkalkulierbaren Risiken aussetzen würde.«

»Was sollen wir denn jetzt machen?«

»Wenn ich das nur wüsste.«

Schweigen am anderen Ende der Leitung.

»Hallo? Bis du noch da?«

»Ja, klar. Ich bin nur im reinsten Wortsinn sprachlos«, sagte Jochen Teller. »Scheiße, Scheiße, Scheiße!«

Alexander Hopp konnte nur zustimmen, wenngleich das Thema, wie ihm in diesem Moment brandheiß einfiel, damit doch noch gar nicht wirklich gestorben war.

Ein Funke Hoffnung keimte in ihm, der rasch zur Flamme wuchs.

Ihre Arbeit musste nicht umsonst gewesen sein, wenn zumindest Teller bald darüber berichten würde. Ihn betraf dieser Bann doch überhaupt nicht. Ihm hatte sein Arbeitgeber doch absolut nichts zu sagen.

»Kannst du denn wenigstens schnell mit der Geschichte rauskommen?«, fragte er deshalb.

»Klar, warum nicht. Allerdings nur im Hörfunk, für das Fernsehen fehlt mir ja jegliches Bildmaterial. Und ich brauche natürlich das Protokoll deines Besuchs in Magdeburg. Damit das Stück rund wird.«

»Kriegst du heute noch. Sieh aber bitte zu, dass du wenigstens von deinem Redaktionsleiter eine hieb- und stichfeste Abnahme des Beitrags bekommst. Damit dir nicht dasselbe passiert wie mir.«

Hopp hielt kurz inne.

»Aber wie soll ich mich denn jetzt verhalten? Aufgeben? Aussitzen? Kämpfen? Was würdest du an meiner Stelle tun, Jochen?«

»Da bin ich mir auch nicht sicher«, antwortete Teller aufrichtig, »aber aufgeben halte ich nicht für eine akzeptable Option. Aussitzen und abwarten kostet dich zumindest nichts, das kannst du auf jeden Fall machen. Und kämpfen? Wie soll das gehen? Welche Möglichkeiten hättest du dafür?«

»Keine. Zumindest fällt mir noch keine ein. Ich komme bei Big Boss noch nicht einmal auf den Flur der Vorstandsetage, geschweige denn für ein persönliches Gespräch in sein Büro.«

Teller dachte kurz nach. »Dann sprich mit deinem Mentor Imbach. Der weiß doch angeblich immer Rat. Vielleicht kann er dir ja sogar irgendwie helfen.«

»Du hast recht, er ist ja mit meinem Chefredakteur befreundet.« In Hopps verwirrtem Hirn wuchs die Hoffnung weiter. »Vielleicht können die beiden gemeinsam etwas ausrichten. Ich rufe FBI sofort an. Und danke für den Tipp!«

26. Gegen alle Widerstände

M mh … aha … verstehe.« Das waren die dürftigen Antworten, die Alexander Hopp bei seinem ungewöhnlich einseitigen Telefonat mit Franz Bernd Imbach anfangs zu hören bekam, während er seine Lage schilderte.

»Was soll ich denn jetzt machen?«, fragte er ratlos. »Können Sie mir nicht irgendwie helfen?«

»Keine Ahnung«, brummte FBI schließlich in den Hörer, »auf Anhieb fällt mir nichts ein. Ich werde aber darüber nachdenken. Kannst du heute Abend wieder zu mir nach Hause kommen?«

»Klar! Wann denn?

»Um 19 Uhr würde es mir passen.«

»Prima. Ich werde pünktlich sein. Soll ich noch irgendwas mitbringen?

»Nein, Alex, lass gut sein.«

Mit einer Flasche Rotwein unter dem Arm drückte Hopp fünf Stunden später bei Franz Bernd Imbach auf die Klingel.

»Hatten wir nicht vereinbart, dass du nichts mitbringst?«, sagte FBI, als er Alexander die Tür öffnete.

»Sehe ich nicht so. Bei einer Vereinbarung sind sich üblicherweise beide Parteien einig. Ich wüsste nicht, dass ich Ihrem Vorschlag, nichts mitzubringen, am Telefon zugestimmt hätte.«

»Klugscheißer!«

»Danke dafür!«

»Im Ernst, Alex, ich habe doch alles hier.«

»Auch Cannonau aus Sardinien?«, fragte Hopp. »Kennen Sie diesen Rotwein überhaupt?«

»Nein, das nicht, aber Wein habe ich reichlich im Keller.«

»Den Vorrat können Sie für andere Gelegenheiten verwahren. Entkorken Sie stattdessen diesen wunderbaren Tropfen hier. Bitte sehr!«

Hopp sah seinen Mentor fröhlich an und drückte ihm die Flasche in die Hände.

Im Wohnzimmer hatte Imbach einen Imbiss vorbereitet: Röggelchen und Schwarzbrot, Käse, Schinkenspeck, Flönz und Mett, Mineralwasser und Kölsch.

»Wie ich sehe, hatten Sie in Sachen Getränke schon anders geplant«, sagte Hopp. »Dann trinken wir eben Kölsch. Das mag ich auch sehr gern.«

»Weiß ich. Aber jetzt öffne ich trotzdem deinen … wie heißt der Wein nochmal?«

»Cannonau. Der sogenannte Saft der Hundertjährigen aus Sardinien. Auf dieser Insel leben die Menschen besonders lange, was nicht zuletzt diesem weichen und wuchtigen Rotwein zugeschrieben wird.«

»Dann wird er hier bei mir garantiert nicht alt«, antwortete FBI und lachte trocken.

Nachdem beide gegessen und Kölsch getrunken hatten, probierte Imbach nun den Cannonau. Hopp strahlte zufrieden, als er sah, wie sich die Gesichtszüge seines journalistischen Ziehvaters entspannten.

»Wirklich wunderbar, Alex. Ich wusste gar nicht, dass du etwas von Wein verstehst.«

»Tue ich eigentlich auch nicht. Aber den Cannonau habe ich im Urlaub auf Sardinien kennengelernt. Dort wird er quasi immer und überall getrunken, an diesem Wein kommt man dort kaum vorbei. Selbst mich als Biertrinker hat er sofort begeistert, und später hat er auch zu Hause noch super geschmeckt.«

»Na gut. Dann lass uns jetzt mal das Thema wechseln«, schlug Imbach vor. »Der große Vorstandsvorsitzende des Verlags hat also deine Enthüllungsgeschichte gekippt?«

»Die er bisher nicht einmal kennt«, ergänzte Hopp.

»Also kann es ihm nicht um qualifizierte journalistische Aspekte gehen, sondern nur um Risikovermeidung. Big Boss hat offensichtlich Schiss.«

»Das vermute ich auch. Was kann man denn dagegen unternehmen?«

»Das wird schwierig. Ich sehr nur zwei Möglichkeiten: ihm mit überzeugenden Argumenten die Angst zu nehmen oder ihn mit einem Anreiz zu motivieren, der größer ist als seine Angst.«

»Theoretisch verstehe ich das. Aber welcher Anreiz und welche Argumente sollen das denn praktisch sein?« Hopp war skeptisch. »Und vor allem, wie erreichen sie den Vorstandsboss? Wer hat überhaupt direkten Zugang zu ihm und kann die Argumente persönlich vortragen?«

»Du leider nicht, Alex, das ist klar. Und ich auch nicht. Das muss über Felix Becker laufen. Als Chefredakteur wird er bestimmt die Möglichkeit haben, bei wichtigen redaktionellen Entscheidungen den Vorstandsvorsitzenden zu sprechen. Am besten macht er das gemeinsam mit dem Verlagsgeschäftsführer, damit der sich nicht übergangen fühlt.«

»Aber Becker hat das Veto widerstandslos akzeptiert, und unser Herr Verlagsleiter hat selber die Hosen voll«, sagte Hopp mutlos.

»Deshalb sollten wir für Felix Becker eine externe Unterstützung organisieren, die auch den Vorstand beeindruckt und hoffentlich umstimmt. Ich selber kann und will mich dazu in einem fremden Verlag nicht einmischen, auch wenn ich alle handelnden Personen ziemlich gut kenne.«

»Welche Unterstützung denn dann? Haben Sie eine konkrete Idee?«

Imbach lächelte. »Du sagst, die Schwerpunktstaatsanwaltschaft sei sehr an der baldigen Veröffentlichung deiner Geschichte interessiert, weil sie sich davon publizistischen Rückenwind für die weiteren Ermittlungen verspricht.«

Hopp nickte. »So hat man mir das jedenfalls in Magdeburg erklärt.«

»Dann berichte doch deinem Staatsanwalt, dass du im Verlag leider von ganz oben ausgebremst wirst, und bitte ihn, quasi in seinem eigenen Interesse, gemeinsam mit deinem Chefredakteur die Bremsen zu lösen und den Weg für die Veröffentlichung freizumachen.«

»Wie soll das denn gehen?«

»Der Staatsanwalt soll dem Vorstandschef in dieser Sache eine eindringliche Mail schreiben oder, was noch viel besser wäre, Felix Becker bei einem Gespräch mit dem Vorstandsvorsitzenden direkt begleiten. Dafür muss er gar nicht extra anreisen, sondern kann sich einfach zu einer Telefonkonferenz zuschalten lassen. Der Konzernboss wird tief beeindruckt sein und sich persönlich garantiert gebauchpinselt fühlen, wenn er höchst amtlich um Hilfe gebeten wird. Letztlich sind doch alle Topmanager eitel.«

Wieder nickte Hopp nur und pfiff leise durch die Zähne. Die Idee von FBI gefiel ihm. Sie war gut, sogar sehr gut. Warum war er nichts selbst darauf gekommen?

Das Treffen mit FBI hatte Alexander Hopp weiter Mut gemacht. Es hatte zwar noch nichts an seiner misslichen Lage geändert. Aber immerhin gab es jetzt einen konkreten Plan, der vielleicht den Bann brechen könnte.

Staatsanwalt Harald Mai jedenfalls war schnell zu überreden gewesen. Er lachte laut, als Hopp ihm die Idee vortrug.

»Sie sind mir ja ein Schlawiner, Hopp!« Dann dachte er kurz nach. »Warum nicht? Wenn's hilft. Bei einem Telefonat mit Ihrem Oberboss vergebe ich mir schließlich nichts.«

Nun war es an Chefredakteur Felix Becker, einen Termin für das wichtige Gespräch zu organisieren.

Die Zeit bis zu diesem Gipfeltreffen, wenn es denn tatsächlich zustande kommen sollte, wollte Hopp nutzen, um die Geschichte fertig zu schreiben. Den druckreifen Text musste sein Chefredakteur auf jeden Fall vorlegen können, um den Vorsitzenden damit umstimmen zu können.

Das Werk war in wenigen Stunden vollbracht. Hopp las den Artikel noch einmal gründlich durch und korrigierte Fehler, Unstimmigkeiten und stilistische Brüche. Zufrieden druckte er sein Manuskript schließlich aus und brachte es Felix Becker.

Zurück in seinem Büro überlegte er, womit er nun weitermachen wollte.

Sollte er ein neues Thema anpacken und abwarten, was das Gespräch mit Big Boss bringen würde? Oder sollte er in der Hoffnung, dass seine Arbeit doch nicht für die Katz wäre, bereits weiter in Sachen Grundschuldbrief-Betrug recherchieren? Er hatte noch einige Quellen nicht ausgeschöpft.

Und vor allem hatte er bisher keinerlei Hinweis auf die Drahtzieher der Bande gefunden.

Entschlossen griff er zum Telefon.

27. Treffer ins Schwarze

Alle Telefonate brachten Alexander Hopp in den folgenden Tagen kaum weiter. Zwar erfuhr er von einem herben Betrugsfall, diesmal in Bayern, bei dem ein gesundes mittelständisches Unternehmen in den Ruin getrieben worden war. Obwohl drei Akteure im Mittelpunkt standen, deren Namen er bisher noch nicht kannte, war eindeutig dieselbe Bande mit ihrer bewährten Grundschuldbrief-Masche am Werk.

Doch seinem Ziel, der Entdeckung der Hintermänner, kam Hopp keinen Schritt näher.

Allerdings schlug sein Artikel im *Profit*-Magazin wie eine Bombe ein. Nachdem es Chefredakteur Felix Becker mithilfe des Magdeburger Staatsanwalts Harald Mai tatsächlich gelungen war, den Widerstand des Verlagsvorstands zu durchbrechen, war die Geschichte buchstäblich auf den letzten Drücker in die nächste Ausgabe gehoben worden, die bereits in der Druckerei verarbeitet wurde.

Andere Medien stiegen sofort auf das Thema ein, veröffentlichten lange Meldungen über die Betrugsserie oder geringfügig gekürzte Fassungen des Artikels, wobei *Profit* immer als Quelle genannt wurde. Der Chefredakteur erhielt mehrere Interview-Anfragen, die er jedoch vorsichtshalber alle ablehnte. Das E-Mail-Postfach des Magazins quoll über, dort gingen innerhalb von zwei Tagen hunderte Reaktionen begeisterter Leser ein – und zwei Dutzend bedrückende Einsendungen weiterer Geschädigter, die meisten davon als Päckchen oder kleine Pakete.

»Alle Achtung, Herr Kollege! Das Echo auf Ihren Artikel ist sensationell. Ich kann mich nicht erinnern, dass wir schon einmal einen ähnlichen journalistischen Volltreffer gelandet hätten.«

Felix Becker war hellauf begeistert, als sie in seinem Büro saßen, um über die Fortsetzung der Geschichte zu sprechen. »Ich werde Ihnen interne Unterstützung zur Seite stellen, damit wir die vielen neuen Fälle gründlich checken können. Und dann—« Er unterbrach sich für fast eine Minute, in der er Hopps Mimik studierte. »Dann müssen Sie so schnell wie möglich nach Wiesbaden fahren.«

»Wiesbaden? Was soll ich denn in Wiesbaden?«, fragte Hopp verblüfft.

»Einen Termin beim BKA wahrnehmen. Mich hat ein Herr Erwin Schick angerufen, seines Zeichens Hauptkommissar beim Bundeskriminalamt, aus der Gruppe für Wirtschaftskriminalität in der Abteilung für Organisierte Kriminalität. Er ist dort für unsere Betrugssache zuständig.«

»Und was will er? Mir eventuell Ärger machen?«

»Nein, nein, natürlich nicht!«

»Sind Sie sich wirklich sicher?«

»Sonst würde ich Sie doch nicht dorthin schicken. Der Mann macht einen freundlichen und vertrauenswürdigen Einruck und will mit dem Autor unserer Geschichte zusammenarbeiten. Er konnte Sie ja nicht kontaktieren, weil Sie unter Pseudonym arbeiten. Also hat er sich bei mir gemeldet.«

Alexander Hopp nickte und überlegte, ob er die Reise nach Wiesbaden erst einmal vor sich herschieben oder sogar komplett aussitzen könne, ohne Ärger zu bekommen. Diese Einladung des mächtigen Bundeskriminalamts war ihm nicht geheuer.

Mit flauem Gefühl im Magen verließ er das Büro des Chefredakteurs.

28. Hoffest in Wachtberg

Zum Glück war Freitag, das Wochenende stand vor der Tür und würde ihn hoffentlich auf andere Gedanken bringen. Am Abend war er zu einer großen Party auf dem Land eingeladen. Ein Freund feierte seinen 30. Geburtstag. Weil er seit ein paar Monaten wieder Single war, hatte Hopp seine Mitbewohnerin Josephine Franzen überreden können, ihn dorthin zu begleiten.

Während der kurzen Autofahrt nach Wachtberg, wo er zuvor noch nie gewesen war, obwohl es nur 40 Kilometer von Köln entfernt am südwestlichen Rand von Bonn lag, zupfte sie nervös an ihren Kleidern herum.

»Was ist denn los, Josy? Was hast du für einen Stress mit deinen Klamotten?« Seine Freundin wirkte irgendwie schlecht gelaunt, was selten der Fall war.

»Ach, ich weiß nicht«, sagte sie gereizt. »Jetzt fahre ich mit dir zu diesem Fest in einem fremden Kaff, kenne dort außer dir bestimmt niemanden und habe eigentlich überhaupt keinen Bock dazu. Ich hätte mich nicht so einfach von dir überrumpeln lassen sollen.«

»Was soll das denn? Sonst bist du doch auch nicht so kontaktscheu.«

»Mag sein. Aber diesmal passt es mir einfach nicht. Ich habe nicht die geringste Ahnung, welches Publikum wir antreffen und was dort abgeht. Zu allem Überfluss habe ich mich eben auch noch bei den Klamotten vergriffen. Deshalb fühle ich mich gerade total unwohl.«

»Außer meinem Kumpel Ingo kenne ich wahrscheinlich auch keinen auf dieser Party«, antwortete Hopp, um sie zu beruhigen. »Das kriegen wir beiden Hübschen schon hin. Und wieso willst du dich vergriffen haben? Du siehst doch super aus.«

»Danke für die Blumen. Bin ich denn nicht zu aufgebrezelt für ein Geburtstagsbesäufnis auf dem Dorf? Ich fühle mich ziemlich overdressed.«

Hopp warf einen prüfenden Blick zu seiner Freundin auf dem Beifahrersitz. »Papperlapapp. Alles bestens. Im Übrigen bezweifle ich, dass der Abend ein dumpfes Saufgelage wird. Das passt nicht zu Ingo. Der ist eher der feinsinnige und stilvolle Typ.« Und noch einmal schaute er kurz nach rechts.

»Ingo Ahlers müsstest du eigentlich auch kennen. Wir waren zusammen auf der Journalistenschule.«

»Nein, Alex. Den Namen habe ich zwar schon mal gehört, aber diesen Menschen noch nie getroffen. Ganz sicher nicht.« Sie schüttelte den Kopf.

Hopp konnte das kaum glauben; bei irgendeiner Gelegenheit mussten sich die beiden in den vergangenen Jahren schon einmal begegnet sein. Während der Ausbildung an der Journalistenschule hatte er viel mit diesem Kommilitonen zu tun gehabt. Auch danach, während ihrer Anfänge im Job, hatten sie den guten Draht zueinander nicht verloren und sich immer wieder mal getroffen. Mittlerweile arbeitete Ingo Ahlers in der Presseabteilung eines Unternehmerverbandes in Bonn, wohnte aber weiter in seiner Heimatgemeinde. Da er sich dort sauwohl fühlte, war ihm nie die Idee gekommen, für den Job in die Stadt zu ziehen. Ihm gehe es ebenso wie vielen anderen Bürgern der Landgemeinde Wachtberg, die ihre Brötchen in Bonn oder Köln verdienten, hatte er Hopp vor einiger Zeit erklärt, er ziehe die werktägliche Pendelei einem kompletten Wechsel des Wohnorts eindeutig vor.

Ehe sie in einigen Minuten den Veranstaltungsort in Wachtberg-Ließem erreichten, wollte Hopp noch kurz über sein BKA-Problem reden und berichtete über das Gespräch mit Chefredakteur Felix Becker.

»Soll ich tatsächlich nach Wiesbaden fahren? Irgendwie habe ich kein gutes Gefühl dabei. Was meinst du denn?«

Josephine dachte kurz nach und runzelte dabei die Stirn.

»Wie würdest du dich verhalten, wenn du an meiner Stelle wärst?«, fragte er erneut.

Dann schüttelte sie sachte den Kopf. »Ich kann kein Problem erkennen. Ich würde ganz bestimmt dort hinfahren. Schon allein aus Neugier, um zu sehen, welche Figuren dort arbeiten und wie die Atmosphäre in dieser berüchtigten Behörde ist. Wovor hast du denn Angst?«

»So genau kann ich das gar nicht sagen. Das BKA hat nicht gerade den besten Ruf, dafür aber verdammt viel Einfluss«, antwortete Alexander zögernd. »Für die wäre es ein Leichtes, mich auszubremsen.«

»Falls sie das wirklich wollen, können die es doch auch, wenn du nicht hinfährst. Was ich aber für äußerst unwahrscheinlich halte. Da die Staatsanwaltschaft deine Berichterstattung voll unterstützt, kann das BKA schlecht etwas dagegen haben. Das wäre doch widersinnig. Die sollten doch am selben Strang ziehen.«

»Vielleicht tun sie das auch, aber womöglich nicht am selben Ende und in dieselbe Richtung«, wandte Hopp spitzfindig ein.

»Und selbst wenn – du hast doch nichts mehr zu verlieren«, sagte Josephine überzeugend. »Deine Geschichte ist erschienen und hat einen riesigen Wirbel verursacht. Was soll denn da noch passieren?«

Er staunte nicht schlecht, als er mit ihr durch das Tor in den nach allen Seiten geschlossenen Köllenhof in Wachtberg-Ließem trat. Diese mehr als zweihundertfünfzig Jahre alte Fachwerkanlage war aufwendig renoviert. Im größten Gebäudeteil an der Stirnseite war das Gemäuer aus dem Fachwerk entfernt und an den Außenwänden durch Glas ersetzt worden. Diesen kleinen, hellen Saal, den man durch einen Vorraum mit Bar erreichte, hatte Ingo Ahlers für seine große Party gemietet.

Der Raum war mit einem Dutzend runder, festlich geschmückter Stehtische bestückt. Auf den Querbalken des freigelegten Fachwerks standen Lampen, und an der längsten Wand war ein üppiges Buffet aufgebaut.

Hopp konnte seinen Freund nicht auf Anhieb sehen, weil an die hundert Gäste anwesend waren. Doch der aufmerksame Gastgeber bemerkte sie sofort und kam strahlend auf sie zu.

»Herzlichen Glückwunsch zum Dreißigsten, lieber Ingo. Das ist ja ein herrlicher Rahmen für dein großes Fest. Vielen Dank, dass du mich eingeladen hast. Ich habe noch meine beste Freundin Josephine mitgebracht.«

»Sehr gerne! Und ich freue mich sehr, dass ihr gekommen seid«, antwortete Ahlers und schüttelte dabei überschwänglich Josephines Hand. »Ich hoffe natürlich, dass es euch hier gefällt. Wart ihr etwa noch nie hier im Drachenfelser Ländchen?«

»Nein, leider nicht«, antwortete Hopp. »Ehrlich gesagt, hatte ich bis zu deiner Einladung nicht einmal von einem Ort namens Wachtberg gehört.«

»Gemeinde, nicht Ort. Wachtberg besteht aus 13 Dörfern und keines davon heißt Wachtberg. Das ist bloß der Name der höchsten Erhebung hier in der Umgebung. Wo bleibt ihr denn über Nacht?«

»Nirgendwo.« Hopp zuckte bedauernd die Schultern. »Wir fahren nach der Party noch zurück. So weit ist das ja nicht. Ich habe morgen ein ziemlich straffes Programm.« Das stimmte nicht, tatsächlich hatte er keinen Gedanken daran verschwendet, irgendwo auf dem Dorf zu übernachten.

»Schade. Eigentlich hatte ich vor, euch morgen nach dem Frühstück die Gegend hier zu zeigen. Die ist wirklich sehenswert, ausgesprochen malerisch.«

»Das klappt leider nicht.«

»Dann müsst ihr mir versprechen, bald wiederzukommen. Damit wir die Führung durch die Gemeinde nachholen können.«

»Wird gemacht«, versprach Hopp und klopfte seinem Freund auf die Schulter.

Wider Erwarten gefiel es Alexander und Josephine richtig gut auf Ingos Party. Sie lernten eine Menge Leute kennen, alle sehr sympathisch. Die meisten von ihnen stammten tatsächlich aus Wachtberg.

Kurz nach 22 Uhr trat eine Joe-Cocker-Coverband auf, die großartige Musik spielte. Josephine tanzte sich dazu fast die Füße wund, während Hopp einfach still die Atmosphäre genoss oder interessante Gespräche führte.

Erst gegen zwei Uhr nachts machten sie sich ebenso müde wie zufrieden auf den Heimweg.

HEUTE

29. Tod des Hauptverdächtigen

Energisch schließt Jana Jäger die Wohnungstür hinter sich, als sie am späten Abend endlich nach Hause kommt. Erleichtert kickt sie die Ballerinas von den Füßen, wirft fast gleichzeitig ihre Jacke an einen freien Garderobenhaken und fällt dann dem überraschten Alexander um den Hals, der gerade aus der Küche kommt, wo er sich ein Kölsch aus dem Kühlschrank geholt hat.

»Was ist denn mit dir los, Schatz? Woher hast du um diese Uhrzeit noch so viel Energie? Bist du auf Speed?«, sagt er verwundert. Normalerweise ist seine Lebensgefährtin nach einem derart langen Arbeitstag völlig fertig und zu keiner Aktivität mehr zu bewegen.

»Nee, das natürlich nicht. Aber ich habe eine ähnlich aufputschende Neuigkeit. Die wird dich bestimmt auch nicht kalt lassen.« Sie schaut ihm prüfend in die Augen und legt eine Kunstpause ein.

Alexander kennt dieses Spielchen, das sie gern macht, wenn sie etwas besonders Wichtiges mitteilen will.

»Was gibt es denn?«, fragt er ungeduldig. »Los, raus mit der Sprache!«

»Dr. Detlef Kühn ist tot.«

»Wie bitte?«

Er zuckt zusammen, weicht einen Schritt zurück und schaut Jana ungläubig an. »Was ist passiert? Und woher weißt du das?«

»Ein befreundeter Kollege, übrigens zufällig der, an den ich deine Rechercheergebnisse weitergeleitet habe, war am Nachmittag mit seinem Partner in Beuel unterwegs. In der Nähe des Dornheckensees bemerkten sie aufgeregte Spaziergänger, die sie auf den kleinen Nebenparkplatz an der Oberkasseler Straße lotsten. Dort haben sie einen toten Mann gefunden – Detlef Kühn. Er saß in seinem Auto: erschossen, durch den Mund. Den Revolver noch in der rechten Hand.«

»Und der Tote ist tatsächlich Detlef Kühn, der Chef der Bonner Agentur für Arbeit? Die Hauptfigur in meiner Skandalgeschichte? Ist das sicher?« Alexander kann es kaum fassen.

»Ja, ganz sicher. Ich bin mit meinen Kollegen ausgerückt. Das ist ja nur ein Katzensprung vom Präsidium entfernt. Wir konnten ihn sofort indentifizieren. Er hatte eine Brieftasche dabei mit Personalausweis, Führerschein, EC- und Kreditkarten, Mitgliedsausweis des Neusser Yachtclubs, Visitenkarten. Und der Wagen, in dem er aufgefunden wurde, ist eindeutig sein Dienstfahrzeug.«

»So wie du die Fundsituation beschreibst, sieht das nach Selbstmord aus. Oder?«

»Ja, schon«, bestätigt Jana, »aber ob es wirklich einer ist, wird sich noch herausstellen. Oft soll es ja nur so aussehen. Viele Morde werden mehr oder weniger geschickt so inszeniert. Warten wir ab, ob es einen Abschiedsbrief gibt, was Angehörige und Mitarbeiter über ihn zu erzählen haben und vor allem, was die SpuSi herausfindet.«

Bereits am Mittag des nächsten Tages bestätigen sich Jana Jägers Zweifel, als weitere Ermittlungsergebnisse und der Bericht der Kriminaltechnik vorliegen. Weder in Detlef Kühns Büro noch in seiner Wohnung konnten die Beamten einen Abschiedsbrief finden. An der Kleidung des Toten stellten sie jedoch eine Menge fremder männlicher DNA sicher. Und die Schmauchspuren an der rechten Hand und am Oberkörper waren so schwach, dass er kaum selbst geschossen haben konnte.

»Er scheint eher umgebracht worden zu sein«, berichtet sie Hopp umgehend per Telefon. »Auch seine engsten Mitarbeiter in der Agentur haben keine Anzeichen von Lebensmüdigkeit oder Depressionen oder wenigstens einen deutlichen Stimmungsumschwung erkennen können.«

»Was nicht unbedingt viel zu bedeuten hat«, gibt Hopp zu bedenken. »Welcher Chef zeigt seinen Leuten schon offen und ehrlich seine empfindlichste Seite. Über seinen psychischen Zustand solltet ihr auf jeden Fall Freunde und gute Bekannte befragen. Die wissen darüber garantiert besser Bescheid.«

»Wird selbstverständlich gemacht, so clever sind wir auch«, antwortet Jana leicht pikiert. »Aber das ist noch nicht alles. Die Ermittler haben ein weiteres starkes Indiz gefunden, eine Quittung, die in seinem Portemonnaie steckte. Am Vortag hat er sich demnach zwei neue Anzüge gekauft. Für knapp 3000 Euro. Wer macht denn so was, wenn er sich umbringen will?«

Als sie aufgelegt hat, wählt Hopp umgehend die Mobilnummer von Otto Springer, der das Gespräch sofort annimmt.

»Detlef Kühn, der falsche Doktor von der Agentur für Arbeit, ist tot«, sagt Hopp ohne große Vorrede.

»Wie ist er denn gestorben? Kann das was mit deiner Skandalgeschichte zu tun haben?«

»Gut möglich, nach bisherigen Erkenntnissen wurde er vermutlich umgebracht. Natürlich können auch ganz andere Motive hinter dem Mord stecken.«

»Klar, davon gibt es ja eine ganze Menge. Aber hältst du das für wahrscheinlich?«

»Nein«, antwortet Alexander entschieden. »Falls es wirklich Mord war, und derzeit sieht es schwer danach aus, dann glaube ich nicht an den merkwürdigen Zufall, dass er sich zwar parallel zur Enthüllung der kriminellen Vorgänge in der Agentur ereignet haben könnte, aber aus einem völlig anderen Grund. Das kann ich mir nicht vorstellen. Und du weißt, dass ich Fantasie habe.«

»Okay, deine Skepsis kann ich nachvollziehen. Aber wer könnte ein Interesse daran haben, diesen Herrn Kühn aus dem Weg zu räumen?«

»Woher soll ich das wissen, Otto? Aufgrund meiner Recherchen käme vielleicht der Kröger-Krämer-Söhne-Chef Ferdinand

Baumeister in Frage. Kühn weiß bestimmt eine Menge Belastendes über ihn. Wenn er nicht auf den Kopf gefallen war, dann hat er, um sich abzusichern, garantiert irgendwo brisante Unterlagen deponiert.«

»Damit würde sich dieser Baumeister aber eventuell sogar selbst schaden«, wendet Springer ein. »Sein Kumpel Kühn war ihm doch bisher sehr nützlich und hätte das vielleicht auch in Zukunft sein können.«

»Da hast du recht, aber sonst fällt mir auf Anhieb kein besonders Tatverdächtiger ein. Höchstens noch der Chef der Regionaldirektion in Düsseldorf, der bislang noch einigermaßen sauber dasteht. Wenn Kühn allerdings auch über ihn belastendes Material besaß, könnte das ein Motiv sein.«

»Dann lass uns der Sache gemeinsam nachgehen«, schlägt Springer vor. »Hat nicht irgendwer behauptet, Baumeister und Kühn würden beide wie du in Wachtberg wohnen?«

»Doch. Mein geheimnisvoller Informant.«

»Und den hältst du nicht für verdächtig?«

Hopp lacht. »Nein, auf keinen Fall. Der ist absolut nicht der Typ für Gewalttaten. Der wehrt sich eher mit List und Tücke. Außerdem würde es doch keinerlei Sinn ergeben, erst mit meiner Hilfe die kriminellen Vorgänge aufzudecken, wenn er sowieso den Hauptverächtigen umbringen will. Durch die Veröffentlichung hat er ihn doch quasi schon erledigt.«

»Meinst du? Ich bin mir da nicht so sicher«, sagt Springer. »Aber egal, wir kümmern uns ab sofort aufmerksam um diesen Herrn Baumeister.«

30. Ein skrupelloser Typ

Am frühen Abend treffen sich Hopp und Springer bei Kunz in der Pecher Dorfkneipe. Der Wirt arbeitet allein in der Küche, die durch die geöffnete Tür hinter dem Tresen gut einzusehen ist. Die Serviererin, die ihm meist hilft, ist noch nirgends zu sehen. Wahrscheinlich kommt sie erst später, wenn mehr Betrieb ist.

An einem Tisch in der hintersten Ecke sitzt ein Paar mittleren Alters vor zwei halbvollen Biergläsern. Bestimmt warten beide auf das Essen, das Kunz gerade zubereitet.

Als er seine neuen Gäste bemerkt, nickt er ihnen zur Begrüßung zu und kommt eine Minute später hinter die Theke.

»'n Abend, die Herren. Möchtet ihr was trinken? Das könnte ich euch schnell einschenken, ehe ich zurück an den Herd muss.«

»Na klar«, sagt Hopp, »mach uns bitte mal zwei Kölsch.«

Der Wirt wirft das Küchentuch, mit dem er sich gerade die Hände getrocknet hat, über die linke Schulter, nimmt zwei Kölschstangen, füllt sie in einem Schwung und stellt sie auf die Theke.

»Dann mal Prost! Ich bin gleich wieder bei euch. Wenn ihr auch was essen wollt, könnt ihr euch das ja bis dahin überlegen. Das Angebot steht auf der großen Tafel da hinten«, sagt er und zeigt zur Rückwand. Dann geht er wieder an den Herd, auf dem es in einer großen Pfanne brutzelt.

»Schnitzel kann er besonders gut«, sagt Hopp. »Was hältst du davon? Du bist doch ein leidenschaftlicher Fleischfresser.«

»Viel halte ich davon! Ich möchte gern ein Jägerschnitzel, wenn er das im Repertoire hat.«

»Das gibt es hier immer. Das nehme ich auch.«

Keine fünf Minuten später trägt der Wirt zwei Teller an den Ecktisch und kehrt zurück zur Theke.

»Habt ihr was gefunden?«

»Klar. Zwei Jägerschnitzel«, sagt Hopp, »aber das hat noch etwas Zeit. Magst du ein bisschen mit uns quatschen, so lange hier noch nicht viel los ist?«

»Warum nicht. Momentan brennt mir nichts an«, sagt Kunz und wirft noch einen kurzen Blick in die Küche, um sich zu vergewissern, ob er auch wirklich nichts auf dem Herd vergessen hat. »Da hast du ja eine heiße Geschichte ausgegraben, Alex. Ich hab sie im *Kurier* gelesen. Alle Achtung!«

»Danke dir! Das war eine echt spannende Recherche. Und noch ist sie nicht ganz vorbei.« Hopp macht eine ernste Miene.

»Wieso das denn? Was gibt es denn noch aufzuklären?«, fragt der Wirt neugierig.

»Sehr wahrscheinlich einen Mord. Einer der Beteiligten wurde gestern Nachmittag in der Nähe vom Dornheckensee in Beuel tot aufgefunden. Zwar sah es auf den ersten Blick nach Selbstmord aus, auf den zweiten und dritten aber nicht mehr.« Er nimmt einen kräftigen Zug Kölsch »Kennst du eigentlich einen gewissen Ferdinand Baumeister?«

»Meinst du den Unternehmer aus Berkum? Ist das etwa derselbe Baumeister, der in deinem Artikel eine Rolle spielt?«

»Genau, der ist Geschäftsführer und Hauptgesellschafter einer Gruppe metallverarbeitender Betriebe. Außerdem hat er die illegalen Millionen aus der Arbeitslosenversicherung eingesackt. Warum und wie er die Agenturchefs dazu gebracht hat, ist noch nicht klar.«

»Kennen ist zu viel gesagt. Stammgast ist er hier jedenfalls nicht. Der ist sich zu fein für so eine einfache Wirtschaft.« Kunz rollt mit den Augen. »Aber hier an der Theke ist er trotzdem des Öfteren ein Thema. Weil er sehr rege im Wachtberger Vereinsleben unterwegs ist, um Kontakte zu hegen und zu pflegen, wie sich das für einen ambitionierten Unternehmer gehört.«

»Ergibt ja Sinn«, sagt nun Otto. »In dieser Gemeinde leben schließlich etliche einflussreiche Leute. Und wie man dem Agentur-Skandal entnehmen kann, hat der Mann keine Hemmungen, persönliche Beziehungen auszunutzen.«

»In welchen Vereinen tummelt er sich denn?«

»Auf jeden Fall im Golfclub, dem da oben in Niederbachem.« Kunz denkt nach. »Auch im Reitclub in Oberbachem, meine ich zumindest gehört zu haben. Und dann natürlich im Tennis-Verein in Berkum.«

»Was erzählen die Sportfreunde von Baumeister denn hier an der Theke über ihn? Ist er gut gelitten?« Als er die Frage stellt, ist Hopp im selben Moment klar, welche Antwort er bekommen wird.

»Von den Golfern kenne ich kaum jemanden. Ich spiele nicht Golf. Und die Meisten, die sich an der Theke über ihn auslassen, sind im Reitclub oder im Tennis-Verein. Allerdings ist ihre Meinung ziemlich einhellig.«

»Und wie?«, will Springer wissen.

»Halt so, wie landläufig über erfolgreiche Unternehmer gedacht wird. Arrogant, habgierig, rücksichtslos. Keine Ahnung, ob das stimmt. Wie gesagt, ich kenne diesen Mann nicht persönlich.«

»Könntest du uns denn bitte ein paar deiner Stammgäste nennen, die Baumeister kennen und sich hier über ihn unterhalten haben? Geht das?«, fragt Hopp.

»Warum nicht?« Kunz zuckt mit den Schultern. »Jetzt gehe ich aber erst einmal die Schnitzel braten und dann schreibe ich euch ein paar Namen auf.«

»Baumeister hält sich eben immer und überall für was Besseres«, sagt der Dachdeckermeister, dessen Namen und Telefonnummer Kunz ihnen gegeben hat. »Im Tennis-Verein hat er mittlerweile Mühe, Spielpartner zu finden. Schließlich machen wir den Sport aus Spaß an der Freud, da hat doch keiner Bock, sich wie der letzte Dreck behandeln zu lassen. Zwei oder drei Mitglieder machen das mehr oder weniger unfreiwillig mit, weil sie als Dienstleister von Aufträgen seiner Unternehmen profitieren. Alle anderen gehen diesem Unsympathen möglichst aus dem Weg.«

Gut zu wissen, denkt Hopp, das passt genau zu allem, was er bislang über diesen Menschen in Erfahrung gebracht hat. Aber lässt sich daraus ableiten, dass er skrupellos und sogar zu Gewaltverbrechen bereit wäre? Dass er einen Freund umbrächte oder umbringen ließe?

»Können Sie sich vorstellen, dass er zur Durchsetzung seiner Interessen auch brutale Mittel einsetzt?«

Der Dachdecker denkt kurz nach, ehe er antwortet. »Das kann ich nicht mit Bestimmtheit sagen, aber noch weniger kann ich es ausschließen.«

Bis zum Feierabend befragen Hopp und Springer fünf Wachtberger Geschäftsleute, die den Unternehmer Ferdinand Baumeister aus verschiedenen Vereinen kennen. Keiner von ihnen sagt ein einziges gutes Wort über ihn, alle wollen angeblich nichts mehr mit ihm zu tun haben. Und sie erklären übereinstimmend, Baumeister sei alles zuzutrauen.

31. Merkur hat Angst

Gut ausgeschlafen macht sich Hopp am nächsten Morgen daran, das Internet nach aufschlussreichen Informationen über Ferdinand Baumeister zu durchforsten. Er findet eine ganze Menge – Lebenslauf, Firmennews, Ehrungen, Sporterfolge, Gesellschaftstratsch –, aber nichts, was ihm mehr über eine dunkle Seite seines Charakters verriete.

Unzufrieden geht er in die Küche, um sich einen starken schwarzen Kaffee zu holen, da klingelt sein Telefon. Nele ruft an.

»Hi Alex, eigentlich möchte ich mich mit dir verabreden. Aber zuerst muss ich dir was Superwichtiges erzählen.«

»Guten Morgen, Nele. Was gibt's denn?«

»Dr. Kühn ist tot. Darüber haben eben alle in der Frühstückspause geredet. Angeblich soll er ermordet worden sein.«

»Ich weiß. Jana, meine Lebensgefährtin, ist doch bei der Mordkommission. Sie hat es mir gesteckt«, sagt Hopp mit sanfter Stimme. Er nimmt an, dass der Name »Jana« für Nele ein rotes Tuch sein könnte. »Allerdings ist längst nicht sicher, dass er getötet wurde. Bisher deutet nur eine Menge darauf hin.«

»Nach allem, was in letzter Zeit über ihn und andere Agenturchefs herausgekommen ist, kann man sich kaum vorstellen, dass er nicht ermordet worden ist.«

»Ehrlich gesagt, geht mir das genauso, Nele. Allerdings habe ich noch keine Ahnung, wer hinter dem Mord stecken könnte und was er bezwecken soll. Der Fördermittel-Skandal ist doch publik, Polizei und Staatsanwaltschaft ermitteln längst, da gibt es nicht mehr viel zu vertuschen.«

»Vielleicht hat er ja einen ganz anderen Grund«, spekuliert Nele, »etwas Persönliches zum Beispiel. Wäre doch möglich.«

»Theoretisch ja, aber an einen solchen Zufall, dass ein privates Motiv ausgerechnet jetzt während dieser skandalösen Machenschaften zum Tragen kommt, glaube ich einfach nicht.« Alexander Hopp macht eine kurze Pause, um etwas Kaffee zu trinken. »Aber mein Freund und Kollege Otto Springer und ich versuchen, es herauszufinden. Wir haben gestern schon mit der Recherche begonnen.«

»Da bin ich echt gespannt. Aber jetzt zu unserer versprochenen Verabredung«, sagt Nele. »Was hältst du denn von Freitagabend, um 20 Uhr, wieder in der Wunderbar? Die gefällt dir doch auch …«

»Ist ja auch dein Lieblingslokal!«

»Ganz genau, mein Lieber. Schön, dass du dir das gemerkt hast.«

»Okay, dann treffen wir uns Freitagabend wieder dort. Schließlich hast du was bei mir gut.«

Kaum ist das Gespräch mit Nele beendet, klingelt Hopps Handy erneut.

Diesmal zeigt das Display einen unbekannten Anrufer an. Er überlegt, ob er drangehen soll. Unterdrückte Nummern findet er grundsätzlich dubios, weil es sich häufig um Werbe- oder Fishing-Aktionen handelt oder manchmal Leute dahinterstecken, die sich mit der Anonymität wichtigtun wollen. Beides kann er nicht ausstehen. Trotzdem nimmt er das Gespräch an. Sein Bauch signalisiert ihm, dass es wichtig sein könnte.

»Kühn ist tot«, sagt Merkur am anderen Ende der Leitung aufgeregt. Für dieses Gespräch hat er sich ein Mobiltelefon geliehen und zur Sicherheit die Rufnummer unterdrückt.

»Ich weiß.«

»Mit Sicherheit ist er ermordet worden.«

»Nein, sicher ist das nicht. Allerdings gibt es einige starke Indizien, die dafürsprechen.«

»Anders kann es gar nicht sein. Bestimmt hat der Mord noch mit den Fördermillionen zu tun.«

»Mag sein. Aber aus welchem konkreten Motiv? Bisher sehe ich den direkten Zusammenhang noch nicht.«

»Ich auch nicht. Aber trotzdem habe ich eine Scheißangst«, sagt Merkur mit zittriger Stimme. »Wenn herauskommt, dass ich die undichte Stelle in der Regionaldirektion bin, dann bin ich als Nächster dran.«

»Keine Panik, Merkur. Wie soll das herauskommen? Außer mir weiß das doch niemand. Und ich kenne nicht einmal Ihren Namen oder Ihre Position in der Behörde. Bisher waren wir beide maximal vorsichtig. Machen Sie sich keine Sorgen.«

»Sie haben gut reden, Hopp!«

»Wieso? Ich habe die Geschichte schließlich unter meinem echten Namen enthüllt. Im Gegensatz zu Ihnen bin ich eine ideale Zielscheibe für Racheakte.«

»Mag sein«, erklärt Merkur nun mit festerer Stimme. »Trotzdem ist diese Geschichte hier und jetzt für mich erledigt. Ich hänge an meinem Leben. Deshalb bin ich ab sofort nicht mehr für Sie zu erreichen. Machen Sie's gut, Hopp!«

Dann legt er auf.

32. Hopp wird verfolgt

Merkurs Rückzieher irritiert Alexander Hopp. Zwar war der Kollege von Anfang an äußerst vorsichtig gewesen und traute sich nie auch nur einen Schritt aus der schützenden Anonymität heraus. Das ist Hopp bisher völlig verständlich erschienen, schließlich könnte der Informant seinen Job verlieren und damit sein Einkommen, die Altersversorgung und eventuell auch seine gesellschaftliche Stellung, wenn er als Verräter auffliegen würde. Doch dass Merkur ernsthaft Angst um Leib und Leben haben könnte, ist ihm bisher weder in den Sinn gekommen noch bei den persönlichen Kontakten aufgefallen. Dennoch ist es offensichtlich so. Der gewaltsame Tod von Detlef Kühn hat ihn regelrecht schockiert.

Durch Hopps Recherchen ist der Missbrauch der Arbeitsförderungsgelder immerhin aufgedeckt, aber keinesfalls komplett aufgeklärt worden. Dass nun einer der Hauptverdächtigen wahrscheinlich ermordet worden ist, verleiht dem Fall zusätzliche Brisanz.

Merkur will ihm jedenfalls nicht mehr helfen. Und Hopp wird ihn nicht mehr erreichen können, um ihn umzustimmen. Mit Sicherheit hat er seine Telefonkarten vernichtet, um alle Verbindungen zu kappen.

Auch Nele, die für Alexander schon wichtige Informationen ausspionieren konnte, will und wird er nicht weiter einspannen. Wenn Merkurs Angst begründet ist, dann kann er auch sie in Gefahr bringen.

Welche Optionen bleiben ihm also noch? Auf Anhieb hat er keine Idee, wie er das Thema weiter verfolgen könnte. Er muss nachdenken.

Kurzentschlossen lädt Alexander Hopp seinen Hund Elvis, den Nachfolger seines ersten Golden-Retrievers Bowie, in den Kofferraum des alten Audi Avant, um zum Wachtberger Ehrenmal zu fahren, seinem Lieblingsplatz in der Gegend. Hier dreht er mit Elvis besonders gern eine Runde durch die Felder und das kleine Wäldchen, vor allem wenn er ein Problem zu knacken hat.

Kurz nach Hopp fährt auch ein silberner VW Golf los, der rund zwanzig Meter hinter seinem Wagen geparkt war. Hopp beachtet ihn nicht weiter. Erst als der fremde Wagen gleich ihm an der Ampel in Richtung Berkum auf den Wachtbergring abbiegt, bemerkt er ihn im Rückspiegel. War ihm dieser Wagen in den vergangen Tagen nicht schon mehrfach aufgefallen? Wann und wo war das nochmal gewesen? Und konnte das tatsächlich immer derselbe VW gewesen sein? Oder waren es nur zufällig ähnliche Autos? Silberne Golfs gab es schließlich wie Sand am Meer. Bekam er aufgrund der jüngsten Ereignisse paranoide Anwandlungen?

Jetzt werde ich's ja sehen, denkt Hopp, als er gegenüber der Oberdorfstraße in den kleinen Seitenweg am Wachtberg in Richtung Ehrenmal abbiegt.

Der VW fährt weiter geradeaus.

Hopp fühlt sich sehr erleichtert, parkt seinen Audi an der Pumpstation des Wasserwerks und führt Elvis zuerst in das angrenzende Waldstück. Wie immer lässt er ihn hier von der Leine, damit er sich frei bewegen und nach Lust und Laune herumtoben kann.

Nach einer guten halben Stunde endet ihr Spaziergang am Ehrenmal. Wie üblich setzt sich Alexander Hopp dort auf die halbrunde Begrenzungsmauer, bewundert das romantische Siebengebirgspanorama und lässt Beine wie Seele baumeln. Das hilft ihm immer auf die Sprünge. Heute allerdings nicht.

Der silberne Golf beschäftigt ihn noch immer. Bisher sind ihm drei konkrete Situationen eingefallen, bei denen ihm sehr wahrscheinlich genau dieses Auto vorgestern und gestern über eine längere Strecke hinterhergefahren ist. Zwar hat er sich das Kennzeichen nicht eingeprägt. Trotzdem glaubt er sich ziemlich sicher zu erinnern, dass immer das vordere Nummernschild schief hing und der rechte Kotflügel des Golfs verbeult war – genauso wie bei dem Golf vorhin. Er ärgert sich, dass er den Verfolger nicht eher bemerkt hat, und noch mehr darüber, dass er deshalb noch kein bisschen über die weitere Recherche des Arbeitsagentur-Skandals nachdenken konnte. Genau dafür war er aber hierher zu seinem persönlichen Kraftort gekommen.

Das Knacken von Ästen und Rascheln im Gebüsch reißt Hopp aus seinen Gedanken. Er wendet den Kopf in die Richtung, aus der die Geräusche zu kommen scheinen. Er erkennt einen Mann im angrenzenden Laubwäldchen, der etwas zu suchen scheint. Oder tut er nur so, als ob er etwas suche? Denn als der Unbekannte bemerkt, dass Hopp ihn entdeckt hat, entfernt er sich eilig in entgegengesetzter Richtung. Dieser bärtige Typ kommt Hopp bekannt vor. Vor einem oder zwei Tagen hat er ihn in der Nähe seiner Wohnung schon einmal gesehen.

Er leidet also nicht an Verfolgungswahn.

Er wird tatsächlich beschattet.

Auf Anhieb kann er nicht einmal sagen, welche der beiden Varianten sich für ihn bedrohlicher anfühlt.

33. Glück im Unglück

Als er seinen Wagen um Mitternacht durch den Düsseldorfer Rheinufertunnel in Richtung Süden lenkt, ist Alexander Hopp ebenso erleichtert wie gut gelaunt. Denn das Treffen mit Nele in der Wunderbar in Düsseldorf war schön und harmonisch verlaufen. Nele hat ihm weder verübelt, dass er ihr, obwohl er mit ihr flirtete, trotzdem keine wirkliche Chance gab, noch nahm sie ihm krumm, dass er sie sicherheitshalber nicht mehr für seine Recherchen in der Regionaldirektion um Hilfe bitten will. Irgendwie schien sie das sogar zu erleichtern. Hopp nimmt an, dass sie es inzwischen selbst, so wie Merkur, mit der Angst zu tun bekommen hat, es ihm gegenüber aber nicht hat zugeben wollen.

Zum Dank für ihre tolle Unterstützung hat er ihr in ihrem Lieblingslokal das teuerste Menue und eine Flasche Champagner bestellt, wovon sie begeistert war.

Er selbst hat sich nur einen Salat zur Vorspeise plus die Tagesempfehlung als Hauptgang genehmigt. Auch vom Schampus hat er nur ein halbes Glas getrunken. Er hatte ja noch den weiten Weg zurück nach Wachtberg vor sich.

Zuerst sprach sie ziemlich aufgeregt über den Tod des falschen Doktor Detlef Kühn, der wohl viele Mitarbeiter der Agentur beunruhigt habe. Dann waren sie nach und nach zu harmloseren Themen gewechselt, um schließlich offen über ihre Privatleben zu reden. Dabei bemerkte Alexander wieder einmal, wie sehr ihm Nele doch gefiel, was er sich bisher nicht wirklich eingestehen wollte. Doch nun ist er sich sicher, dass der Abend ganz anders hätte verlaufen können, wenn er nicht seit Jahren glücklich mit Jana liiert wäre. Dann säße er jetzt bestimmt nicht allein in seinem Wagen, um nach Hause zu fahren.

Kurz vor Dormagen überholt ihn auf der A 57 ein Auto und schert so knapp vor seinem Audi A4 Avant auf die rechte Fahrbahn ein, dass er ihn gefährlich schneidet. Nur eine Vollbremsung kann Alexander Hopp vor einem schweren Zusammenstoß bewahren. Dabei verliert er für einen kurzen Moment die Kontrolle über den Wagen; die Lenkung reagiert extrem breiig. Wie eine Flipperkugel schießt der Audi von der rechten Leitplanke nach links quer über die Fahrbahn und wieder zurück. Irgendwie schafft Hopp es mit Mühe und Not, das ziemlich demolierte Auto auf dem Standreifen ausrollen zu lassen. Der Verursacher fährt einfach weiter. In der turbulenten Situation hat Hopp nicht auf den anderen Wagen achten können. Aber ihm schwant, dass es ein silberner Golf gewesen sein könnte.

Zum Glück ist er unverletzt geblieben. Nur der Schock ist ihm in die Glieder gefahren. Wie in Trance nimmt er eine Warnweste aus der Ablage unter dem Fahrersitz, zieht sie an und stellt sich hinter die Leitplanke. Dann ruft er Jana an. Sie drängt ihn, sich sicherheitshalber hinzusetzen, damit er nicht stürzen könne, falls er ohnmächtig werden sollte. Sie verspricht ihm, Polizei und Rettungswagen zu alarmieren und selbst so schnell wie möglich zu ihm an den Unfallort zu kommen. Genau weiß er nicht zu sagen, wo er ist, aber auf der anderen Seite der Autobahn erkennt er eine große Chemiefabrik. Diese Angabe reicht Jana, um ihn exakt zu lokalisieren.

Während er in seiner gelben Weste verdattert hinter der Leitplanke hockt, versucht er, sich zu beruhigen. Er schließt die Augen und atmet immer wieder ganz langsam tief ein und ebenso langsam wieder aus. Das flaue Gefühl im Bauch und der Nebel im Kopf verziehen sich allmählich. Dafür springt das Gehirn wieder an und stellt unbequeme Fragen: War das eben Zufall, dass der andere Wagen ihn derart abgedrängt hat? Hat der andere vielleicht selbst kurz die Kontrolle über sein Auto verloren? Oder war das Manöver ein Attentat? Immerhin ist er sich jetzt fast sicher, dass das andere Fahrzeug ein silberner Golf war.

Aber wer will ihn, Hopp, ausschalten?

Und warum?

Geht es etwa um den Arbeitsagentur-Skandal?

Und welchen Zweck sollte so ein Anschlag haben?

Reine Rache? Aber die Geschichte ist doch längst enthüllt.

Oder wollen ihn irgendwelche Hintermänner aus dem Verkehr ziehen, ehe er bei seinen Recherchen auf sie stoßen kann?

Jedenfalls hätte ihn der Unfall das Leben kosten können.

Noch ehe Jana mit Kollegen der Polizei, einem Rettungswagen und dem Abschleppdienst am Unfallort bei Dormagen eintrifft, hat Hopp einen Entschluss gefasst.

Er wird nichts mehr riskieren.

Auch wenn die spektakuläre Arbeitsagentur-Geschichte noch nicht komplett recherchiert ist.

Auch wenn der Hauptverdächtige wirklich ermordet wurde und die Tat nicht aufgeklärt ist.

Auch wenn ihm doch noch neues Material für die Fortsetzung der Geschichte zugespielt werden sollte.

Er wird ab sofort die Finger von dieser brisanten Angelegenheit lassen. Denn er ist eben bestimmt nicht zufällig in diesen schweren Unfall geraten.

Er ist mit höchster Wahrscheinlichkeit gejagt worden und quasi einem Attentat entkommen.

Er hat riesiges Glück gehabt.

Das will er nicht überstrapazieren.

Er hat wieder einmal viel zu viel für seinen Job riskiert und, allen guten Vorsätzen zuwider, schlecht auf sich aufgepasst.

Wie das erste Mal vor 20 Jahren.

DAMALS

34. Attacke um Mitternacht

Zeitgleich mit Alexander Hopp hatte auch sein Partner Jochen Teller einen aufsehenerregenden Bericht über die Grundschuldbrief-Betrugsmasche produziert: ein zehnminütiges Feature für den Westdeutschen Rundfunk, seinen wichtigsten Auftraggeber. Auch Tellers Radiobeitrag erzeugte ein gewaltiges Echo, auch er erhielt ein Dutzend Interviewanfragen von Kollegen verschiedenster Medien, die er aber allesamt aus Sicherheitsgründen ablehnte, was eigentlich nicht nötig war. Er hätte sie unter seinem Künstlernamen Bernd Becher bedienen können, auch wenn das dem Redaktionsleiter nicht gepasst hätte.

Bei ihrem ersten Telefonat nach der Ausstrahlung des Beitrags war Teller extrem nervös. »Ich stehe total unter Strom«, berichtete er Hopp offen, »ich rechne pausenlos und in jeder Situation mit irgendeinem Angriff. Gleichzeitig hoffe ich, dass nichts passiert.«

»Was ist denn geschehen? Wieso bist du plötzlich so panisch?«

»Weil ich sehr wahrscheinlich aufgeflogen bin. Wenn ich Pech habe, hängen mir diese Verbrecher schon an den Hacken.«

»Aufgeflogen? Wie denn?«, fragte Hopp erschrocken. »Du warst doch von Anfang an extrem vorsichtig.«

»Schon. Was aber nichts bringt, wenn die Kollegen nicht richtig mitmachen. Eine Schnarchnase aus der Redaktion hat sich gestern verplappert. Eimermacher hat es mir berichtet. Der Kollege hatte einfach kurz vergessen, dass ich aus Sicherheitsgründen unter Pseudonym arbeiten darf. Was ja normalerweise in dieser hochseriösen öffentlich-rechtlichen Anstalt nicht üblich ist.«

»So ein Idiot! Wenn das am Telefon tatsächlich irgendeiner von der Betrügerbande war, dann kennen sie nun deinen echten Namen und werden keine Mühe haben, deine Adresse ausfindig zu machen.«

»Das befürchte ich auch. Aber vielleicht habe ich ja Glück und es war nur ein harmloser Hörer.«

»Das wünsche ich dir natürlich auch, Jochen. Trotzdem rate ich dir, es nicht darauf ankommen zu lassen. Kannst du dich nicht kurzfristig aus der Schusslinie bringen. An irgendeinem Platz, wo du sicherer bist?«

Hopp sorgte sich ernsthaft um den Kollegen. Er hielt es für extrem unwahrscheinlich, dass die Bande sich ohne Gegenwehr die Butter vom Brot nehmen ließ. Dafür war ihr Geschäftsmodell zu profitabel.

»Darüber habe ich auch schon nachgedacht. Auf Anhieb fällt mir aber nichts ein, was für uns passen könnte. Schließlich habe ich eine Frau und einen Sohn. Die kann ich doch nicht einfach so bei Nacht und Nebel aus dem gewohnten Alltag reißen.«

»Das ist sicher nicht schön für alle Beteiligten«, gab Hopp zu, »aber ich kann mir weit hässlichere Konsequenzen vorstellen.«

»Mal bitte nicht den Teufel an die Wand, Alex.« Teller überlegte kurz. »Lass uns jetzt lieber darüber reden, ob und wie wir die Sache weiterverfolgen. Bei mir haben sich etliche Geschädigte gemeldet. Die meisten Vorgänge ähneln denen, die wir bereits kennen, wie ein Ei dem anderen. Aber zwei oder drei sehen deutlich anders aus, die könnten uns vielleicht neue Informationen liefern.«

»Bei uns ist auch eine Flut weiterer Betrugsfälle in die Redaktion geschwappt«, sagte Hopp. »Die habe ich mir noch gar nicht gründlich ansehen können. Schick mir doch bitte deine spannendsten Fälle und ich werte alles zusammen aus, während du deinen Allerwertesten möglichst schnell an die Wand bringen solltest.«

»Ich werde darüber nachdenken. Aber zuerst lasse ich dir das neue Material zukommen.«

Bis zum frühen Abend des folgenden Tages erhielt Hopp weder die versprochenen Unterlagen von Teller, noch hörte er etwas von ihm. Beunruhigt rief er deshalb den Redaktionsleiter beim WDR an. Diesen eigenwilligen Mann hatte er bei einer Besprechung vor Kurzem kennengelernt. Zwar hatte er ihn nicht gerade in bester Erinnerung, aber als direkter Vorgesetzter von Teller musste Volker Eimermacher wissen, was Sache war. Doch er erklärte Hopp lakonisch, dass Teller heute nicht zu erreichen sei.

»Warum?«, insistierte Hopp. »Ist etwas passiert?

»Kann man so sagen. In der Nacht ist ein Brandanschlag auf sein Haus verübt worden.«

»Wie bitte? Wurde jemand verletzt? Wie geht es Jochen?« Hopps Herz schlug plötzlich bis zum Hals.

»Soweit ich weiß, sind alle wohlauf«, sagte Eimermacher trocken. »Sie sind zwar ziemlich verschreckt, aber gesund. Um ein Uhr früh wurde ein Molotowcocktail gegen die Haustür geschmissen, die sofort in Brand stand. Mit dem Gartenschlauch und mehreren Putzeimern haben Teller und seine Frau die Flammen löschen können, ehe die Feuerwehr eintraf. So konnten sie den Schaden wohl in Grenzen halten.«

In Hopps Kopf liefen dramatische Bilder ab: Wie die Tellers verzweifelt versuchen, ihr Haus zu schützen. Wie sie auf Hilfe warten. Wie ihr kleiner Sohn steif vor Angst auf dem Bürgersteig steht und das Geschehen beobachtet.

Hopp erinnerte sich an das gestrige Telefonat, bei dem Teller ihm erzählt hatte, dass ein Kollege unbedacht seinen Klarnamen verraten habe, was ihm große Sorgen bereite. Und wie er selbst Teller daraufhin geraten hatte, sich und seine Familie umgehend in Sicherheit zu bringen.

»Haben Sie Kontakt zu ihm?«, fragte er.

»Seit heute morgen nicht mehr. Ich will ihn jetzt auch möglichst in Ruhe lassen.«

»Nein, tun Sie das nicht!«, widersprach Hopp vehement. »Nutzen Sie bitte Ihren ganzen Einfluss und bringen sie ihn dazu, schnell das Nötigste einzupacken, mit seinen Lieben ins Auto zu steigen und irgendwohin abzuhauen. Seitdem die Betrügerbande offensichtlich weiß, dass er einen der beiden Berichte verfasst hat, ist die Situation für ihn und seine Familie extrem gefährlich – in jeder Hinsicht!«

»Ich weiß nicht, ob das jetzt die Lösung wäre. Außerdem wird er mit dem Auto momentan nicht weit kommen.«

»Wieso das denn nicht?«

»Weil es demoliert ist.«

»Durch den Brand?«

»Nein. Alle Scheiben wurden, wahrscheinlich unmittelbar vor dem Anschlag auf das Wohnhaus, eingeschlagen. Der Wagen ist nicht mehr fahrtüchtig. Die Sitze sind von Glassplittern übersät.«

»Wurde dabei auch etwas geklaut?«

»Das kann man wohl sagen.« Redaktionsleiter Eimermacher schien etwas zu trinken, ehe er weitersprach. »Die Aktentasche mit seinen Arbeitsunterlagen ist weg. Und auch sein Laptop. Ausnahmsweise hat er diese Sachen im Auto liegen gelassen, als er abends ziemlich spät und übermüdet nach Hause gekommen ist.«

»Verdammte Scheiße. Dann wird er bestimmt nicht mehr viel für unsere Geschichte liefern können.«

»Das ist wahrscheinlich auch besser so. Denn auf dem Fahrersitz lag ein bedruckter Zettel mit eindeutiger Botschaft: Lass uns in Ruhe. Kümmere dich um deinen eigenen Dreck. Sonst kümmern wir uns um deine Familie!«

35. Überraschung in Wiesbaden

Hatte sich Alexander Hopp während der Recherche zu den Grundschuldbrief-Betrügereien, trotz der ungewöhnlich intensiven Sicherheitsvorkehrungen, schon die ganze Zeit nicht besonders wohl in seiner Haut gefühlt, bekam er es nach dem Brandanschlag auf Jochen Teller regelrecht mit der Angst zu tun.

Waren seine Schutzmaßnahmen wirklich ausreichend? Hatten sie seine Identität, wie geplant, verschleiern können? Oder hatten Teller und er Schwachstellen übersehen, sodass auch er in ernster Gefahr war? Es war doch davon auszugehen, dass die Betrügerbande versuchen würde, auch Tellers Mitstreiter mundtot zu machen, um alle Risiken konsequent auszuschalten. Dass Teller nicht alleine gearbeitet hatte, war für sie bestimmt nicht schwer herauszufinden. Aber wussten sie auch, wer er war? Wo er wohnte? Und hatten sie ihn bereits im Visier?

Während der vergangenen beiden Tage hatte Hopp vergeblich versucht, Teller über eine der geheimen Telefonnummern zu erreichen. Jetzt schwankte er zwischen Hoffen und Bangen. Hatte der Kollege sich rechtzeitig aus dem Staub machen können? Oder hatte man ihn bereits geschnappt?

Zu den Sorgen um Teller und um seine eigene Sicherheit kam zu allem Überfluss noch der Widerwille gegen den Pflichttermin in Wiesbaden hinzu, zu dem Hopp gerade unterwegs war. Sein Magen fühlte sich an, als habe er einen ganzen Sack kleiner Rheinkiesel verschluckt. Ihm war kurz davor, so richtig übel zu werden.

Da halfen weder die beruhigenden Worte noch die guten Argumente seines Chefredakteurs Felix Becker, der in der Einladung des Bundeskriminalamts keinerlei Problem erkennen konnte.

Hopp reiste trotzdem mit unguten Ahnungen nach Wiesbaden. Was würde ihn dort erwarten? Würde das BKA ihm den Fall, auch wenn das widersinnig und sogar kontraproduktiv wäre, jetzt endgültig abnehmen? Wer wusste schon, welche Pläne und Strategien diese mächtige Ermittlungsbehörde hatte, wer im Hintergrund die Fäden zog und welche Politik er oder sie dabei verfolgte?

Hopp erwartete jedenfalls nichts Gutes.

Kriminalhauptkommissar Erwin Schick begrüßte ihn freundlich und mit festem Handschlag. »Hatten Sie eine gute Fahrt, Herr Hopp? Oder sollte ich Sie besser Willi Schreiber nennen?«

Alexander Hopp lachte. Dieser Gesprächseinstieg gefiel ihm. Der Mann um die fünfzig war ihm auf Anhieb sympathisch.

»Wie Sie möchten, Herr Schick. Ich fühle mich in beiden Fällen angesprochen«, sagte er, nun schon etwas entspannter.

»Wir sind hier sehr beeindruckt von Ihrer Arbeit. Unseres Wissens hat über diese Wertdifferenz-Masche bisher noch kein Journalist so viel zustande gebracht wie Sie.«

»Ich wüsste auch keinen. Ich konnte keinen einzigen Artikel zu dem Thema finden. Trotzdem bin ich sehr gespannt, was Sie jetzt von mir wollen. Meine Erkenntnisse werden Sie wohl kaum benötigen.«

»Wenn Sie sich da mal nicht irren, Herr Hopp.« Der BKA-Mann schüttelte leicht den Kopf. »Natürlich verfolgen wir die Betrugsserie intensiv und haben schon haufenweise zielführende Ergebnisse. Trotzdem würden wir gern auch Ihre Materialien auswerten. Das muss eine Menge sein, wie wir aufgrund Ihrer detaillierten Berichte annehmen.«

»Das stimmt allerdings«, sagte Hopp selbstbewusst.

»Ich würde meinen Hintern darauf verwetten, dass wir darin garantiert neue, wichtige Spuren entdecken.«

Jetzt schüttelte Hopp den Kopf. »Das wiederum kann ich mir beim besten Willen nicht vorstellen.«

»Warten Sie's ab, dann werden Sie's schon sehen.«

Erwin Schick verschränkte die Arme vor der Brust und sah Hopp siegesgewiss an. Hopp ging darauf ein.

»Okay. Nehmen wir mal an, dass Sie recht haben. Wie soll das denn praktisch vonstatten gehen? Und was habe ich davon, wenn ich Ihnen tatsächlich helfen kann?«

»Ganz einfach«, sagte Schick. »Unsere Kooperation wird drei zentrale Komponenten umfassen: Erstens sichten wir alle Ihre Unterlagen und ziehen uns von den wichtigsten Papieren Kopien. Sie behalten alle Originale, wir nehmen Ihnen nichts weg. Zweitens beantworten wir im Gegenzug offen und ehrlich alle Ihre Fragen und informieren Sie auch exklusiv über neue Ermittlungsergebnisse, soweit wir das aus polizeitaktischen Gründen für nützlich oder zumindest vertretbar halten. Und drittens unterstützen wir, schon im eigenen Interesse, Ihre weiteren Recherchen. Denn Sie sind bereits so tief in die Materie eingedrungen, dass Sie ganz sicher weiterhin zu neuen Erkenntnissen gelangen werden, die auch für uns wertvoll sein können. Dafür sind wir bereit, Ihnen operative Verstärkung zur Verfügung zu stellen.«

»Operative Verstärkung? Was darf ich mir darunter vorstellen?«

»Eine Kontaktperson vor Ort, die Sie bei Bedarf praktisch unterstützt. Und die uns auf dem kurzen Dienstweg direkt einschaltet, falls das notwendig werden sollte.«

Hopp war perplex. Er hatte mit allem gerechnet, nur nicht mit einem derart konstruktiven Angebot. Seine Ängste und Sorgen waren wie weggeblasen.

»Das muss ich erst einmal sacken lassen, Herr Schick«, antwortete er dennoch distanziert, weil er sich nicht voreilig festlegen wollte. »Darf ich Ihnen denn jetzt, sagen wir mal testweise, ein paar Fragen stellen?«

»Gern. Schießen Sie los.«

»Haben Sie präzise Erkenntnisse über die Dimension dieser illegalen Geschäftemacherei?«

»Darüber gibt es natürlich keine exakten Daten. Aber aus einem einzigen Verfahren im Raum Dresden können wir eine aussagekräftige Schätzung ableiten. Dort haben nämlich 39 Geschädigte Grundschulden im Gesamtwert von 277 Millionen Euro übergeben.«

»Und lässt sich aus diesem Wert zuverlässig eine deutschlandweite Schadenssumme hochrechnen?«

»Gute Frage, Herr Hopp. Genau das versuchen unsere Experten. Derzeit gehen wir von rund 2,5 Milliarden Euro aus, wobei die Dunkelziffer leider sehr hoch ist. Aber diese Summe dürfte ungefähr hinkommen.«

Alexander Hopp pfiff beeindruckt durch die Zähne, obwohl er die Größenordnung längst kannte. Sein Mentor Franz Bernd Imbach und dessen Bankerfreund Dr. Jürgen Winter hatten aufgrund seiner Unterlagen schon geschätzt, dass es um Milliarden gehen müsse.

»Was halten Sie denn bei diesen Grundschuldbrief-Geschäften für besonders gefährlich?«

»Absolut toxisch sind diese Generalvollmachten, die die Geschädigten immer ausstellen müssen. Die erlauben den Betrügern, im Zusammenhang mit der Beschaffung der versprochenen Finanzmittel eigenmächtig alle möglichen Erklärungen abzugeben. Damit können die Bevollmächtigten dann machen, was sie wollen, sogar sogenannte Insichgeschäfte abschließen, die nur ihrem eigenen Vorteil dienen.«

»Aber wieso lassen sich die Leute auf so was ein? Das ist doch wohl durchschaubar. Oder etwa nicht?«

»Eigentlich schon. Aber durch die wirtschaftliche Not ist ihre Vernunft weitgehend ausgeschaltet. Außerdem erweckt die Einbindung von Notaren und Rechtsanwälten den Anschein der Seriosität. Vor allem unerfahrene Vertragspartner können sich nicht vorstellen, dass es auch unter Juristen jede Menge Kriminelle gibt.«

»Ehrlich gesagt, ist das auch für mich ziemlich neu«, gestand Hopp.

»Mir ist auch noch nicht ganz klar, wie die Täter organisiert sind. In all den Papieren tauchen immer wieder andere Firmen in unterschiedlichen Ländern und verschiedene Beteiligte auf. Können Sie mir das erklären?«

»Im Prinzip ja, aber nur mithilfe eines relativ komplizierten Organigramms«, erklärt der Hauptkommissar. »Unübersichtlichkeit ist nämlich ein wichtiges Element der Struktur wie des Konzepts der Bande. Das Geschäftsfeld ist genau deshalb international angelegt. Die Initiatoren versuchen immer, die einzelnen Tatvorgänge über mehrere Grenzen auszudehnen. Damit einerseits die Geschädigten unmöglich den Überblick behalten können und andererseits unsere Ermittlungen extrem erschwert werden.«

»Welche Länder spielen denn bei den internationalen Schiebereien die wichtigsten Rollen?«

»Im Zentrum steht Deutschland. Hier wird der Umsatz gemacht. Und von Deutschland aus führt der Weg meist nach Irland, manchmal auf die Kanalinseln und am Ende immer nach Italien. Genauer gesagt: nach Norditalien. Noch genauer: nach Mailand.«

»Klingt so, als ob sie auch die Hintermänner schon kennen würden.« Hopp war gespannt, ob Schick ihm auch zu diesem Aspekt Auskunft geben würde.

»Im Prinzip schon. Nach unseren Erkenntnissen sind es drei, zwei von ihnen sind vorbestraft. Der Kopf der Bande scheint ein Deutscher zu sein, gegen den mittlerweile drei internationale Haftbefehle vorliegen. Trotzdem ist er weiter auf freiem Fuß und macht seine monströsen Geschäfte. Wir haben zwar eine Menge aussagekräftiger Indizien, aber keine handfesten Beweise, keine konkreten Papiere, die ihn eindeutig belasten. Wo er sich gerade aufhält, wissen wir leider auch nicht. Solange die italienischen Kollegen nicht mitspielen, kommen wir einfach nicht an ihn heran.«

»In meinem Material taucht häufiger die Unterschrift eines deutsch klingenden Namens auf. Der Mann selbst wurde aber bei allen Fällen, die ich recherchiert habe, nie persönlich gesehen. Könnte er das sein?«

»Vielleicht. Erinnern Sie sich an den Namen?« Schick rutschte gespannt auf die Vorderkante seines Stuhls.

»Moment.« Hopp dachte kurz nach. »Britsch oder Borsch oder Brasch. So richtig fällt es mir jetzt nicht ein.«

Schick lachte. »So ähnlich. Heinrich F. Bartsch heißt die vermeintliche graue Eminenz. Wenn wir ihn kriegen, ist vermutlich die ganze kriminelle Vereinigung im Eimer. Und das ist natürlich unser Ziel.«

Alexander Hopps Wissensdurst war für den Augenblick gestillt. Er begann, seine Unterlagen wieder in die Aktentasche zu packen.

»Wie ich sehe, haben Sie fürs Erste genug erfahren. Darf ich denn wissen, ob Sie unser Kooperationsangebot annehmen?«

Schick sah Hopp neugierig an.

»Ja, dürfen Sie.« Hopp ließ einige Sekunden verstreichen. »Der Testlauf war sehr positiv. Ich bin dabei. Ich wüsste nicht, was dagegen sprechen sollte.«

»Dann werden wir sehr bald auf Sie zukommen. Falls Sie vorher Gesprächsbedarf oder Hilfe nötig haben, wenden Sie sich bitte direkt an die Kollegin Jana Jäger. Sie ist sehr engagiert und wird Ihnen ab sofort zur Seite stehen. Hier sind ihre Kontaktdaten.«

36. Treffen mit Kontaktperson

Gleich am nächsten Morgen rief Hopp die Polizistin an, die ihn nun bei seinen weiteren Recherchen unterstützen sollte. Grundsätzlich stand er dieser Idee aufgeschlossen gegenüber, zumal sein journalistischer Partner Jochen Teller bis auf Weiteres auszufallen schien. Er hatte ihn bisher weder telefonisch erreichen können, noch hatte der Kollege irgendwie auf seine Kontaktversuche reagiert. Mittlerweile machte Hopp sich große Sorgen.

Jana Jägers Stimme wirkte selbstbewusst und fröhlich. Alexander Hopp war gespannt, wie die junge Frau wohl aussah. Zu oft war er entäuscht, wenn er eine Person das erste Mal traf, deren Stimme ihm zuvor am Telefon besonders gefallen hatte. Selten entsprach die Realität den Erwartungen.

Um keine Zeit zu verlieren, verabredeten sie sich direkt für 12 Uhr 30 zum Mittagessen im *Spielplatz,* einem von Hopps Lieblingslokalen in der Kölner Südstadt, in unmittelbarer Nähe des Rheinauhafens. Er wollte diese Polizistin möglichst schnell kennenlernen, um zu beurteilen, ob er ihr vertrauen könne. Und er wollte von ihr wissen, wie und wann sie ihn konkret unterstützen könne, welche Formen und Dimensionen der Zusammenarbeit überhaupt möglich seien.

Eine knappe Viertelstunde saß er nun schon allein an einem Zweiertisch in der hintersten Ecke der Wirtschaft, als eine attraktive junge Frau den Gastraum betrat: groß, schlank, mit federndem Gang, wahrscheinlich Anfang zwanzig. Die kastanienbraunen Haare trug sie schulterlang, der Pony verlieh ihrem hübschen Gesicht einen vorwitzigen Ausdruck. Weiße Tennisschuhe, eine enge hellblaue Jeans und ein dunkelblaues Sweatshirt betonten ihre sportliche Erscheinung. Sie gefiel Hopp auf den ersten Blick ausgesprochen gut – und sie setzte sich mit leicht geröteten Wangen zu ihm an den Tisch.

»Guten Tag, Herr Hopp. Entschuldigen Sie bitte die Verspätung.«

Auf dich hätte ich noch Stunden gewartet, dachte er, sagte aber gelassen: »Kein Problem. Sie sind ja im akademischen Viertel geblieben. Das passt schon. Woher wussten Sie denn, dass ich Ihre Verabredung bin?«

»Ich sehe hier keinen anderen Herrn mehr allein im Lokal sitzen.« Tatsächlich waren alle anderen Tische von mehreren Personen besetzt. »Außerdem habe ich im Internet einige Fotos von Ihnen gefunden, die allerdings nicht besonders vorteilhaft sind«, antwortete sie schlagfertig.

»Darf ich fragen, wie Sie es in Ihrem jungen Alter schon zur Kriminalkommissarin gebracht haben?«

»Gar nicht. Ich stecke mitten im dualen Studium, das man für die Laufbahn bei der Kriminalpolizei absolvieren muss. Derzeit bin ich erst Kommissaranwärterin.«

»Duales Studium? Was heißt das?« Hopp hatte nicht den blassesten Schimmer, wie Polizisten ausgebildet wurden.

»Das Studium findet an der Fachhochschule der Polizei statt und dauert drei Jahre. In meinem Fall hier in Köln. Die hiesige Fachhochschule ist übrigens die größte in ganz Nordrhein-Westfalen. Die theoretische Ausbildung wird immer wieder durch Praxisphasen ergänzt, damit wir das frisch erworbene Wissen gleich anwenden können.«

»Dann bin ich mit meinen Grundschuldbrief-Recherchen für Sie also quasi eine Praxisphase?«

Jana Jäger lachte. »Ganz genau. Treffender hätte ich es nicht formulieren können.«

»Und wie kommt es, dass Sie während Ihrer Ausbildung schon für das BKA arbeiten dürfen?«

»Das hat persönliche Gründe.« Sie senkte verlegen den Blick.

»Darf ich wissen, um welche Gründe es sich handelt?« Hopp erwartete, dass jetzt eigentlich eine peinliche intime Beichte fällig wäre, um die sie sich wohl herumdrücken würde.

Nachdenklich kaute Jana Jäger auf der Unterlippe. »Warum nicht?« Sie zuckte langsam die Schultern. »Erwin Schick kennt mich seit zwanzig Jahren, er ist mein Patenonkel. Nur durch sein leuchtendes Vorbild und seine Überzeugungskraft bin ich überhaupt zur Polizei gegangen.«

»Ist diese operative Verstärkung für mich, wie er es mir gegenüber ausgedrückt hat, denn Ihr erster Einsatz für den Onkel?«

»Nein, der dritte. Anscheinend habe ich mich bei den ersten beiden Fällen nicht allzu doof angestellt, sonst würde ich kaum hier sitzen. Onkel Erwin war jedenfalls sehr zufrieden und vertraut mir.«

»Okay. Dann bin ich sicher, dass ich das auch sein werde. Wollen Sie mir etwas von sich erzählen? Wenn ich mit jemandem eng zusammenarbeite, dann will ich ihm oder ihr vertrauen können. Und dafür muss ich die Person einigermaßen kennen.«

»Das verstehe ich, mir geht es schließlich genauso. Deshalb würde ich im Gegenzug auch gern mehr über Sie erfahren.«

Und dann schilderte Jana Jäger ihre glückliche Kindheit im Bergischen Land und ihre Liebe zum älteren Bruder, der sie immer beschützt und früh für Sport begeistert hatte. Nachdem sie mehrere Disziplinen ausprobiert habe, habe sie sich für Judo entschieden, was vielleicht die beste Wahl ihres Lebens gewesen sei. Denn sie habe Talent und ungewöhnlich schnell beachtliche Erfolge erzielt. So sei sie vorletztes Jahr Deutsche Meisterin der Juniorinnen geworden und habe an den Europameisterschaften und an zwei internationalen Turnieren teilgenommen. Schon mit 19 hatte sie den vierten Dan erreicht, einen ungewöhnlich hohen Rang für Nachwuchsjudokas. »Alle Trainer und Verbandsfunktionäre sagen mir, dass ich mit meinem Talent bald den fünften und sechsten Dan erreichen könne und dass ich die Qualifikation für die Olympiade schaffen und sogar große Titel holen könne.« Sie hielt kurz inne und runzelte die Stirn. »Aber dafür müsste ich mindestens fünfmal die Woche auf der Judomatte stehen und zusätzlich jeden Tag stundenlang Laufeinheiten und Krafttraining absolvieren. Das schaffe ich allerdings während der anspruchsvollen Ausbildung nicht mehr.«

»Haben Sie den Leistungssport denn jetzt an den Nagel gehängt?«

»Nein, das nicht. Ich bin immer noch leidenschaftlich gern aktiv, trainiere aber nicht mehr so intensiv. Momentan bin ich trotzdem noch die Beste in unserer Mannschaft.«

Sie sah Alexander Hopp auffordernd an. »Überzeugen Sie sich doch einfach selbst davon. Am kommenden Sonntag ist ein interessantes internationales Turnier in Leverkusen, in der Ostermann-Arena. Ich würde mich freuen, wenn Sie mich anfeuern kämen.«

»Das mache ich, versprochen! Für Sport habe ich selbst eine große Schwäche. Früher habe ich mit Begeisterung Handball gespielt, die letzten drei Jahre sogar in der höchsten Spielklasse der Junioren. Dann wurde mir das alles zuviel – und auch viel zu hart, muss ich gestehen. Die Verletzungen nach wichtigen Spielen häuften sich in unserer Mannschaft. Danach habe ich etliche andere Sportarten ausprobiert.«

»Welche waren das denn?«

»Leichtathletik, Schwimmen, Bogenschießen und sogar Kunstradfahren. Aber keine davon hat mich richtig begeistert. Wenn kein Ball im Spiel ist, fehlt mir eindeutig die Motivation. Heute bin ich nur noch passiv aktiv – als großer Fan des 1. FC Köln. Für mehr bleibt mir auch keine Zeit. Aber das Problem, sportliches Engagement und berufliche Karriere unter einen Hut zu bringen, kennen Sie ja jetzt auch.«

Das Eis war gebrochen. Sie sprangen von einem Thema zum nächsten.

Der Stoff schien ihnen nicht auszugehen.

Als sie Hunger bekamen, bestellten sie beide das gleiche Gericht. Nach dem Dessert kam eine Flasche Rotwein auf den Tisch: Cannonau di Sardegna, Hopps Lieblingswein. Als die Flasche geleert war, orderte er Nachschub. Er war von dieser jungen Frau fasziniert.

Erst am frühen Abend verließen sie angeheitert das Lokal. Da waren sie längst per Du.

37. Chaos im Verlag

Beseelt vom erfreulichen Wochenende, Alexander Hopp hatte Jana Jäger beim Judoturnier in Leverkusen kämpfen und anscheinend mühelos siegen sehen, was sie anschließend in der Kölner Südstadt gemeinsam feierten, erwischte ihn im Büro eine kalte Dusche.

»Da bist du ja endlich!« Susanne, die Assistentin im Vorzimmer der Chefredaktion, wirkte ungewöhnlich aufgeregt, als Hopp wie immer seinen Kopf durch den Türrahmen steckte, um ihr einen guten Morgen zu wünschen. »Felix Becker will dich sofort sprechen.«

»Wieso das denn? Was ist hier los?«

Er konnte diese Hektik nicht nachvollziehen. Montags kam er selten vor zehn Uhr in die Redaktion. Und jetzt war es gerade Viertel vor zehn.

»Geh noch schnell in den hinteren Flur und in dein Büro und dann wirst du es ja sehen. Komm aber sofort zurück, sonst rastet der Chef womöglich aus. So aufgewühlt habe ich ihn echt noch nie gesehen.«

Das Chaos war unbeschreiblich. Überall lagen verkohlte Papierreste und angebrannte, umgestürzte Möbel herum. Bei den stehengebliebenen Schränken und Schreibtischen waren alle Schubladen herausgezogen und ausgekippt worden. Sein Büro war völlig verwüstet. Der scharfe Brandgeruch war kaum zu ertragen. Offensichtlich waren Unbekannte in die Redaktionsräume eingestiegen, wahrscheinlich am Sonntag, als wie immer niemand im Verlag war. Sie hatten alles auf den Kopf gestellt und nach irgendetwas gesucht. Alexander Hopp ahnte, wonach – und wusste, dass sie es nicht hatten finden können. Weil es zum größten Teil sicher in einem Kölner Banktresor lagerte und zum anderen Teil in seinem Keller.

»Mann, Mann, Mann. Was für eine grandiose Scheiße«, sagte der Chefredakteur, als Alexander Hopp in sein Büro trat. »So was hatten wir überhaupt noch nie. Was sollen wir denn jetzt machen?«

Felix Becker sah extrem mitgenommen aus. Er war verschwitzt, hatte dunkle Ringe unter den Augen, und die sonst tadellose Frisur war zerzaust.

»Das weiß ich leider auch nicht, Chef«, antwortete Hopp kleinlaut. Irgendwie fühlte er sich für das Tohuwabohu verantwortlich.

»Ist denn was geklaut worden?«

»Ja, schon. Zwei Macintosh-Computer, ein Nagra-Tonband und die Handkasse im Büro deines Ressortleiters. Mehr haben wir bisher noch nicht feststellen können. Aber darum ging es den Einbrechern doch garantiert nicht.«

»Das nehme ich auch an. Aber wenn es um das Material meiner Geschichte ging, konnten sie es hier nicht finden. Das lagert an verschiedenen Plätzen in der Stadt, Teile sogar in einem massiven Tresor. Bei dem Bankerfreund von FBI.«

»Das wusste ich gar nicht«, sagte Becker verwundert. »Dann sind die Geräte und das Geld wohl nur zur Ablenkung mitgenommen worden, um einen normalen Einbruchdiebstahl vorzutäuschen. Und die Verwüstungen und die Brandstiftung sind wahrscheinlich aus purem Frust geschehen, weil die Kerle ihr eigentliches Ziel verfehlt haben. Wenigstens ist dabei kein Mitarbeiter zu Schaden gekommen. «

»So wird es wohl sein, Chef. Für ein bisschen gebrauchte Bürotechnik und ein paar Euro Bargeld bricht doch niemand irgendwo ein. Es kann nur um die Unterlagen meiner Grundschuldbrief-Geschichte gegangen sein.«

»Aber wieso? Das verstehe ich nicht. Der Riesenbetrug ist doch mittlerweile enthüllt, der detaillierte Bericht längst veröffentlicht. Das Kind liegt aus deren Sicht sozusagen im Brunnen.«

»Es ist aber vielleicht noch nicht ertrunken. Die Papiere müssen für die Bande noch einen Wert haben. Bestimmt stecken noch weiterführende brisante Informationen darin, die wir entweder übersehen oder noch nicht als solche erkannt haben.«

»Und was die Betrüger mit aller Macht verhindern wollen«, ergänzte der Chefredakteur.

»Das könnte eine Erklärung sein.«

»Deshalb wiederhole ich die Frage, was wir jetzt machen sollen«, sagte Becker. »Den Schwanz einklemmen? Die weitere Berichterstattung aufgeben? Oder die Sicherheitsvorkehrungen verschärfen und weitermachen?«

»Das kann ich nicht entscheiden, Chef. Mit den Eindrücken von den Verwüstungen hier will ich erst einmal darüber ...«

Das Telefon auf Beckers Schreibtisch klingelte.

Der Chefredakteur nahm ab, hörte stirnrunzelnd zu und sagte nur, »Wenn Sie meinen ...«, ehe er auflegte.

Hopp sah ihn verwundert an.

»Das war unser verehrter Verlagsgeschäftsführer Schulthauser«, erklärte Felix Becker. »Er meint, diese Katastrophe habe er von Anfang an befürchtet, und wir hätten besser die Finger von der Sache gelassen. Jetzt sei aber endgültig Schluss. Er erlaube keine einzige Zeile mehr über dieses unselige Grundschuldbrief-Gedöns.«

38. Schlaflos in Köln

Am Abend lief Alexander Hopp fast zwei Stunden kreuz und quer durch den Grüngürtel, um über die vertrackte Gesamtsituation nachzudenken. Auf Jochen Tellers Haus war ein Anschlag verübt worden, zusätzlich war sein Auto aufgebrochen und darin eine scharfe schriftliche Warnung abgelegt worden. Seither war er mit Frau und Sohn spurlos von der Bildfläche verschwunden.

Nun war am Wochenende auch in der Redaktion eingebrochen und ein Brand gelegt worden. Wichtige Papiere hatten die Einbrecher nicht finden können, doch der Sachschaden war groß. Und die psychische Wirkung auf alle Beteiligten war sicher weit größer. So hatte der Verlagsgeschäftsführer bereits jede weitere Berichterstattung über den Grundschuldbrief-Betrug untersagt. Auch der Chefredakteur Felix Becker wirkte ungewöhnlich verunsichert.

Ob die Gauner ihn mittlerweile hatten identifizieren können und ob er deshalb in ernster Gefahr schwebte, wusste Hopp zwar nicht, es war aber nicht auszuschließen. Dass er nun tatkräftige Unterstützung vom BKA erhielt, war einerseits hilfreich für die Recherchen und andererseits wirkungslos: Er durfte offiziell nicht mehr über die Betrugsserie berichten, und seine persönliche Sicherheit verbesserte es auch nicht.

Weitermachen oder aufgeben?

Das war die entscheidende Frage, die er noch immer nicht beantworten konnte. Aufgewühlt kam er nach Hause.

Gegen zwei Uhr morgens schreckte er schweißgebadet aus dem Schlaf. Kopfkissen und Decke waren patschnass. Er zitterte am ganzen Leib. Er hatte geträumt und fühlte sich ungewöhnlich heftig gestresst. Einen derartigen Albtraum hatte er noch nie gehabt.

Er musste wichtige Unterlagen zur Kriminalpolizei bringen, um damit die Untersuchungshaft für einen Schwerverbrecher bei Gericht beantragen zu können. Der Mann war 22 Stunden zuvor festgenommen worden und schwieg beharrlich. Ohne Geständnis reichten die Verdachtsmomente für eine Verhaftung nicht aus. Hopps Recherchematerial konnte das Blatt wahrscheinlich noch wenden. Die Kripo brauchte es also dringend. Sonst musste sie den Verbrecher in spätestens zwei Stunden laufen lassen.

Der Zeitdruck war enorm, die Uhr lief und lief, aber irgendwie kam er überhaupt nicht vom Fleck. Zuerst sprang das Warmwasser im Bad nicht an, vergeblich versuchte er, es wieder in Gang zu bringen. Dann verbrannte er sich die linke Hand am siedendheißen Kaffeewasser, die er mit Salbe und Verband versorgen musste. Mit nur einer einsatzfähigen Hand zog sich die Prozedur ewig hin. Danach fand er zu allem Überfluss seinen Autoschlüssel nicht. Schließlich, als er schon eine gute Stunde vergeudet hatte, rannte er panisch aus dem Haus, seine Aktentasche unter dem Arm, den Schlüsselbund in der rechten Hand – und ansonsten völlig nackt. Alle Passanten starrten ihn entgeistert an.

Um sich zu beruhigen und um den ekligen Schweiß abzuwaschen, stellte er sich zehn Minuten lang unter die Dusche. Danach ging es ihm etwas besser. Aber an Schlaf war vorerst nicht zu denken. Also nahm er sich ein Kölsch aus dem Kühlschrank und setzte sich vor den Fernseher. Er zappte sich vor und zurück durch alle Sender, fand aber kein Programm, das ihm gefiel. Lesen war auch keine Option, um auf andere Gedanken zu kommen; in seiner jetzigen Verfassung würde er sich kaum auf einen Text konzentrieren können.

Also schaltete er den Apparat aus, zog sich an und verließ das Haus. Ein nächtlicher Spaziergang durch das schlafende Köln könnte ihn noch am ehesten zurück in die Spur bringen.

39. Suche nach Teller

Rund zwei Dutzend weitere Betrugsopfer hatten sich in der Redaktion des *Profit*-Magazins gemeldet, seit Hopps erster Bericht über die perfide Betrugsmasche erschienen war. Die Hälfte von ihnen hatte sogar schon Kopien ihrer Verträge und Briefwechsel geschickt.

Der Artikel hatte wie eine Bombe eingeschlagen.

Doch wie sollte Hopp nun mit dem wertvollen Material umgehen? Ihm waren die Hände gebunden, nachdem Verlagsleiter Johannes Schulthauser kategorisch untersagt hatte, die Enthüllungsgeschichte fortzusetzen. Sein Chefredakteur hatte diese Anweisung weder bekräftigt noch aufgehoben. Er hatte sie einfach kommentarlos mit brüchiger Stimme an Hopp weitergegeben. Aber sein Gesichtsausdruck sprach in diesem Augenblick Bände. Auch wenn Becker sich selbst nicht sicher war, ob es gut und richtig war, die Sache weiterzuverfolgen, konnte er es grundsätzlich nicht ausstehen, wenn ihm von höherer Stelle in seine chefredaktionelle Kompetenz hineinregiert wurde.

Würde Felix Becker ihn deshalb aus Prinzip decken, wenn er heimlich auf eigene Faust weiter recherchieren würde? Wie könnte er das anstellen, ohne aufzufliegen? Und wollte er das überhaupt? Nicht erst seit dem Albtraum der vergangenen Nacht war Alexander Hopp hin- und hergerissen.

Wenn die Recherche trotz aller Bedenken vertieft werden sollte, mussten die Informationen der neuen Fälle mit den bisherigen Ergebnissen abgeglichen werden.

Das könnte Jana für ihn erledigen. Sie wollte sowieso die Aufgabe übernehmen, aus Hopps Material alle Papiere herauszusuchen, die für Schicks BKA-Truppe relevant sein könnten. Bei dieser

Gelegenheit konnte sie die Sendungen der Nachzügler gleich mitverwerten. Er selbst würde bei all den Arbeiten nicht in Erscheinung treten, wenn sie in den Räumen der Bank stattfinden könnten, was sehr praktisch wäre. Dann würde auch Johannes Schulthauser von den heimlichen Aktivitäten nichts mitbekommen. Und selbst wenn, hätte das wohl keine Konsequenzen. Jana war Polizistin. Ihr hatte der Verlagsgeschäftsführer nichts vorzuschreiben.

Dr. Jürgen Winter ging direkt an sein Telefon, als Alexander Hopp ihn anrief. »Ah, der Herr Hopp«, sagte der Banker fröhlich. »Ich habe Ihre Geschichte gelesen. Alle Achtung, da haben Sie ja einen großen Wurf gelandet. Und fachlich sind kaum Fehler darin.«

»Danke für die Blumen, aber leider sind massive Kollateralschäden entstanden.«

»Tatsächlich? Welche denn?«

»Mein journalistischer Partner ist verschwunden, nachdem auf sein Haus ein Anschlag verübt worden ist. Und auch in unser Verlagsgebäude sind Leute eingestiegen und haben mehrere Räume komplett verwüstet und in Brand gesteckt.«

»Dann haben die Einbrecher vielleicht nach den Unterlagen gesucht, die hier sicher im Tresor liegen«, folgerte Winter. »Gut, dass wir so vorsichtig waren.«

»Ja, das war eine super Idee von Ihnen«, sagte Hopp. »Nach der Veröffentlichung haben sich noch etliche andere Betrugsopfer bei uns gemeldet. Deren Unterlagen haben die Täter aber auch nicht finden können, weil alles derzeit in meinem Keller liegt. Die würde ich sicherheitshalber auch gern in Ihren Safe schaffen. Wäre das in Ordnung?«

»Kein Problem. Das hätten Sie ruhig schon früher tun können. Es wäre doch ziemlich naheliegend, auch bei Ihnen zu Hause danach zu suchen.«

»Aber nur, wenn die Betrüger meine Identität kennen. Und ich hoffe doch sehr, dass das nicht der Fall ist. Ich habe allerdings noch ein weiteres Anliegen, Herr Dr. Winter.«

»Nur heraus damit.«

»Das Bundeskriminalamt hat sich gemeldet und will mit mir kooperieren. Zuerst sollen BKA-Mitarbeiter das Material sichten und alles Interessante kopieren. Dürfte das auch in Ihrer Bank stattfinden? Damit wir nicht mit den ganzen Unterlagen umziehen müssen. Könnten Sie uns dafür einen Raum zur Verfügung stellen?«

Dr. Winter dachte einige Sekunden nach, für Hopps Geschmack deutlich zu lange. Dann stimmte er zu.

»Das kriege ich hin. Wann soll die Aktion denn stattfinden?«

»Wenn möglich, morgen.«

Punkt neun Uhr am nächsten Morgen stand Hopp mit zwei Bananenkartons voller Papiere und in Begleitung von Jana Jäger in der Tür zum Büro von Dr. Jürgen Winter.

»Da sind Sie ja schon, Hopp. Sie meinen aber wirklich ernst, was Sie so ankündigen.« Der Banker lachte.

Dann fiel sein Blick auf Jana, und der Gesichtsausdruck verklärte sich geradezu. Sie gefiel ihm. Sehr sogar. Eindeutig. Es schien ihn große Mühe zu kosten, seine Begeisterung zu kontrollieren.

»Darf ich vorstellen«, sagte Hopp schnell, »das ist die Polizistin Jana Jäger, die im Auftrag des BKA alle Unterlagen durchsehen und auswerten wird. Auch die neuen Papiere, die ich hier in den Kisten mitbringe.«

Dr. Winter stand auf, begrüßte Jana mit sanftem Handschlag und führte beide in den Vorraum des Tresors, wo Hopps Material schon bereitstand. Dann fragte er, ob sie noch irgendetwas für ihre Arbeit benötigten, und verzog sich wieder in sein Büro.

»Ich hoffe, dass der Gute dich nicht pausenlos hier besucht. Sonst kommst du ja zu nichts«, sagte Hopp besorgt.

»Das kriege ich schon hin, Alex. Er wäre nicht der erste Verehrer, den ich in aller Freundlichkeit abwimmle.« Jana tätschelte ihm beruhigend die linke Schulter. »Aber ein bisschen merkwürdig finde ich diesen Typen schon.«

»Wieso?«

»Kann ich noch nicht so genau sagen. Bauchgefühl. Weibliche Intuition.«

»Na gut, dann lasse ich dich mal allein. Wenn es etwas Besonderes gibt, ruf einfach an. Ich werde mein Handy den ganzen Tag im Blick behalten.«

Anschließend machte sich Hopp auf die Suche nach Jochen Teller. Er hatte seinen Partner noch immer nicht erreichen können und mittlerweile ein sehr schlechtes Gewissen, weil er noch nichts unternommen hatte, um ihn zu finden.

Zuerst fuhr er mit seinem Wagen zu Tellers Adresse in Köln-Brück. Das Haus sah irgendwie verlassen aus, obwohl noch alle Möbel an ihren Plätzen standen, wie er durch mehrere Fenster sehen konnte. Aber drinnen war es mucksmäuschenstill, kein Geräusch war zu hören, keine Stimme, keinerlei Musik. Auch der Briefkasten quoll verdächtig über.

Hopp klingelte mehrmals energisch. Keine Reaktion. Dann kletterte er über das brusthohe Gartentörchen, um hinter das Haus zu kommen. Doch auch von dort aus war kein Lebenszeichen auszumachen.

Danach ging er zu den direkten Nachbarn links und rechts sowie auf der gegenüberliegenden Straßenseite. Zweimal wurde ihm geöffnet und bereitwillig Auskunft gegeben. Aber die Leute hatten seit Tagen niemanden von den Tellers gesehen. Wieso, wussten sie nicht. Abgemeldet hätten diese sich nicht. Eine Abreise mit großem Gepäck hätten die Nachbarn ebenfalls nicht bemerkt. Und das demolierte Auto stand noch in der Einfahrt.

Im Büro rief Alexander Hopp wieder Volker Eimermacher an, den Redaktionsleiter beim WDR, für den Jochen Teller zuletzt gearbeitet hatte.

»Gibt es irgendetwas Neues?«, fragte Eimermacher sofort. Diesmal wirkte er deutlich empathischer als bei ihrem letzten Telefonat.

»Das wollte ich Sie fragen«, antwortete Hopp enttäuscht. Dann schilderte er seine Eindrücke vom Wohnhaus der Familie.

»Das hört sich nicht gut an. Hier weiß leider auch niemand, wo der Kollege Teller stecken könnte. Ich habe mittlerweile das ganze Team befragt, inklusive Techniker und Verwaltungsleute.«

»An wen könnte ich mich denn sonst wenden? Ich kenne Jochen doch noch nicht so lange. Fällt Ihnen jemand ein?«

»Manchmal hat Teller auch für Radio Bonn/Rhein-Sieg gearbeitet. Sein Auftraggeber dort heißt Stammel oder Stommel, soweit ich mich erinnere. Vielleicht weiß der was oder kennt zumindest jemanden, der Teller besser kennt. Wir leben schließlich im Rheinland.«

Auch die Gespräche mit besagtem Herrn Stommel und einer freiberuflichen Reporterin, deren Kontaktdaten der Radiomann bereitwillig herausrückte und die angeblich seit Jahren mit Teller befreundet war, brachten kein Ergebnis. Beide hatten sich ebenfalls bereits im Kollegenkreis umgehört und keine Spur von ihm finden können. Die Freundin war sogar regelrecht beleidigt, dass Jochen sich einfach aus dem Staub gemacht habe, wie sie vermutete, ohne ihr Bescheid zu sagen und sich anständig zu verabschieden.

Spätestens nach dieser ergebnislosen Suche war sich Hopp sicher, dass Teller und seiner Familie etwas zugestoßen sein musste. Andernfalls, wenn er sich und seine Lieben nur spontan in irgendein Versteck gebracht hätte, dann hätte er ihm doch zumindest ein Lebenszeichen zukommen lassen.

Oder doch nicht? Sicherheitshalber nicht?

Das Klingeln des Mobiltelefons riss Hopp aus seinen düsteren Gedanken.

Jana rief an. Sie klang ziemlich aufgeregt, sie hatte Wichtiges zu berichten.

»Ich habe zwei Nachrichten.«

»Lass mich raten – eine gute und eine schlechte.«

»Stimmt. Und womit soll ich anfangen? Wie immer? Mit der schlechten?«

»Meinetwegen. Leg los.«

»Von dem in der Bank eingelagerten Material fehlt ein Ordner. Es waren exakt zehn Stück, da bin ich mir ganz sicher. Jetzt sind es nur noch neun.«

»Das kann nicht sein«, antwortete Hopp perplex. »Wie soll der Ordner denn aus dem Tresor verschwunden sein? Und wo soll er jetzt stecken?«

»Das weiß ich natürlich auch nicht«, erwiderte Jana aufgeregt. »Aber irgendwer muss ihn weggenommen haben! Außer Dr. Winter weiß hier in der Bank kaum jemand von den Unterlagen und ihrer Bedeutung. Bei diesem Winter hatte ich aber gestern sofort ein komisches Gefühl.«

»Wieso sollte er das Material weggenommen haben? Das kann ich mir absolut nicht vorstellen.«

»Ich kann es dir momentan auch nicht erklären. Aber ein Ordner fehlt. Das ist Fakt!«

»Okay. Wenn du dir so sicher bist, dann müssen wir deinem Verdacht unbedingt nachgehen. Ich werde auf jeden Fall mit FBI darüber sprechen. Vielleicht hat er eine Erklärung dafür. Und deinen Onkel Erwin sollten wir auch fragen, ob das BKA etwas über Winter weiß.« Hopp stockte kurz. »Was ist denn die gute Nachricht?«

»In dem Wust an neuen Unterlagen habe ich ein Dokument entdeckt, das ich ziemlich ungewöhnlich finde – in mehrerlei Hinsicht.«

»Warum denn? Spann mich bitte nicht auf die Folter.«

»Weil es anscheinend von einem Drahtzieher dieser kriminellen Organisation stammt und auf den mutmaßlichen Chef höchstpersönlich ausgestellt ist, auf Heinrich F. Bartsch. So heißt doch der Kerl, den mein Patenonkel für den Kopf der Bande hält.«

»Ja, Jana. Was ist das denn für ein Dokument?«

»Eine Generalvollmacht für diesen Herrn, um eine Grundschuld im Wert von sage und schreibe fünfundzwanzig Millionen

Euro wirtschaftlich zu verwerten. Natürlich von dem Eigentümer, einem mittelständischen Metallbauer, unterschrieben, aber auch von diesem Bartsch selbst gegengezeichnet.«

»Wahnsinn!« Alexander war für einen Moment sprachlos. Dieses brisante Papier musste er übersehen haben. Oder es stammte aus einem der neueren Fälle, die er noch gar nicht ausgewertet hatte. »Das wird Erwin Schick und sein Team bestimmt brennend interessieren.«

»Dessen bin ich mir auch sicher. Vielleicht kann es meine Wiesbadener Kollegen sogar auf die Spur von Bartsch bringen, wenn zum Beispiel seine Fingerabdrücke drauf sind.« Jana war sehr zufrieden.

»Dann werde ich Schick schnellstens über den spektakulären Fund informieren«, sagte Hopp. Danach berichtete er enttäuscht von seiner ergebnislosen Suche nach Jochen Teller.

»Kannst du nicht irgendetwas Polizeiliches in der Angelegenheit unternehmen?«, fragte er Jana.

»Klar. Ich werde umgehend die Vermisstenmeldung anschieben. Versprochen!«

»Danke dir! Was würde ich nur ohne dich machen?«

»Keine Ahnung. Vermutlich nichts Bedeutendes.« Sie lachte kurz. »Was hältst du eigentlich davon, wenn ich dich bis auf Weiteres in Vollzeit unterstütze? Deine Grundschuldbrief-Sache ist echt spannend.« Dass sie dieses Praxis-Modul vor allem wegen Alexander besonders interessant fand, behielt sie lieber für sich.

»Nichts dagegen. Beziehungsweise viel dafür! Ich werde deinen Onkel gleich darum bitten.«

40. Früchte der Kooperation

Zufrieden lehnte sich Alexander Hopp in seinem Schreibtischstuhl zurück und verschränkte die Arme hinter dem Kopf. Der Fund dieser Generalvollmacht für Bartsch konnte der Durchbruch sein. Damit konnten die BKA-Leute den Chef des Betrügerrings womöglich überführen. Und Hopp würde sich riesig darüber freuen, wenn ausgerechnet sein Artikel das entscheidende Beweisstück zutage gefördert hätte.

Aber konnte er das Erwin Schick jetzt überhaupt schon mitteilen? Der BKA-Beamte wusste doch noch gar nicht, dass er die angebotene personelle Unterstützung sofort weidlich ausgenutzt hatte, ohne ihn der guten Form halber darüber zu informieren.

Das würde er jetzt als Erstes erledigen und abwarten, wie er auf diese Nachricht reagierte. Wenn ihr Gespräch gut verliefe, könnte er Onkel Erwin gleich darum bitten, Nichte Janas Hilfe einstweilen erschöpfend in Anspruch nehmen zu dürfen.

Den Fund der spektakulären Generalvollmacht würde er dann beim nächsten Anruf melden. Vielleicht schon morgen. Salamitaktik hielt Hopp momentan für das Beste. Schließlich konnte er diesen Bundeskriminalbeamten noch nicht wirklich einschätzen. Und er wollte es sich auf keinen Fall mit ihm verscherzen.

Wieder ging der Hauptkommissar persönlich ans Telefon.

»Hallo, Herr Schick, ich möchte Ihnen nur kurz berichten, dass ich Jana Jäger bereits getroffen habe und ihr zutraue, dass sie mir eine wertvolle Hilfe sein kann. Und sie scheint sich auch sehr für meine Recherchen zu interessieren. Dürfte ich sie vielleicht sofort beschäftigen? Und auch vorübergehend für ein paar ganze Tage?«

»Selbstverständlich, sonst hätte ich Ihnen diese operative Unterstützung doch gar nicht erst angeboten, Herr Hopp.« Er schien sich über den Anruf zu freuen. »Prima, dass Sie Frau Jäger so kompetent und hilfreich finden. Aber ehrlich gesagt, war ich mir der Sache eigentlich von vornherein sicher, weil ich selbst ziemlich viel von ihr halte.«

»Das ist großartig, Herr Schick. Das freut mich. Besten Dank. Und Jana Jäger wird das bestimmt auch sehr freuen.«

»Davon gehe ich aus.«

»Zunächst werde ich sie alle meine Unterlagen systematisch sichten lassen, damit sie eine Vorauswahl treffen kann, die wir Ihnen schicken werden.« Dass Jana das längst tat, behielt er für sich. »Wenn wir dabei überraschend Wichtiges entdecken, dann sage ich Ihnen natürlich sofort Bescheid.«

»Einverstanden, so machen wir das!«

Am nächsten Nachmittag war es dann soweit. Alexander Hopp rief Erwin Schick erneut an und informierte ihn über die außergewöhnliche Fundsache. Die Nachricht, dass ihm vielleicht ein eindeutiges Beweisstück gegen Heinrich F. Bartsch in die Hände falle, elektrisierte den BKA-Mann auf der Stelle. Hopp konnte es förmlich in der Telefonleitung knistern hören.

Schick bat Hopp, das Dokument umgehend sicher nach Wiesbaden zu schaffen. Am besten persönlich und vorsichtshalber in Begleitung von Jana Jäger, die dabei unbedingt ihre Dienstwaffe tragen solle.

Das Bundeskriminalamt müsse dieser sensationellen Spur sofort nachgehen.

Zum Schluss fragte Hopp wie beiläufig, ob Schick zufällig den Namen Dr. Jürgen Winter im Zusammenhang mit der Grundschuldbrief-Betrugsserie schon einmal gehört oder gelesen habe.

»Nicht, dass ich wüsste«, antwortete er wie aus der Pistole geschossen, »und ich habe eigentlich ein gutes Gedächtnis. Wer ist dieser Winter denn? Und was soll er mit der Angelegenheit zu tun haben?«

»Er ist Banker in Köln und kommt mir verdächtig vor. Ob er tatsächlich zu der kriminellen Organisation gehört oder irgendwie mit ihr zusammenarbeitet, weiß ich eben noch nicht.«

»Wieso verdächtigen sie ihn überhaupt?«

»Er ist mir als Finanzexperte empfohlen worden. Im Tresor seiner Bank lagern die Unterlagen, die ich mit einem weiteren Kollegen in den letzten Wochen zusammengetragen habe und die Jana Jäger gesichtet hat. Nun, dessen ist sie sich sicher, fehlt plötzlich ein ganzer Ordner.«

»Oha, Hopp, da könnte wirklich etwas faul sein. Ich werde einen meiner Leute auf den Mann ansetzen. Vielleicht kann ich Ihnen später, wenn wir uns treffen, schon mehr zu diesem Winter sagen.«

Zwei Stunden später machten sich Jäger und Hopp gemeinsam in seinem Privatwagen auf den Weg nach Wiesbaden. Dort übergaben sie dem Hauptkommissar Erwin Schick höchstpersönlich den Umschlag mit der wichtigen Fundsache. Der klopfte beiden anerkennend auf die Oberarme und strahlte zufrieden.

»Übrigens«, erklärte er dann zum Abschied, »über einen Dr. Jürgen Winter aus Köln wissen wir hier absolut nichts. Das scheint mir ein Fehlalarm zu sein. Wahrscheinlich liegt der fehlende Ordner noch irgendwo in der Bank.«

Bei der Rückfahrt gerieten sie in der Nähe von Limburg an der Lahn in einen monströsen Stau. Da sie großen Hunger hatten, verließen sie an der nächsten Ausfahrt die Autobahn und kehrten in einem gemütlichen Dorfgasthaus ein.

Während er paniertes Kotelett mit Bratkartoffeln aß, bekam er Appetit auf ein frisches Bier vom Fass.

»Dann bestell dir doch einfach eines«, sagte Jana trocken.

»Dann bekomme ich vielleicht Lust auf ein zweites und kann danach bestimmt nicht mehr fahren. Es ist schon spät, ich bin müde und das Bier macht mich sicher noch müder.«

»Dann bleiben wir halt hier.«

»Meinst du?« Hopp sah sie überrascht an. »Vielleicht gibt es ja noch zwei freie Zimmer.«

Jana schüttelte den Kopf und lächelte. »Nein, Alex, eines reicht uns, oder?«

41. Dreiste PR-Show

Seit fast einer Stunde saß Alexander Hopp am Morgen vor seinem Computer in der Redaktion und schaffte es nicht, sich auf seine Arbeit zu konzentrieren. Immer wieder schweiften seine Gedanken ab zu dem romantischen Vorabend und der ereignisreichen Nacht.

Jana und er waren nun ein Paar. Alexander war überglücklich.

Normalerweise ärgerte er sich schwarz über derart unproduktive Trödelei und beschimpfte sich selber.

Heute nicht.

Er holte sich einen großen Becher schwarzen Kaffee aus der Redaktionsküche und nahm einen neuen Anlauf. Endlich gelang es ihm, seine Recherche einigermaßen diszipliniert auf Heinrich F. Bartsch zu fokussieren. Trotzdem fand er im Internet kaum verwertbare Informationen über die graue Eminenz.

Deshalb schaltete er den Computer aus, nahm seine Aktentasche, verließ das Büro und ging zu Fuß zum Westdeutschen Rundfunk nahe dem Dom. Hier wollte er das gigantische Archiv der Sendeanstalt durchforsten. Der Redaktionsleiter Volker Eimermacher, mit dem er sich mittlerweile ganz gut verstand, hatte ihm den Zugang ermöglicht. Am späten Nachmittag, als er seine Nachforschungen fast schon aufgeben wollte, wurde er doch noch fündig: in einem dreiminütigen Beitrag aus einer Sportschau-Sendung vor einem knappen halben Jahr. Obwohl Bartsch auch damals schon per internationalem Haftbefehl gesucht wurde, präsentierte er darin ebenso dreist wie unbehelligt sein Racing-Team in Monte-Carlo – vor laufenden Kameras. Der Rennstall hieß wie die dubiose Holding in Dublin, in der die ergaunerten Wertpapiere immer landeten: First Choice.

Nun ergänzte Hopp die Recherche um den Begriff »First Choice Racing«, was ihn aber nicht entscheidend weiterbrachte. Das Team wurde in mehreren Sportnachrichten nur unter ferner liefen erwähnt, weil es bei drei Formel-1-Rennen hoffnungslos hinterherfuhr. Danach wurde es laut einer kurzen Teletext-Notiz abgemeldet. In allen Berichten tauchte Heinrich F. Bartsch nicht mehr auf.

Wer war dieser Mensch eigentlich? War er tatsächlich der Chef und hauptsächliche Nutznießer des Betrugsrings? Oder nur ein angestellter Geschäftsführer? Eine Marionette der Mafia? Wo hielt er sich auf? Und wie konnte es sein, dass ihn die italienische Polizei an seinem Wohnort nicht fand? Ließen die Carabinieri ihn vielleicht in Ruhe, weil er sie schmierte? Oder weil sie sich selbst vor der Mafia fürchteten? Anders war es kaum zu erklären, dass mehrere internationale Haftbefehle nie vollstreckt wurden.

Was konnte er, Alexander Hopp, mit den begrenzten Mitteln eines Wirtschaftsjournalisten noch ausrichten? War es überhaupt sinnvoll, Bartsch hinterher zu recherchieren? War es nicht viel zu gefährlich?

Der reine Wahnsinn.

Sein Chefredakteur Felix Becker hatte mittlerweile eine ganz klare Haltung zu diesem Thema, die er nicht für sich behielt. Alexander Hopp hatte seiner Meinung nach einen großartigen Job gemacht und einen milliardenschweren Betrugsfall glänzend recherchiert und weitgehend aufgedeckt. Sein Artikel war sensationell eingeschlagen. Dafür waren er persönlich, aber auch der Verlag, ein hohes Risiko eingegangen. Was der Verlag leider teuer bezahlen musste.

Hopp war jedoch bisher glücklich davongekommen. Und so sollte es auch bleiben.

Da der Geschäftsführer Johannes Schulthauser sich ohnehin längst gegen die weitere Verfolgung dieser spektakulären Geschichte sperrte, sollte jetzt endlich Schluss sein. Felix Becker wollte Alexander Hopp für ein paar Wochen in Urlaub schicken, damit er einerseits aus dem Blick der Kriminellen geriet und andererseits auf andere Gedanken kam. Danach sollte er wieder wie zuvor einfach seine wirtschaftspolitischen Artikel produzieren.

Zu Hopps Verblüffung war sein Mentor Franz Bernd Imbach exakt der gleichen Ansicht.

»Ich habe dir von Anfang an gesagt, dass kein Thema der Welt es wert ist, dafür seinen Arsch zu riskieren.« FBI schaute Alexander grimmig an. »Diesen Rat hast du mehr schlecht als recht befolgt. Und du hast damit Schwein gehabt, und zwar in zweierlei Hinsicht. Du hast einen tollen Artikel zustandegebracht und obendrein ist dir nichts passiert, Gott sei Dank.«

»Das weiß ich doch selbst«, antwortete Hopp patzig. »Sagen Sie mir lieber, was ich von Ihrem Freund Dr. Winter halten soll. Konnten Sie ihn auf den verschwundenen Ordner ansprechen? Und wie hat er das erklärt? Spielt er etwa ein doppeltes Spiel und arbeitet heimlich mit den Betrügern zusammen? Hat er mich womöglich sogar an diese Mafia verraten?«

»Ja und nein, Alex!« Imbach versuchte seinen aufgebrachten Schützling zu beruhigen. »Nach deinem Anruf habe ich Jürgen sofort zur Rede gestellt. Ziemlich energisch sogar. Er war sehr verlegen und hat sich tausendmal entschuldigt. Er hat den Ordner aus dem Verkehr gezogen, weil er darin völlig überraschend den Namen seines ältesten Schulfreundes entdeckt hat.«

Hopp sah Imbach entgeistert an. »Ja, und? Was ist denn das für ein Argument? Er kann doch nicht einfach meine Arbeitsergebnisse klauen und letztlich Ermittlungen behindern.«

»Natürlich nicht. Er wollte nur seinen Freund schützen. Verhindern, dass er in das Fadenkreuz der Polizei gerät. Er wollte ihn selbst zurück auf die gerade Bahn bringen. Deshalb hat er das Material versteckt, aber er hat es nicht weitergegeben. Mit den Verbrechern hat er absolut nichts zu tun. Selbstverständlich hat er dich nicht verraten!«

»Und das glauben Sie ihm?«

»Ja, Alexander. Ich kenne ihn schon lange und erkenne, wenn er lügt. Du kannst dich auf mich verlassen. Ich lege meine Hand für ihn ins Feuer.«

»An der Sie sich gerade ein paar Finger verbrannt haben.«

»Wenn du meinst, meinetwegen.« Imbach sah Hopp durchdringend an. »Können wir bitte wieder auf das eigentliche Thema zurückkommen? Auf deine Enthüllung der Grundschuldbrief-Betrügereien. Du hattest einen sensationellen Erfolg und damit sollte diese Geschichte für dich erledigt sein. Du kannst nicht auch noch den Gangsterboss jagen, damit überspannst du deutlich den Bogen. Halte jetzt bitte die Hufe still! Sonst bringst du dich in Lebensgefahr!«

»Ist das Ihr voller Ernst?« Alexander Hopp konnte es kaum glauben.

»Jawohl, Alex, mach jetzt einfach, was dein Chefredakteur dir vorschlägt. Nimm dir ein paar Wochen frei, fliege auf irgendeine sonnige Insel und lass den Herrgott einen guten Mann sein.«

»Und meine frischen Rechercheergebnisse? Soll ich die jetzt in die Tonne kloppen? Oder erstmal ruhen lassen?«

»Nein, natürlich nicht. Die übergibst du, wie schon alle vorherigen Unterlagen, an deinen Spannmann beim BKA und dann vergisst du am besten im Urlaub sofort, dass es so was wie Grundschuldbriefe überhaupt gibt.«

42. Kollegen suchen Kollegen

Die Sorge um den verschwundenen Kollegen Jochen Teller trieb Alexander Hopp förmlich um. Kaum eine Stunde, in der er nicht an ihn dachte. Nachts träumte er von beklemmenden Nachforschungen und gewalttätigen Attacken.

Noch einmal wollte er versuchen, eine konkrete Spur oder zumindest irgendeinen Hinweis auf seinen Verbleib zu finden. Wieder telefonierte er deshalb mit dem WDR-Redaktionsleiter Eimermacher und dem Redakteur Stommel bei Radio Bonn/Rhein-Sieg. Doch in den vergangenen zwei Tagen hatte sich nichts verändert, beide hatten weder etwas von ihm gehört noch aktiv einen Anhaltspunkt für seinen Aufenthalt recherchieren können.

Die freiberufliche Radioreporterin, die Teller angeblich gut kannte, hatte zumindest eine Idee. Inzwischen war ihr eingefallen, dass Teller vor Monaten bei einem gemütlichen Abend beiläufig erwähnt hatte, eine befreundete Steuerberaterin habe ein großes Anwesen auf Kreta gekauft, als Investition und wahrscheinlich künftigen Alterssitz. Bis dahin würde die Villa allerdings noch einige Jahre, von ein paar Wochen Urlaub abgesehen, die meiste Zeit leer stehen, was der neuen Besitzerin Sorgen machte. Ihr wäre es lieber gewesen, wenn dort ständig jemand lebte, der sich um Haus und Hof kümmern könnte. Und dann habe Jochen gesagt, wahrscheinlich eher im Scherz, vielleicht aber auch nicht, dorthin könne er prima verduften, wenn er einmal ernsthaften Ärger habe.

»Das könnte eine Möglichkeit sein«, sagte Hopp hoffnungsvoll. »Wissen Sie denn, wo auf Kreta die Villa steht?«

»Nein, leider nicht«, antwortete sie zerknirscht, »und ich habe auch keine Ahnung, wie man das herauskriegen könnte.«

»Auf Anhieb weiß ich das auch nicht«, sagte Hopp, »aber Freunde von mir haben schon oft auf der Insel Urlaub gemacht. Vielleicht haben sie dort Kontakte.«

»Auf Kreta?« Josephine war sofort Feuer und Flamme, als Alexander sie fragte, ob sie noch eine Idee habe, wie man dort den verschollenen Kollegen aufstöbern könne. Alle anderen Bekannten, von denen er angenommen hatte, sie könnten weiterhelfen, hatten passen müssen.

»Ist er denn aus freien Stücken dort?«

»Ich denke schon. Allerdings weiß ich gar nicht sicher, ob er sich tatsächlich auf Kreta aufhält. Es gibt halt nur den vagen Hinweis einer Freundin von ihm, dass er dort ein unbewohntes Haus kenne, in dem er sich zur Not verstecken könnte.«

»In welcher Stadt oder Gegend ist das denn?«

»Keine Ahnung. Kann man dort denn überhaupt ewas herausfinden, wenn es keinen konkreten Anhaltspunkt gibt?«

»Ja und nein. Auf Kreta geht alles oder nichts.«

»Was soll das denn heißen?«

»Naja, Insulaner sind traditionell sehr gut vernetzt. Das ist super, wenn sie dir helfen wollen. Dann kann man mit ihrer Unterstützung die berühmte Nadel im Heuhaufen finden. Aber ganz schlecht ist es, wenn sie nicht mitmachen wollen. Dann läufst du einfach überall gegen eine Wand und kommst keinen Schritt weiter.«

»Verstehe! Hast du denn auf der Insel einen einigermaßen guten Kontakt?«

»Ja. Zufällig. Während des Studiums habe ich einen netten, jungen Griechen kennengelernt. Nikos. Heute ist er Journalist und stellvertretender Chefredakteur von *Haniotika Nea*, das ist die meistgelesene Zeitung Kretas. Er weiß garantiert, auf welche Knöpfe er drücken muss, damit dort die richtigen Türen aufgehen.«

»Er wird Einsicht in die Melderegister und Grundbücher brauchen, um herauszufinden, um welche Villa es sich handeln könnte.

Und vielleicht auch einen heißen Draht zur Polizei. Sonst ist die Sache aussichtslos.«

»Hat er bestimmt«, meinte Josephine. »Wenn er infrage kommende Immobilien identifiziert hat, sollte er möglichst die Nachbarschaft und die Geschäftsleute in der Umgebung ausfragen. Aber Nikos wird schon wissen, was zu tun ist. Ich bin sicher, dass er das irgendwie hinkriegt. Ein bisschen Glück gehört natürlich auch dazu.«

Eine Woche später hatte Nikos es tatsächlich geschafft. Er hatte den Unterschlupf von Jochen Teller ausfindig gemacht. Das Haus lag an der Südküste der Insel bei Damnoni, nicht weit von Plakias entfernt, auf einem riesigen Grundstück voller Olivenbäume, von einer massiven Natursteinmauer umgeben und mit Blick aufs Mittelmeer. Doch Jochen Teller war anscheinend wieder verschwunden. Er hatte mit Frau und Sohn zehn Tage dort gewohnt und sich nur ganz selten außerhalb des Grundstücks blicken lassen. Das hatte die aufmerksamen Nachbarn misstrauisch gemacht.

Nun waren die Haustür und die hölzernen Fensterläden verrammelt und kein Lebenszeichen von Bewohnern mehr auszumachen. Erneut fehlte jede Spur von Jochen Teller.

Die Suche ging also von vorne los.

War es ihm auch in diesem Versteck zu heiß geworden?

Oder hatten ihn seine Verfolger mittlerweile aufgespürt und ausgeschaltet? Lebte Teller also überhaupt noch?

Und wie ging es seiner Familie? Wo steckten seine Frau und sein Sohn?

Zwar sträubte sich Hopp gegen die Vorstellung, Teller könnte ermordet worden sein. Doch insgeheim hielt er es für nicht unwahrscheinlich. Sonst hätte ihm der Kollege doch ein Lebenszeichen zukommen lassen.

Auch die Vermisstenmeldung bei der deutschen Polizei führte zu keinem Ergebnis. Jana Jäger schüttelte jedenfalls immer wieder bedauernd den Kopf, wenn Hopp sie jeden Tag danach fragte.

43. Einige bittere Erkenntnisse

Fast drei Monate vergingen, ohne dass er auch nur eine einzige Zeile über die Grundschuldbrief-Masche schrieb. Er hatte den Zwangsurlaub widerwillig akzeptiert, in den ihn sein Chefredakteur geschickt hatte. Die Freizeit hatte ihm zumindest geholfen, die enorme Anspannung abzubauen, unter der er zuletzt permanent gestanden hatte.

Sorgen um seine eigene Sicherheit machte er sich mittlerweile nicht mehr, obwohl mit hoher Wahrscheinlichkeit anzunehmen war, dass Jochen Teller nicht mehr lebte, sondern in die Hände der Betrügerbande geraten und getötet worden war.

Seine Frau und sein Sohn hingegen waren längst zurück in ihrem Haus in Köln-Brück, aus dem sie zu dritt nach dem Brandanschlag geflohen waren. In der Villa einer wohlhabenden Freundin hatten sie auf Kreta einen komfortablen Unterschlupf gefunden. Aber schon nach den ersten Tagen wurde ihnen bewusst, dass sie dort nicht ewig bleiben konnten. Einerseits fürchteten sie, der lange Arm der Mafia könne auch bis auf diese Insel reichen. Andererseits lebten sie genau deshalb sehr zurückgezogen und trauten sich kaum aus dem Haus, was sie auf Dauer nicht aushalten würden.

Dann gingen ihre Vorräte zur Neige. Und Jochen machte sich für einen Großeinkauf auf den Weg nach Plakias, dem nächsten größeren Ort. Von dieser Tour kehrte er nicht mehr zurück.

Eine Woche warteten Frau und Sohn verzweifelt auf ihn, dann packten sie ihre Sachen und flohen wieder – diesmal nach Hause. Nichts hielt sie mehr auf dieser Insel, wo sie permanent Angst hatten, sich nicht zu verständigen wussten, auch niemanden kannten, der ihnen helfen konnte – und wo sie Ehemann und Vater verloren hatten.

Hopps fieberhafter Enthüllungsdrang hatte sich inzwischen gelegt, nicht nur, weil das Verschwinden Tellers ihn zur Vernunft gebracht hatte. Bei der Grundschuldbrief-Sache gab es für ihn einfach nichts mehr zu tun. Seiner Ansicht nach hatte er journalistisch alles Erdenkliche herausgeholt. Der Fall war weitgehend aufgeklärt.

Alle Unterlagen hatte er, wie ihm sein Mentor Franz Bernd Imbach geraten hatte, dem Bundeskriminalamt überlassen. Darin hatte Hauptkommissar Erwin Schick tatsächlich die letzten nötigen Beweise gefunden, um die Organisation zu zerschlagen. Innerhalb weniger Tage ließ er mit hohem Personaleinsatz drei Dutzend Bandenmitglieder verhaften – Finanzberater, Banker, Anwälte, Notare und Inkassoagenten. Inzwischen bereitete die Staatsanwaltschaft unter Hochdruck die Strafprozesse gegen sie vor. Einziger Wermutstropfen: Heinrich F. Bartsch, der Kopf des Betrügerrings, war der Kripo wieder durchs Netz geschlüpft. Er musste einen Tipp bekommen haben.

Mit wachsendem Abstand zu der Enthüllungsgeschichte hatte Hopp allerdings auch eine deutliche Distanz zu seinem Job entwickelt. Zwar schrieb und veröffentlichte er fast wöchentlich einen Artikel, der womöglich für manchen Leser wertvoll war. Aber ihn selbst interessierten die Themen nicht die Bohne und er fand seine Artikel fast immer langweilig und belanglos. Er produzierte diese Beiträge, weil sie ihm aufgetragen worden waren. Und daran würde sich in der Redaktion von *Profit* auch kaum etwas ändern. Er war fest angestellter Redakteur im Ressort eines Wirtschaftsmagazins für Unternehmer und Manager, das ein klar definiertes, an geldwertem Nutzen orientiertes thematisches Korsett besaß – das ihm eindeutig zu eng war.

Außerdem frustrierte ihn, dass er kaum Mitspracherechte hatte. Er hatte zuverlässig seine Aufträge zu erledigen, egal ob sie ihm gefielen oder nicht.

Seit der Einmischung des Verlagsgeschäftsführers, der jede weitere Berichterstattung über die Wertdifferenzbetrügereien kategorisch untersagt hatte, konnte sich Hopp mit der Rolle eines weisungsgebundenen Schreiberlings kaum noch identifizieren. Dieses Erlebnis bei *Profit* war, nach dem widerlichen Erpressungsversuch seines vorherigen Chefredakteurs beim *Wirtschafts-Monitor,* bereits die zweite bittere Erfahrung in seiner noch jungen Laufbahn. Er hatte sich den Regieanweisungen aus der obersten Etage des Verlags beugen müssen, obwohl es dafür keinerlei journalistische oder qualitative Gründe gab.

Von erfahreneren Kollegen wusste er, dass das keine außergewöhnliche Spezialität des Hauses war, sondern in allen Verlagen immer wieder vorkam – weil beispielsweise politische Interessen einflussreicher Leser oder Befindlichkeiten wichtiger Anzeigenkunden Vorrang vor der Veröffentlichung eines brisanten Artikels hatten.

Aber: Er wollte so nicht länger arbeiten.

Er wollte künftig sein eigener Herr sein.

Er wollte selbst entscheiden, welche Themen er bearbeiten würde und welche Auftraggeber seine Artikel publizieren sollten.

Vor allem für die *Hamburger Illustrierte* wollte er künftig schreiben. Auch für ein paar Tageszeitungen, zu denen er gute persönliche Kontakte pflegte.

Zwar hatte er von mehreren ehemaligen Klassenkameraden an der Journalistenschule erfahren, dass es beileibe kein Zuckerschlecken war, als Journalist freiberuflich zu arbeiten. Vermutlich würde er weit weniger verdienen als bisher. Denn als Verlagsangestellter wurde er momentan nach Tarif entlohnt und erhielt sein Gehalt auch, wenn er krank war oder Urlaub machte. Das wäre demnächst vorbei, dann würde er nur noch bezahlt werden, wenn er arbeitete und seine Artikel veröffentlicht wurden. Aber seine Freiheit waren ihm die zu erwartenden finanziellen Einbußen wert.

Zum Ende des nächsten Quartals kündigte Alexander Hopp seine Anstellung in der *Profit*-Redaktion.

44. Neustart in Wachtberg

Nicht nur von der Verlags- und Redaktionsrealität hatte Alexander Hopp nach seinem Zwangsurlaub die Nase voll, auch das Leben in der Großstadt ging ihm mittlerweile gehörig gegen den Strich. Überall war es laut und voll und stickig und hektisch, was die Menschen immer übellauniger, unfreundlicher und intoleranter zu machen schien.

Und da er gerade dabei war, sein Leben radikal umzugestalten, nahm er sich vor, auch gleich einen anderen Wohnort zu finden.

Mehrfach hatte er in den vergangenen Monaten seinen Freund Ingo Ahlers in Wachtberg besucht. An zwei dieser Wochenenden hatte er zusammen mit Jana Jäger das Drachenfelser Ländchen per Fahrrad erkundet. Diese Gegend gefiel ihnen richtig gut. Die Landschaft war malerisch, die Luft klar, und die 13 Dörfer der Landgemeinde waren gemütlich. Der Weg nach Bonn war nicht lang, wenn man doch einmal die Infrastruktur einer Großstadt benötigte. Auch die nächste Autobahnauffahrt lag nur wenige Kilometer entfernt.

In Wachtberg würde er ein völlig anderes Leben führen können als in Köln, nahm Alexander an. Von dort aus freiberuflich zu arbeiten, dürfte kein Problem sein; die Segnungen der digitalen Technik machten es möglich. Große Konkurrenz von anderen Journalisten war dort auch nicht zu befürchten. Und interessante Geschichten sollten selbst in Wachtberg auf der Straße liegen.

»Was würdest du davon halten, wenn ich mir hier eine neue Wohnung suchte?«, fragte er Jana während der zweiten Fahrradtour. »Ich brauche definitiv einen Tapetenwechsel, und diese Gegend gefällt mir sehr.«

»Eine ganze Menge, Alex. Mir gefällt es hier auch. Bestimmt würde ich dich oft und gern besuchen kommen. Vielleicht würde ich in ein paar Jahren sogar selber hierherziehen, wenn wir denn dann noch zusammen sein sollten.«

Seit fast einem Jahr waren sie ein Paar, aber über eine gemeinsame Zukunft hatten sie bisher noch kein Wort gesprochen.

»Dann könnte ich mich ja nach meiner Ausbildung zur Bonner Kripo versetzen lassen. Die ist für diese Landgemeinde zuständig, wenn ich nicht irre.«

Dank der rheinischen Kontaktekette seines Freundes Ingo – er kannte jemanden, der einen kennt, dessen Bekannter mehrere Immobilien besaß – fand Alexander problemlos eine hübsche und preiswerte Mietwohnung im Wachtberger Ortsteil Pech, im Nachtigallenweg, in der zweiten Etage eines erst wenige Jahre alten Hauses mit vier geräumigen, hellen Zimmern plus Küche, Bad und Balkon. Neben dem Haus gab es eine Garage und dahinter einen schönen, großen Garten, den er mit den Hausnachbarn zusammen benutzen konnte. Vor allem der wunderschöne Blick vom Balkon auf die Silhouette des Siebengebirges begeisterte Alexander. Ein Bild wie ein Kalenderfoto – fast schon kitschig.

Zu seiner eigenen Überraschung musste er sich jedoch erst an die ruhige Umgebung gewöhnen. Tagsüber gab es kaum Verkehr auf der Straße. Und nachts herrschte sogar völlige Stille, die nur hin und wieder von schrillen Tiergeräuschen aus dem nahen Kottenforst unterbrochen wurde.

Nach dem Einzug in Pech brauchte er mehrere Wochen, bis er dort das erste Mal richtig durchschlafen konnte. Das Dauerrauschen des Verkehrs und der Lärm anderer Leute, wie er es aus Köln gewohnt war, schienen ihm zu fehlen. Auch Jana erging es anfangs so, wenn sie bei ihm zu Besuch war, was immer öfter vorkam.

HEUTE

45. Abends beim Kunz

W ie immer?« fragt der Wirt der Dorfkneipe, den alle Gäste nur Kunz nennen. »Jägerschnitzel mit Pommes und ein großes Kölsch?«

»Klar«, antwortet Alexander Hopp, »was sonst? Gute Gewohnheiten soll man nicht ändern.«

»Und der Hund hat bestimmt auch Durst.«

»Selbstverständlich. Wie der Herr, so der Hund. Für ihn bitte eine Schale Wasser.«

Elvis liegt zu Hopps Füßen unter dem Tisch. Beim Wort »Hund« hebt der schokoladenbraune Labradorrüde den Kopf. Er weiß, dass es um ihn geht. Er fühlt sich bei deutlich mehr Vokabeln als seinem eigentlichen Namen angesprochen: *Bursche, Kerl, Faulpelz, Schlappohr, Blödmann.*

»Ein Kölsch hätte ich ihm bestimmt nicht gebracht.« Kunz lacht und geht zurück hinter die Theke.

Abgesehen von Elvis hat Hopp noch keine Gesellschaft am Tisch. Jana und sein Freund Otto Springer werden gleich nachkommen. Sie hat ihn eben angerufen und gesagt, dass sie sich eine Viertelstunde verspäten werden.

Diese ruhigen Minuten will Alexander nutzen, um noch einmal über seine Lage nachzudenken. Soll er die Geschichte um den Arbeitsagentur-Skandal wirklich endgültig ad acta legen? Er ist eindeutig mehrere Tage lang beschattet worden. Zwar ist er bei allen Recherchen vorsichtig gewesen, hat aber diesmal auf umfangreiche Sicherheitsvorkehrungen verzichtet. Die Hintermänner wissen also, wer er ist und wo er sich meist aufhält. Ein Verfolger ging sogar so weit, seinen Wagen während der Heimfahrt von Düsseldorf auf der A57 bei Dormagen in die Leitplanken abzudrängen.

Bei diesem Unfall hätte er ums Leben kommen können.

Hopp hat plötzlich Angst. Scheißangst.

So heftig wie schon lange nicht mehr.

Dass die Drahtzieher des Subventionsbetrugs nicht vor Gewalttaten zurückschrecken, beweist doch die Ermordung von Detlef Kühn. Der Leiter der Bonner Agentur für Arbeit, nach Hopps Recherchen Dreh- und Angelpunkt der millionenschweren illegalen Bewilligungen, ist in seinem Dienstwagen erschossen aufgefunden worden.

Allen Indizien nach wurde er ermordet.

Aber muss Hopp deswegen endgültig die Flinte ins Korn werfen? Ist das die einzige sinnvolle Konsequenz oder eher eine panische Überreaktion? Würden seine Verfolger erst von ihm ablassen, wenn er komplett von der Bildfläche verschwunden wäre? Oder könnte es doch reichen, erst einmal Ruhe zu geben und die Angelegenheit zum Schein nicht weiter zu bearbeiten?

Vielleicht würde er es ja auf diese Weise schaffen, die Kriminellen in Sicherheit zu wiegen und von ihm abzulenken. Später, wenn sich die Lage wieder beruhigt hätte, könnte er seine Recherchen wieder aufnehmen und im Idealfall eine Fortsetzung der Geschichte schreiben, falls er dafür neue Ansätze finden würde.

Wenn. Falls. Könnte. Ziemlich viel Konjunktiv, denkt Hopp.

Er ist hin- und hergerissen.

Überhaupt, ist das nicht alles total bescheuert und völlig falscher Ehrgeiz? Wieso tut er sich so schwer damit, endlich zur Vernunft zu kommen?

Kühn ist tot.

Merkur ist ausgestiegen.

Er selbst ist bei einem schweren Unfall gerade noch mit heiler Haut davongekommen.

Er hat Angst!

Mit Recht!

Ohnehin beschleicht ihn das ungute Gefühl, bei der Arbeits-agentur-Story kaum noch etwas ausrichten zu können. Mit den Recherchen kommt er seit einigen Tagen sowieso nicht mehr voran. Alle harten Fakten sind in seinem Artikel erschöpfend ver-arbeitet. Nach der Veröffentlichung hat sich bislang kein neuer Informant bei ihm gemeldet, der wichtiges Material liefern oder Details ergänzen konnte.

Keine Reaktion.

Einfach Funkstille.

Absolut nichts.

Ihm fehlt also jeglicher Ansatz, um den Skandal aus einer ande-ren Perspektive noch einmal unter die Lupe zu nehmen. Oder um die bisherigen Spuren zu vertiefen und die Verantwortlichen damit sogar zu überführen.

Auch die polizeilichen Ermittlungen scheinen schleppend zu verlaufen. Er will Jana gleich fragen, ob es einen neuen Stand der Dinge gebe. Bisher hat er jedenfalls weder gehört, dass jemand ver-haftet worden sei, noch dass Anklagen der Staatsanwaltschaft in Sicht seien.

Er befürchtet, dass der Skandal stillschweigend versandet, ver-mutlich aufgrund politischer Kungeleien.

Wie angekündigt, erscheint Jana knapp zwanzig Minuten später in Begleitung von Otto Springer in der Dorfkneipe. Nicht nur Alex-ander begrüßt beide herzlich. Auch Elvis freut sich, dass Frauchen endlich da ist, richtet sich auf den Hinterbeinen auf und legt ihr die Vorderpfoten auf die Schultern. Dann leckt er ihr die Wange.

Otto, selbst ein leidenschaftlicher Hundefan, krault den Labra-dor am Kopf.

Sie reden kurz über ihre Tageserlebnisse, dann studieren Jana und Otto das Speiseangebot auf der großen Wandtafel und bestel-len Getränke.

»Wie geht es dir mittlerweile, Alex? Hast du den Unfall von gestern einigermaßen verdaut?«, fragt Otto.

»Geht so. Ich fürchte, der wird mich noch eine ganze Weile beschäftigen. Ich bin im Wagen wie eine Flipperkugel kreuz und quer über die Autobahn geschossen und dann an der Leitplanke hinter dem Standstreifen gelandet.«

»Und du bist dir sicher, dass es ein Anschlag war?«

»Ja, ganz sicher! Der Fahrer des anderen Wagens hat mich seit Tagen verfolgt. An den Zufall, dass der dort plötzlich die Kontrolle über sein Auto verliert und mich deshalb fast von der Piste rammt, kann ich einfach nicht glauben.«

»Ich auch nicht«, stimmt Jana zu. »Du hast die Betrüger mit offenem Visier gejagt, Alex. Deshalb wissen sie, wer du bist und wo du wohnst, und somit bist du in großer Gefahr.«

Hopp nickt traurig und zuckt ratlos die Schultern. »Ich weiß. Und das macht mir ziemliche Angst. Eigentlich schon, seit Kühn erschossen aufgefunden worden ist.«

»Du musst dich zurückziehen, Alex, so schwer es dir auch fällt. Sonst passiert wirklich ein Unglück«, mahnt Otto. »Dein Informant, dieser Merkur, ist schließlich nicht grundlos ausgestiegen. Der wird seine Pappenheimer kennen.«

»Was meinst du mit *zurückziehen*?«

»Die ewige Recherchiererei sein lassen. Und möglichst geräuschlos verschwinden. Zumindest für ein paar Wochen. Bis die Täter verhaftet sind und sich die Wogen geglättet haben.«

Das hatte er vor zwanzig Jahren schon einmal tun müssen, ebenfalls zur eigenen Sicherheit. Sein journalistischer Partner, mit dem er eine gigantische Betrugsserie enthüllt hatte, war angegriffen worden, danach spurlos verschwunden – und nie wieder aufgetaucht. Nicht einmal als Leiche. Sieben Jahre später war er dann amtlich für tot erklärt worden. Die Erinnerung an die turbulenteste Phase seines Berufslebens verursacht Hopp Magenkrämpfe.

Jana begreift, was gerade in ihm vorgeht, und fühlt mit ihm. Zur Beruhigung legt sie eine Hand auf seine Schulter. »Noch ist es nicht zu spät, Alex. Deshalb sei jetzt vernünftig und lass es bitte gut sein. Okay?«

»Jein.« Er zögert. »Einerseits hat diese Geschichte noch kein richtiges Ende, und andererseits ist es wahrscheinlich keine Geschichte der Welt wert, alles dafür zu riskieren.«

»Du hast mehr als deine journalistische Schuldigkeit getan«, erwidert Jana bestimmt. »Mit meinen Kollegen erledige ich jetzt den Rest. Verlass dich drauf!«

»Wie soll das denn gehen, und wo soll ich eigentlich hin?« Er schaut unglücklich in die Runde.

»Asien. Australien. Oder Südamerika«, schlägt Otto vor. »Da würde ich mich nicht zweimal bitten lassen.«

»So weit weg muss es wahrscheinlich nicht einmal sein«, sagt Jana und lächelt Hopp an.

Alle drei trinken etwas und denken über eine Lösung nach.

Zu seiner eigenen Überraschung hat Hopp, der eigentlich gar nicht weg will, eine Idee. »Wie wäre es mit Italien? Reist Josephine nicht übermorgen mit den Vorstandsmitgliedern des Partnerschaftsvereins nach Bernareggio?«

»Doch, Alex, soweit ich weiß. Willst du etwa mitfahren?«

»Ja, genau. Das wäre unproblematisch, braucht keine große Vorbereitung, und ich könnte einfach eine Zeit lang dort bleiben, bis ihr mir Entwarnung gebt.«

»Wo denn genau?«, fragt Jana argwöhnisch.

»Bei Giulia Peroni zum Beispiel. Seit der Entführung ihrer Tochter haben wir doch einen guten Draht zu ihr und dem Mädchen. Sie wird sicher bereit sein, mich zu verstecken.«

»Das kann ich mir gut vorstellen, Alex. Schließlich hast vor allem du den guten Draht zu ihr. Giulia steht offensichtlich auf dich. Das sieht doch ein Blinder mit Krückstock.« Janas Miene verfinstert sich von Sekunde zu Sekunde. »Mir ist diese Lösung nicht wirklich recht.«

»Ach, Jana. Darüber musst du dir echt keine Gedanken machen. Versprochen!«

46. Ein brisanter Nachschlag

Als Hopp und Jäger kurz nach zehn Uhr abends nach Hause kommen, öffnet der Journalist den Briefkasten. Nicht, dass er auf eine bestimmte Sendung wartet, aber bereits gestern hat er vergessen, nach der Post zu sehen.

Im Briefkasten liegt ein Umschlag: DIN A5, braunes Papier, ohne Briefmarke und weder mit Adresse noch Absender beschriftet. Jemand muss ihn persönlich hier eingeworfen haben.

Auf dem Weg zu ihrer Wohnung im zweiten Stock schüttelt er den Umschlag prüfend. Der Inhalt füllt das Couvert nicht aus, sondern rutscht leicht hin und her.

In der Küche nimmt er sich sofort ein Messer, öffnet den Umschlag und kippt den Inhalt vorsichtig auf den Tisch.

Fotos. Fünf Fotos. Schwarz-weiß. Bei schummriger Beleuchtung aufgenommen. Klassisches Format 9 mal 13 Zentimeter.

Detlef Kühn mit einem anderen Mann am Tresen einer Bar.

Sie halten Händchen.

Kühn streicht dem anderen verliebt durchs Haar.

Sie küssen sich.

Sie verlassen Hand in Hand das Lokal, in dessen Hintergrund ausschließlich Männer zu sehen sind.

Hopp kommt der andere Mann bekannt vor. Dann fällt ihm ein, wer er ist. Ferdinand Baumeister, der Geschäftsführer und Hauptgesellschafter der Kröger-Krämer-Söhne-Gruppe, ungewöhnlich lässig gekleidet. Ausgerechnet Baumeister, der Nutznießer der illegalen Subventionen aus der Kasse der Arbeitslosenversicherung.

Einer der Verdächtigen im Mordfall Kühn.

Und Hopp kennt auch die Kneipe: Pimpernel. Die legendäre Schwulendisco in Köln. Hier war er selbst während seiner Zeit an der Kölner Journalistenschule eines späten Abends bei einer Zechtour mit Freunden gelandet. Und hatte es dort ebenso eigenartig wie spannend gefunden. Selbst Freddy Mercury soll hin und wieder hier eingekehrt sein.

Aber war der Schuppen nicht seit Jahren geschlossen?

Plötzlich fällt ihm auf, dass Kühn und Baumeister irgendwie anders aussehen, als er sie kennt.

Jünger, viel jünger.

Die Fotos müssen etliche Jahre alt sein.

Sprachlos zeigt er auf die Fotos, als Jana in die Küche kommt, und wartet gespannt, bis sie die Bilder betrachtet hat.

»Sind das nicht die Herren Kühn und Baumeister?«, fragt sie, aber ist sich dessen im selben Moment sicher.

»Ja, allerdings in jungen Jahren. Was an der Sache aber nichts ändert.«

Jana blickt Alexander triumphierend an. »Denn hier sehen wir wahrscheinlich die Motive.«

»Wieso denn Motive? Plural?«

»Zum einen das Motiv dieses falschen Doktor Detlef Kühn, Baumeister die Millionen widerrechtlich zuzuschanzen und dabei seine eigene, kunstvoll hochgestapelte Karriere zu riskieren. Darüber haben wir bisher nur rätseln können. Doch jetzt ist es sonnenklar: Er liebt diesen Mann. Wahrscheinlich seit vielen Jahren. Er tut einfach alles für ihn.«

»Das kann ich nachvollziehen«, antwortet Hopp. »Aber welches Motiv erkennst du denn noch?«

»Das für den Mord an Detlef Kühn.«

»Verstehe ich nicht. Hilf mir bitte auf die Sprünge.«

»Garantiert geht es um ihre homosexuelle Beziehung. Als du den Arbeitsagentur-Skandal aufgedeckt hast, wird Kühn seinem Gspusi Baumeister gedroht haben, dessen Homosexualität und ihr langjähriges Verhältnis zu outen, wenn er ihn im Stich lässt und die ganze Schuld allein auf ihn schiebt. Das halte ich für die wahrscheinlichste Erklärung.«

»Verstehe. Das konnte Baumeister nicht riskieren. Deshalb hat er Kühn aus dem Weg geräumt«, folgert Alexander. »Beziehungsweise wahrscheinlich aus dem Weg räumen lassen.«

»Genau. Zumal Kühn mittlerweile sowieso viel zu viel über Baumeister wusste. Privat wie geschäftlich. Was dem Unternehmer zu gefährlich war. Deshalb hat er nachhaltig verhindert, dass sein Lover irgendwann komplett auspackt.«

»Baumeister entledigt sich Kühns.«

»Was wir aber erst noch beweisen müssen. Und das wird sicher nicht leicht werden«, denkt Jana laut. »Aber diese Fotos dürften erst einmal für die Festnahme des Herrn Baumeister reichen.«

»Und sie sind ein super Aufhänger für meine Fortsetzungsgeschichte.«

Hopp reibt sich voller Vorfreude die Hände.

»Im Prinzip schon. Aber hast du unser Gespräch von eben beim Kunz vergessen?«

»Nein, natürlich nicht. Wieso?«

»Weil diese Fotos nichts an deiner Situation ändern, Alex. Du bist nach wie vor in Gefahr. Wer weiß, wer sonst noch in dieser Dreckssache mit drin steckt und ungern ans Licht der Öffentlichkeit gezerrt werden will. Außerdem ist dieser Baumeister auch weder überführt noch verurteilt.«

»Ach, Jana.«

»Überlass die Fotos mir, damit ich sie sofort an die ermittelnden Kollegen weitergeben kann. Ich verspreche dir, dich permanent auf dem Laufenden zu halten. Egal wo, auch in Italien. Du wirst deine exklusive Fortsetzungsstory bekommen. Dafür sorge ich. Ehrenwort!«

Jana blickt Alexander tief in die Augen. »Aber vorerst bringst du dich in Sicherheit. Ich bestehe darauf.«

Er nickt.

»Und wehe, du fängst etwas mit der hübschen Italienerin an!«

47. Zwanzig Jahre Verspätung

Josephine Franzen begreift den Ernst der Lage sofort und stimmt spontan der Idee zu, Alexander mit nach Bernareggio zu nehmen, als er sie noch spät am Abend anruft, um sein überraschendes Anliegen vorzutragen und zu erklären. Zwar gehört Alexander nicht dem Vorstand an, aber er will ja auch nicht an den Sitzungen teilnehmen, sondern nur an der Reise. Er ist Vereinsmitglied, kennt die anderen im Vorstand gut und wird sich in der Partnerstadt eben um andere Dinge kümmern. Niemand sollte etwas dagegen einzuwenden haben.

Auch Giulia Peroni, die Alexander Hopp am nächsten Morgen anruft, erklärt sich direkt bereit, ihn für einige Zeit zu beherbergen. Warum und wie lange, will er dann vor Ort mit ihr in Ruhe besprechen. Giulia freut sich sehr über den unverhofften Besuch. Sie mag ihn richtig gern. Von ihr aus kann er so lange bleiben, wie er will. Die anderen Pläne und Verabredungen, die sie für die kommenden Wochen hat, will sie ihm zuliebe verschieben oder absagen.

Schon am nächsten Abend klingelt Alexander an der Tür zu Giulias Wohnung in Bernareggio. Sie umarmt ihn fest und lange, ehe sie seine rechte Hand nimmt und ihn in ihre Wohnung führt. Seinen Koffer lässt er erst einmal in der offenen Tür stehen.

»Schön, dass du da bist, mein lieber Alex. Damit habe ich wirklich nicht gerechnet«, sagt sie zur Begrüßung. Dann küsst sie ihn auf die Wangen und umarmt ihn noch einmal.

»Ich auch nicht«, sagt Hopp aufrichtig. Er will Giulia keine falschen Hoffnungen machen. Er weiß, dass sie sich schon einmal mehr von ihm versprochen hat. »Aber es gibt für mich ernsthafte Gründe, in Deutschland für einige Zeit von der Bildfläche zu verschwinden. Da fand ich es gut, das Nützliche mit dem Angenehmen zu verbinden.«

Sie runzelt die Stirn und sieht ihn skeptisch an.

»Was hast du angestellt? Doch nichts Verbotenes?«

»Nein, nein. Ich habe mit meiner Arbeit quasi in ein Wespennest gestochen, und jetzt sind sie leider hinter mir her.«

»Wespennest? Was meinst du damit?«

»Eine Gruppe Krimineller, die sich illegal viele Millionen Euro aus der Arbeitslosenkasse besorgt haben. Ich habe über diesen widerlichen Betrug in der Zeitung berichtet. Und das nehmen sie mir ziemlich übel.«

»Verstehe!« Giulia denkt einige Sekunden nach. »Und hier bist du vor ihnen sicher?«

»Ganz bestimmt, Giulia. Mach dir keine Sorgen.«

»Perfetto. Dann schlage ich vor, dass du endlich den Koffer hereinholst, deine Sachen auspackst, dich ein bisschen frisch machst, und dann gehen wir in einem schönen Restaurant essen.«

»Einverstanden. Aber was ist mit Maria? Wo steckt sie denn?« Erst jetzt fällt Alexander auf, dass er die Kleine noch gar nicht begrüßt hat.

»Ich habe sie erst einmal zu den Großeltern gebracht.«

Nach einem ausgedehnten, für italienische Verhältnisse ungewöhnlich üppigen Frühstück fahren sie mit Giulias knallrotem Alfa Romeo nach Mailand. Den Ausflug haben sie am Vorabend in der Trattoria geplant.

Sie parken in einer kleinen, versteckten Straße in der Nähe des Domplatzes. Von dort starten sie zu Fuß ihre touristische Tour durch die weltberühmte lombardische Metropole der Wirtschaft, der Kultur und der Mode – zuerst geht es zur atemberaubenden gotischen Kathedrale, dann in die Kirche Santa Maria delle Grazie, um im Refektorium *Das Letzte Abendmahl* von Leonardo da Vinci zu bestaunen, und anschließend zum mittelalterlichen Castello Sforzesco und in den wundervollen Schlosspark Sempione.

Nach so viel Kultur wird es Zeit für Profanes. Also gehen sie zur Galleria Vittorio Emanuele und in die Via Monte Napoleone, um die Schaufenster der mondänen Modeläden zu bestaunen; danach bummeln sie durch das historische Künstlerviertel Brera. Eigentlich wollte Hopp noch gern das berühmte Opernhaus an der Piazza della Scala sehen, aber ihm tun die Füße weh, und auch Giulia braucht eine Pause.

Sie betreten die schicke Bar La Tartina und setzen sich an den Tresen, da keiner der kleineren Tische frei ist. Gerade greifen sie zu ihren Drinks, als ein geschmackvoll gekleideter, blonder junger Mann neben Alexander Hopp Platz nimmt.

Der Barkeeper begrüßt ihn überschwänglich.

»Buon giorno, Senior Bartsch, come stai?«

Bei diesem Namen zuckt Alexander Hopp zusammen. Bartsch? Hat der Barkeeper tatsächlich »Bartsch« gesagt?

Vorsichtig blickt Hopp zu ihm hinüber. Er ist Heinrich F. Bartsch, dem seit langem gesuchten Chef der Grundschuldbrief-Bande wie aus dem Gesicht geschnitten. So ungefähr hat der Mafiaboss vor rund zwanzig Jahren tatsächlich selbst ausgesehen. Hopp schätzt diesen Mann hier auf maximal dreißig Jahre, eher weniger. Das Alter passt; er könnte der Sohn von Heinrich F. Bartsch sein.

Wenn diese Annahme stimmt, überlegt Hopp, dann wohnt die Familie Bartsch wahrscheinlich seit Jahren unbehelligt in Mailand. Bestimmt irgendwo in der Nähe, denn der Junior scheint in dieser Bar Stammgast zu sein. Vielleicht lebt Familienoberhaupt Heinrich F. sogar nicht weit weg von Frau und Sohn. Nur wird er sicherheitshalber einen neuen Namen tragen und damit offiziell an einer anderen Adresse gemeldet sein.

Alexander signalisiert Giulia, dass er zahlen möchte. Er will unbedingt startbereit sein, wenn dieser Herr Bartsch gleich das Lokal verlassen wird.

Eine Viertelstunde später verabschiedet sich Bartsch per Handschlag von dem Barkeeper und geht. Alexander und Giulia geben ihm einige Sekunden Vorsprung. Dann folgen sie ihm unauffällig.

Wie vermutet, ist der Weg nicht weit. Einmal links und zweimal rechts um die Ecke, dann zückt der junge Mann einen Schlüssel und öffnet die Eingangstür einer prächtigen Villa am Rande des noblen Stadtteils Brera.

»Leute namens Bartsch gibt es nicht wie Sand am Meer. Erst recht nicht in Mailand«, sagt Jana, als Alexander ihr am Telefon von dem großen Zufall der Begegnung berichtet. »Onkel Erwin wird begeistert sein. Dass ihm dieser Obergangster seinerzeit durch die Lappen ging, wurmt ihn noch heute. Ich sage ihm sofort Bescheid.«

Jana Jäger irrt sich nicht. Binnen 48 Stunden organisiert ihr Patenonkel Erwin Schick, mittlerweile beim BKA zum Chef der Abteilung für Organisierte Kriminalität aufgestiegen, einen konzertierten operativen Europol-Einsatz. Aufgrund seiner glänzenden Kontakte zur Zentrale in Den Haag, schließlich fungiert er in Wiesbaden als Leiter der nationalen Stelle für Europol, weiß er, wie grenzüberschreitende Aktionen schnell und geräuschlos abzustimmen sind. Und dank flankierender diplomatischer Maßnahmen sind diesmal sogar die italienischen Kollegen mit großem Aufgebot bei der Sache. Erwin Schick leitet höchstpersönlich den Einsatz in Mailand.

Mit zwanzigjähriger Verspätung wird Heinrich F. Bartsch verhaftet, während er gerade sein Bankschließfach räumen will. Zwar nennt er sich nun Heinz Müller und hat perfekte falsche Papiere, an seinem Aussehen hat er aber kaum etwas verändert.

Ebenso vergnügt wie verwundert schüttelt Erwin Schick den Kopf, als Bartsch in Handschellen an ihm vorbeigeführt wird.

Eine kleine ironische Spitze kann er sich nicht verkneifen. »Mit Brille wär das nicht passiert.«

Danksagung

Never change a winning team! Dieses Motto erfolgreicher Trainer von Sportmannschaften beherzige auch ich beim Schreiben meiner Romane. Mittlerweile hat sich ein Kernteam formiert, das mich bei allen Krimis der Pech-Serie inspiriert und tatkräftig unterstützt hat. Von Herzen bedanke ich mich deshalb wieder bei:

Meiner Frau Sibille, und meinen Söhnen Leo und Lukas, für viel konstruktiven Zuspruch und mentale Hilfestellung;

Bernadette Conraths und Sepp Spiegl, die für zwei meiner Hauptfiguren in allen Büchern Pate gestanden haben;

Karsten Mühlhaus, der mir zum vierten Mal mit konstruktiver Kritik und ergänzenden Ideen auf die Sprünge geholfen hat;

Anja Steinig und Lina C. Schwerin für das ebenso kreative wie spannende Cover dieses Buches;

Clemens Wojaczek für das Lektorat;

meinem Verleger Winrich C.-W. Clasen für die gewohnt entspannte Zusammenarbeit und unaufgeregte Produktionsbegleitung;

und natürlich den vielen Lesern, die meine Krimis wohlwollend würdigen und zahlreich meine Lesungen besuchen.

Wachtberg-Pech, im September 2024

212 Seiten	232 Seiten	218 Seiten
13,5 × 21 cm	13,5 × 21 cm	13,5 × 21 cm
Paperback	Paperback	Paperback
ISBN 978-3-87062-347-0	ISBN 978-3-87062-357-9	ISBN 978-3-87062-363-0

„Gekonnt zieht der Autor Wilfried Lülsdorf die Leser in den Bann seiner spannenden Geschichte, die mit reichlich rheinischem Humor und Wachtberger Lokalkolorit gewürzt ist."

Blick aktuell zu *PechMariechen*

„Ein Roman, den die Leser nach den ersten Seiten bis zum Schluss nicht mehr aus der Hand legen [...] Geschickt konstruiert schickt er den Leser auf die Reise durch die Welt teurer Kunstwerke und menschliche Abgründe bis zum überraschenden Finale."

Bonner *General-Anzeiger* zu *KünstlerPech*

„Der dritte Band von Lülsdorf ist wohl sein gesellschaftskritischster Roman, der lokale Begebenheiten und bekannte Örtlichkeiten mit interessanten Figuren, einem breitgefächerten Personal, mit abwechslungsreichen Dialogen und einer spannenden Handlung verknüpft."

Wir Wachtberger zu *PechVogel*

»Für ein breites Publikum interessant«
(*Bonner Rundschau* vom 11. Juni 2024)

Paul Schaffrath
Banditen in London
Historischer Roman

368 Seiten, 13,5 × 21 cm, Hardover, ISBN 978-3-87062-369-2

Fünf Hamburger Jugendliche beginnen die Sommerferien 2019 voller Vorfreude. Sie ahnen noch nicht, dass tief unter dem Waisenhaus, in dem sie wohnen, ein Tunnel liegt, durch den sie mit einem per Druckluft betriebenen Zug zu einem unglaublichen Abenteuer nach London gelangen – jedoch nicht in die heutige englische Hauptstadt, sondern in die von Königin Victoria, genauer: ins London der ersten Weltausstellung von 1851.